岩波現代文庫／学術265

句実践講義

復本一郎

岩波書店

まえがき

今から二十年ほど前になりましょうか、「俳句ブーム」と言われた一時期がありました。ブームは、文字通りブームとしてやがて衰退するであろうとの見方もありましたが、人々の俳句への関心は、今日においてもなお持続しているばかりでなく、むしろ高まっているようであります。同じ短詩型文芸である短歌や川柳をはるかに凌駕《りょうが》する数の愛好者を獲得して、もはや「俳句の時代」と呼んでもいいような様相を呈しています。

「俳句ブーム」がはじまったころ、私は、地方の国立大学で、芭蕉と同時代の伊丹《いたみ》の俳人である上嶋鬼貫《うえしまおにつら》という人物が書いた俳論や紀行文を講じておりました。人文学部の国文学を専攻する学生諸君でありましたので、今日ではほとんど知られていない俳人ではありましたが、少なからぬ関心を持って静聴してくれました。当時は、鬼貫を当面の研究テーマと定めて夢中になっていましたので、私にとっても楽しい授業でした。私の近世俳論研究がスタートした時期でもありました。

しばらくしてから、私は、横浜に本部キャンパスを置く私立大学に移りました。勤務したのは、平塚キャンパス。今度は、経営学部と理学部の学生諸君を相手にしての「文学」

の講義です。まさか鬼貫でもありませんので、芭蕉の魅力について話をしましたが、いまひとつ学生諸君の乗りが悪いのです。当初は、専門の学生ではないからだろうと思っていたので、気分転換にと、時々、俳句の実作指導を試みますと、彼等が大変面白がってくれるのです。これは、少々意外でした。芭蕉に上の空であった学生諸君が、自分たちの作った俳句の講評には、びっくりするぐらいの興味を示してくれたのです。今、考えますと、彼等の乗りが悪かったのは、私の専門色の濃い講義もさることながら(もちろん、それもあったでしょうが)、大学での、ノートをとるだけの一連の受身の講義にうんざりしていたのではないかと思います。

　ちょうどそのころカリキュラムの改訂がありましたので、ほかの教員の方々の御理解をいただき、講義科目名を、守備範囲に即して、「俳句研究」としてもらいました。平成五年(一九九三)のことです。本書は、その実践記録であります。毎年一冊の作品集的な小冊子を作っていますが、本書の執筆に当って、これまでの十冊の作品集が大変役に立ちました。ただ指導するだけで、能事《のうじ》畢《おわ》れりということではなく、その実践結果を記録しておく大切さを、本書を執筆することで、改めて確認いたしました。

　スタート時点では五十名ほどだった受講生が、徐々に増えていき、ついには五百名を越えるといった状況にもなりました。俳句の授業に大教室というのは、何としても不似合いですので、今は、非常勤講師二人に手伝っていただいています。二人にも、実作指導を交えての講義を、とお願いしています。学生諸君にとっては、こむずかしい講義よりも、みずからが俳句を一句ひねり出すという行為のほうが、はるかに楽しく、充実感があるようです。講義という形式で一方的に聴いて退屈していた芭蕉も、実作に役立つとなると、とたんに興味津々、ということになるようです。

もし、本書を、中高年者で、これから俳句に挑戦しようとされている方々が繙《ひもと》いて下さろうとしているならば、著者としてこんなにうれしいことはありません。若者たちと一緒に、実際に作品を作ることを目標として、本書を読んでみて下さい。今まで敬遠ぎみだった芭蕉や子規や虚子の考えが、意外なほどにスッと皆さんの中に入り込んでくることに驚かれるのではないでしょうか。芭蕉や子規や虚子の言葉(俳論)は、決して机上の空論ではないのです。実作者のために書かれたものなのです。ですから、俳句の実作を目指される皆さんには、いちいち腑に落ちることばかりなのです。ついでに、俳句に対する私の考え方(俳句理論)にも、若者たちと一緒に耳を傾けていただけるならば、それこそ本望であります。そして、疑問な点は、学生諸君に遠慮することなく、どんどん御質問下さい。それが俳句上達への一番の近道です。疑問をあとに残さないことです。

最後に、学生諸君。——というわけで、本書によって俳句の面白さ(理論と実作の二つながらの面白さ)を味わおうとしている人々の中には、皆さんの御両親やお祖父さん、お祖母さんのような世代の方々もいるのです。よき仲間であり、よきライバルでもあります。

世代を超えて俳句に挑戦し、その面白さを満喫してみて下さい。かく言う私自身も、皆さんの仲間の一人として、これからも俳句の実作に挑戦し続けたいと思います。

目　次

第一講　五・七・五の文芸

短歌と俳句

皆さんこんにちは。いよいよ本日から「俳句研究」の授業をはじめます。講義要項に目を通して受講されたことと思いますが、この授業は、世界で一番短い日本の詩型である俳句という文芸の特質を確認しつつ、かつ皆さんにも実際に作品を作っていただこうというものです。皆さんは一年生が大部分で、二年生、あるいは三年生、四年生の方々も多少おいでかもしれませんね。本学はセメスター制(二学期制)を採用しています。一年生の皆さんも前期の授業をすでに終えておられますので、大学の授業にもかなり慣れたころかと思います。その皆さんが専門の経営学あるいは理学関係の授業科目ではなく、この「俳句研究」の授業を選択されたということは、私自身が講義要項にも書いておきましたように、専門の勉強に疲れた頭や心を癒《いや》したいということもあったでしょうが、いくらかは俳句という文芸に興味や関心があったからだと思います。少なくとも、まったく興味や関心のない人は、選択していないはずです。自由選択科目なのですから。本日、ざっと見渡して百二、三十名の方がいらっしゃいますね。ほかの曜日に同じ授業があと二コマありますが、そこでも大体百名前後の方々が受講されています。若い皆さんが、こんなにも俳句という文芸になんらかの意味で関心を持って下さっているということは、私にとっては大変にうれしいことであります。ただ、皆さんにとって、日常生活においては、俳句という文芸とほとんど無縁だろうと思います。かつて、小学校や中学校、あるいは高校で俳句に親しんだことのある皆さんでも、その記憶はかなり曖昧になってしまっていることと思います。

そこで、まず、俳句とはどのような文芸であるかを確認しておきたいと思います。具体的な作品によって説明します。なお、これから引用する作品、あるいは文章には、読みやすさを考えて、適宜、濁点、半濁点、句読点、振り仮名等を付して示すことにします。

くれなゐの梅ちるなへに故郷《ふるさと》につくしつみにし春し思ほゆ
紅梅の散りぬ淋しき枕元《まくらもと》

〈くれなゐの〉の作品は〈くれなゐの／梅ちるなへに／故郷《ふるさと》に／つくしつみにし／春し思ほゆ〉のように五・七・五・七・七の五句三十一音より成り立っています。一方〈紅梅の〉の作品は〈紅梅の／散りぬ淋しき／枕元〉のように五・七・五の三句十七音より成り立っています。似たような内容ですが、前の作品のほうが七・七の十四音長いですね。皆さんにいきなり俳句を作ってみて下さい、と言いますと、何人かの方が（もちろん決して多くはないのですが）、五・七・五・七・七の三十一音の作品を見せてくれます。が、実は、この三十一音の作品は短歌と呼ばれる文芸なのです。そして、五・七・五の十七音の文芸がこれから挑戦しようとしている俳句なのであります。短歌は、一首、二首と数え、俳句は一句、二句と数えます。この数え方についても、しばしば混同される方がいますので、気をつけて下さい。

そこで〈くれなゐの〉の短歌の意味ですが、そんなにむずかしい言葉はないと思います。「なへに」は、「……につれて」「……とともに」の意味の接続助詞です。一首の意味は、紅梅が散ると、故郷で土筆《つくし》を摘《つ》んだ春が思い出される、というのです。一方、〈紅梅の〉の俳句は、紅梅の花が散ってしまって、枕元が淋しくなってしまった、との意味です。

この短歌と俳句は、二つとも近代俳句の創始者正岡子規の作品です。子規は、明治三十五年（一九〇二）に数え年三十六歳で没していますので、平成十四年（二〇〇二）に没後百年を迎えました。結核性カリエスで明治二十九年（一八九六）以降の七年間は病臥の生活を送りました。そんな環境の中で、俳句革新をなし遂げたのです。明治三十五年三月のある日のこと、子規の門弟で歌人の伊藤左千夫《さちお》が「紅梅の下に土筆など植ゑたる盆栽」を子規に贈ったのでしたが、それを朝夕眺めて短歌十一首と俳句六句を作ったのでありました。右の二つの作品は、それらの中のものです。二作品とも病臥の子規の無聊《ぶりょう》を慰めるべく左千夫によって届けられた盆栽を見て作ったものだったのです。作者が病臥中の子規であることがわかると、より深く鑑賞できるのではないでしょうか。〈くれなゐの〉の短歌の中に詠まれている土筆も、唐突に土筆を連想したのではなく、盆栽そのものが「紅梅の下に土筆など植ゑ」たものだったからです。〈紅梅の〉の俳句からは、その盆栽が子規の枕元に置かれていたことが窺《うかが》われるのです。両作品とも明治三十五年三月二十六日付の新聞「日本」に発表されたものです。

短歌が五・七・五・七・七の三十一音の文芸であり、俳句が五・七・五の十七音の文芸であること、理解していただけたと思います。子規は、俳句革新のみならず、短歌革新にも挑戦したので、短歌作品をも残しています。子規が残した俳句は三万九千余句、短歌は千九百余首。

子規と同じように俳句と短歌の双方に関心を持って実作に励んだ人物の一人として寺山修司がいます。昭和五十八年(一九八三)、四十七歳で没しています。その修司の作品によって、念には念を入れて、短歌と俳句の詩型の違いをもう一度確認してみましょう。

林檎の木ゆさぶりやまずわが内の暗殺の血を冷やさんがために
林檎の木ゆさぶりやまず逢いたきとき

〈林檎の木／ゆさぶりやまず／わが内の／暗殺の血を／冷やさんがために〉――五・七・五・七・七(八)の三十一音(三十二音)の短歌、〈林檎の木／ゆさぶりやまず／逢いたきとき〉――五・七・五(六)の十七音(十八音)の俳句です。修司のこの作品は、短歌も俳句も一音多いのですが許容範囲と理解して下さい。子規の場合と同じように短歌、俳句の順に示しましたが、成立は俳句の方が先であります。昭和二十九年(一九五四)六月に俳句雑誌「暖鳥」に発表されたものです。この時、修司は十八歳ですので、皆さんと同世代です。逢いたい時には、林檎の木を揺さぶり続ける、というのですから、恋の煩悶《はんもん》を詠んだ作品でありましょう。一方の短歌は、昭和三十七年(一九六二)七月出版の歌集『血と麦』(白玉書房)の中に入っています。修司、二十六歳。「林檎の木ゆさぶりやまず」までは俳句とまったく同じですが、「わが内の暗殺の血を冷やさんがために」の七・七(八)によって、恋から思想性の強い作品にと変身を遂げています。林檎の木を揺さぶり続けるというカタルシス(浄化)の行為は同じでも、そこに至る動機がまったく異なっているのです。子規の場合には、同じ条件下で、ほぼ同時に作られた短歌と俳句でしたので、内容的にも似ていたのですが、修司の俳句と短歌の間には、八年という歳月が経過していますので、俳句の一部分の措辞《そじ》(詩的言葉遣い)を援用しつつも、まったく別種の内容の短歌としてその措辞を蘇生させたということでありましょう。

それはともかく、短歌と俳句を比べた場合、短歌のほうが七・七の十四音分だけ饒舌《じょうぜつ》であり、俳句のほうが七・七の十四音分だけ寡黙であるということは、右の子規と修司の二例によって理解していただけたのではないでしょうか。別の言い方をしますと、皆さんがこれから挑戦する俳句は、ストイックな文芸と言えると思います。言いたいことを言い尽さないで耐えるのです。〈紅梅の散りぬ淋しき枕元〉〈林檎の木ゆさぶりやまず逢いたきとき〉、子規にしても修司にしても、言いたいことはこれ以上に山ほどあるのですが、耐えているのです。とにかく五・七・五の十七音しかないのですから。

発句と俳句

今、私は、五・七・五の十七音の詩型が俳句だと言いましたが、正確には五・七・五の十七音の詩型は、俳句だけに限らないのです。そのことをお話ししたいと思います。俳句の歴史にかかわりますので、少し厄介かもしれませんが、これから述べますことを御理解いただけると、俳句の特質の一端が鮮明になってくると思います。ここでも、まずは具体的な作品を見ることからはじめます。

梅がかとしるもあやしきにほひかな

むめがかにのつと日の出る山路かな
紅梅の落花をつまむ畳哉《かな》

三作品を順番に見ていきます。〈梅がかと／しるもあやしき／にほひかな〉〈むめがかに／のつと日の出る／山路かな〉〈紅梅の／落花をつまむ／畳哉〉――いずれの作品も五・七・五の十七音です。それでは、三作品とも俳句かというと、厳密に言うとこれがちょっと違うのです。

私たちがこれからその特質を考えたり、実際に作ったりしようとしている俳句という文芸は、実は明治時代に子規によって名づけられ、創始された文芸であったのです。右の三作品で言いますと、三句目の〈紅梅の〉が子規の作品であり、正真正銘の俳句ということになります。この句、先に見ました〈紅梅の散りぬ淋しき枕元《まくらもと》〉と同じ時、すなわち明治三十五年(一九〇二)三月に、歌人の伊藤左千夫から紅梅の盆栽を贈ってもらった時に作った六句中の一句です。〈紅梅の散りぬ淋しき枕元〉の句は「淋しき枕元」と、子規の感情が素直と言えば素直なのですが、ややあらわに表現されています。対して〈紅梅の落花をつまむ畳哉〉のほうは、きわめてストイックです。畳の上に落ちている紅梅の花びらをつまんだという、ただそれだけの句です。しかし、そこには子規の紅梅に対するなみなみならぬ愛着を感じることができます。〈紅梅の散りぬ淋しき枕元〉のほうは、やや説明的であるわけです。俳句としては、〈紅梅の落花をつまむ畳哉〉のほうが、読者が病床での子規の心境をあれこれと想像できるので、より面白いというわけです。ストイックであればあるほど俳句としては上質であり、かつ面白いというわけです。

皆さんにはあとで作品を作ってもらいますが、ここで高校生の作品によって、そのことを確認してもらい、実作の参考にしていただきたいと思います。

炎天を蹴りて小論書き始め
純粋という弱さかな蓮《はす》の花

二句とも作新学院高等部三年生の野中智矢君の作品です。『17音の青春 神奈川大学全国高校生俳句大賞2001』(新潮OH!文庫)の中に見えるものです。三句を一組として審査した作品中から二句を選んだものです。皆さんは、俳句としてはどちらの句のほうが面白いか、もうおわかりですね。〈純粋という弱さかな蓮の花〉の句は、やや説明的である分、迫力に欠けるのです。〈炎天を蹴りて小論書き始め〉は、炎天をあとにして机に向って受験勉強のための小論を書きはじめた、という事実だけを述べているのですが、そこに作者の遊びと勉強との間《はざま》での心の葛藤《かっとう》を窺《うかが》うことができるのです。皆さんも、こんな作品を見せて下さい。

話が少し横にそれましたので、もとに戻します。〈梅がかとしるもあやしきにほひかな〉〈むめがかにのつと日の出る山路かな〉の二作品です。たしかに二作品とも五・七・五の十七音です。でも正確には俳句ではないのです。作った当の作者みずからも、俳句などと呼んではいなかったのです。作者を明かしてみましょう。〈梅がかとしるもあやしきにほひかな〉のほうは宗祇《そうぎ》という人の作品であり、〈むめがかにのつと日の出る山路かな〉のほうは、皆さんも知っている芭蕉の作品です。

宗祇は、今(平成十五年)から約五百年前の文亀二年(一五〇二)に八十二歳で没している連《れん》歌師《がし》です。――連歌師って何、と皆さんは思われるでしょうね。もう少しだけ待って下さい。一方の芭蕉は、今から三百九年前の元禄七年(一六九四)に五十一歳で没している俳諧《はいかい》師《し》です。――またややっこしいことを言う、と皆さん思っているでしょうね。今度は俳諧師かと。芭蕉は俳句を作っていたんじゃないの、ということかと思います。連歌師、俳諧師の「師」は接尾語で、専門家を表すので、プロの連歌作者、プロの俳諧作者ということです。宗祇はプロの連歌作者であり、芭蕉はプロの俳諧作者であったというわけです。そう、宗祇が作っていたのは連歌という文芸であり、芭蕉が作っていたのは俳諧という文芸だったのです。それでは、連歌とか俳諧とかって、どんな文芸なの、と皆さんが思って下さるとよいのですが、多少なりとも興味があるのは俳句なんだから、そんな説明は省略してしまってほしいな、と思っている人がもしいたならば、ほんの少し我慢して私の説明に耳を傾けて下さい。そうしますと、子規がなぜ俳句という文芸を創始したのかがはっきりしてくると思います。

まず、宗祇から見てみることにします。宗祇は連歌師であると言いましたが、和歌も作りました。歌人でもあったのです。例えば、宗祇が六十歳の時(文明十二年)に筑紫(福岡県)の歌枕《うたまくら》(和歌を通して広く人々に知られている名所)を訪ね、『筑紫《つくし》道記《みちのき》』(文明十二年成立)なる紀行文を著していますが、それを繙《ひもと》きますと、今の福岡市西郊の姪《めい》の浜《はま》にある生松原《いきのまつばら》では、

あすしらぬ老のすさみのかたみをや世をへて生《いき》の松にとどめん

との作品を作っています。皆さんおわかりですね。子規の〈くれなゐの梅ちるなへに故郷《ふるさと》につくしつみにし春し思ほゆ〉や、修司の〈林檎の木ゆさぶりやまずわが内の暗殺の血を冷やさんがために〉と同じ詩型です。〈あすしらぬ／老のすさみの／かたみをや／世をへて生の／松にとどめん〉となります。五・七・五・七・七の五句三十一音です。短歌ですね。明日の命もわからない老の慰みとして作る歌ではあるが、何代も生き続ける生の松を詠むことによって私の形見としたい、との意味です。この短歌を二人で詠むことからはじまったのが連歌という文芸です。これも、具体的な作品によって説明してみましょう。連歌のアンソロジーに『新撰菟玖波集《しんせんつくばしゅう》』(明応四年成立)という本がありますが、その中に宗祇の連歌作品が見えます。

人の身やむまるるたびにうからまし
はなにてしりぬ世々のはるかぜ

宗祇の作品は〈はなにてしりぬ／世々のはるかぜ〉の七・七です。この七・七の十四音は〈人の身や／むまるるたびに／うからまし〉の五・七・五の作品から発想されたものです。〈人の身や〉を前句《まえく》、〈はなにてしりぬ〉の宗祇句を付句《つけく》といいます。人生というものは、人ひとりが生まれるたびにそのはかなさが思われつらくなる、というのが前句の意味です。宗祇はそれに導かれて、そのことは身近な花と似ている、咲くと風が吹いて散ってしまうということを繰り返すその花と、との内容の〈はなにてしりぬ世々のはるかぜ〉なる作品を作ったのです。短歌では、五・七・五・七・七の五句三十一音の中で初めの五・七・五の十七音を上《かみ》の句と言い、終りの七・七の十四音を下《しも》の句と言います。短歌の場合ですと、上の句も下の句も、もちろん一人で作るのですが、連歌の場合は、二人で作ることになります。〈人の身やむまるるたびにうからまし〉の上の句の作者はわかりませんが、宗祇ではないのです。それに宗祇が〈はなにてしりぬ世々のはるかぜ〉と下の句を付けたのです。余談ですが、高校生野中智矢君の俳句〈純粋という弱さかな蓮の花〉と似てますね。宗祇の花は桜ですが、桜にしても蓮にしても、花は人をセンチメンタルにするのでしょうね。五百年の隔たりを越えて。

これが連歌という文芸ですが、右のように五・七・五に七・七を付けておしまいにする連歌だけでなく、その七・七にさらに五・七・五を付け、また七・七を付けるという連歌も行われました。一般には百の作品が付けられました。こうなると二人以上の複数の作者で楽しめますし、作者自身もまったく予期せぬ方向にストーリーが展開していきますのでエキサイティングでもあるわけです。これも具体的な作品を見てみることにします。限られた時間で百作品に目を通すことは不可能ですので、最初の八句を示してみます。『水無《みな》瀬《せ》三吟《さんぎん》』と呼ばれている連歌作品です。

雪ながら山本かすむ夕べかな　宗祇
行く水とほく梅にほふさと　肖柏
川風に一むら柳春見えて　宗長
舟さす音もしるきあけがた　祇
月や猶《なほ》霧わたる夜に残るらん　柏
霜おく野はら秋は暮れけり　長
なく虫の心ともなく草かれて　祇
かきねをとへばあらはなるみち　柏

これで八句ですので、あと九十二句続きます。全部で百句の作品が並ぶわけです。これを百韻《ひゃくいん》の形式の連歌と呼びます。

簡単に意味を辿《たど》ってみます。最初の宗祇の句がちょっと厄介です。『新古今和歌集』中の後鳥羽院の歌〈見渡せば山もと霞む水無瀬川《みなせがは》夕べは秋と何思ひけん〉を踏まえています。この後鳥羽院の歌は、『枕草子』以来の「春は曙《あけぼの》」「秋は夕暮」とされていた美意識への反逆です。そこで、宗祇句。雪の残っている山頂、そして麓は霞、春の夕暮は美しい、との意味です。五・七・五ですので、肖柏《しょうはく》は七・七の句を付けるのです。麓の里には梅が香り、雪解けの川は遠く流れていく、との意味です。この肖柏の七・七に今度は宗長《そうちょう》が五・七・五で付けます。柳に目を転じると、新芽の緑が風に揺れて春を知らせている、との意味。次はまた宗祇で、七・七。微風静かな暁、舟の棹さす音がはっきりと聞こえる、との意味の句。今度は肖柏で、五・七・五。霧が立ちこめているが、月はまだ残っているのだろうか、とにかくよく見えない、との意味の句を付けています。続く宗長は七・七です。秋もはや暮れて、野原にははやくも霜が降りている、との意味の句です。そして、また宗祇。五・七・五です。まだ虫はさかんに鳴いているが、草は枯れてしまっている、との意味の句です。それに対しての肖柏句は、当然、七・七。五・七・五に七・七、そして五・七・五、また七・七――これが連歌です。訪ねて来た家の垣根は、草が枯れて道があらわに見える、との意味の句を肖柏は付けたのです。まだまだ続くのですが、連歌という文芸がおぼろげながらも理解していただけたのではないかと思います。肖柏も宗長も、宗祇と同時代の連歌師です。

ということで、宗祇の先の作品、私が俳句ではない、と言った作品と、右に見た連歌の一番最初の作品、これも宗祇でしたが、二つを並べてみます。

梅がかとしるもあやしきにほひかな
雪ながら山本かすむ夕べかな

「梅」と「霞」――二作品とも春の風景、一は小景、一は大景という違いはありますが、よく似ていますね。最後が詠嘆の終助詞「かな」で止まっているところまで。

ここでもう一度、宗祇の紀行文『筑紫道記』を繙いてみたいと思います。筑前国《ちくぜんのくに》(福岡県)蘆屋《あしや》(芦屋)の条です。蘆屋は、遠賀川《おんがかわ》の河口にあります。

爰《ここ》にて麻生兵部大輔《あさふひやうぶたいふ》まうけして、いろいろの心ざし、こしかたにかはらず。発句《ほつく》をと侍れば、

追ひかぜもまたぬ木の葉の舟出かな

土地の人麻生兵部大輔から往路に続いて帰路ももてなしを受け、発句を望まれたので、ということで、風も吹かないのに木の葉が散るように、追風も吹かないのに小舟に乗って出発しなければならないのは名残惜しい、との意味の発句〈追ひかぜも／またぬ木の葉の／舟出かな〉を作ったというのです。五・七・五の十七音の作品が、ここでは、作者宗祇によって「発句」と呼ばれているのです。そうです、〈紅梅の落花をつまむ畳哉〉の子規の作品は俳句ですが、梅の香であることはわかっていても、何とも不思議な妙《たえ》なる香りだ、との意味の宗祇の作品〈梅がかとしるもあやしきにほひかな〉は、発句なのであります。そして〈雪ながら山本かすむ夕べかな〉も。

それでは、なぜ「発句」と言ったのでしょうか。先の『水無瀬三吟』の百韻を思い出して下さい。百韻は、宗祇の作品〈雪ながら山本かすむ夕べかな〉からはじまります。すなわち、連歌の発端の句ということで発句と呼ばれたのです。次の肖柏の〈行く水とほく梅にほふさと〉以降は、すべて前句の世界から発想されるのですが、発句だけは制約なく自由に詠めるわけです。五・七・五の十七音です。先にも触れましたが、宗祇の発句三句〈梅がかとしるもあやしきにほひかな〉〈雪ながら山本かすむ夕べかな〉〈追ひかぜもまたぬ木の葉の舟出かな〉、いずれも「かな」で止まっていますね。この「かな」こそが、発句性を保証しているのですが（〈行く水とほく〉以下の五・七・五の作品に「かな」は見えませんね）、このことについては、もう少しあとでお話しすることにします。とにかく発句は連歌の巻頭の一句、発端の句ということなのです。ここでまたまた『筑紫道記』を繙きますと、末尾近くの長門国《ながとのくに》（山口県）大嶺《おおみね》の条に左の一節が見えます。

つとめて一座有り。おもしろく絵かけ、花たて、空焼《そらだ》きして、下絵よきほどに書きたる懐紙《かいし》など、いづれも心ある所に、発句《ほっく》のつたなきぞ本意《ほい》なく侍るにや。

木がらしを菊にわするる山路かな

一巡《いちじゅん》過ぐる程に、竹林亭とて道にすける人、兼て契りしを、たがへず来たらる。去る人なればいとど会の興一入《ひとしほ》なり。

文明十二年（一四八〇）十月九日のことであります。杉美作入道《すぎみまさか》の山家《やまが》（山中の家）で朝、連歌をすることになったのであります。「一座有り」とは、連歌をすることです。部屋には絵が掛けてあり、花が活《い》けてあり、香《こう》がたかれているのです。そして絵が画かれている懐紙。宗祇は、これらの心配りの中で下手な発句を書きつけることに恐縮しているのです。宗祇の発句は〈木がらしを／菊にわするる／山路かな〉。ここ山路にある山家の菊を見ていると、道中で木枯しに吹かれたことなど忘れてしまう、の意味です。この句を発句として百韻の連歌が一日がかりで行われたのです。参加者が一句ずつ付けて一巡りした時に、近々旅立つことになっている竹林亭なる連歌好きの人物が約束通りやって来たので、また一段と盛り上った。——と宗祇は書いています。つまり、連歌の発句は、このような雰囲気の中で、このようにして詠まれたものだったのです。

俳諧という文芸

連歌師宗祇を敬愛したのが、約二百年後の芭蕉であります。芭蕉は、『笈《おい》の小文《こぶみ》』という紀行文の最初の部分に、

西行の和歌における、宗祇の連歌における、雪舟の絵における、利休が茶における、其貫道《そのくわんだう》する物は一《いつ》なり。

と記しています。西行、宗祇、雪舟、利休、それぞれ芭蕉が敬愛した人物です。そしてそれらの人々が携わった和歌、連歌、絵、茶と、芭蕉が携わっていた俳諧とに共通点を見出して感激しているのです。「貫道する物は一なり」と言っていますので、それぞれの道を極める修行の共通点を指摘しているようにも思われます。

宗祇には〈よにふるもさらに時雨《しぐれ》の宿りかな〉の発句があります。『新古今和歌集』中の

二条院《にじょうのいんの》讃岐《さぬき》の歌〈世に経《ふ》るは苦しきものを槙《まき》の屋にやすくも過ぐる初時雨かな〉を踏まえての作品です。この二条院讃岐の歌は、生きるということは苦しいものなのに、そんな私のいる槙の家を初時雨はあっという間にやすやすと降り過ぎていった、との意味です（「苦しき」と「やすくも」が対照的に用いられています）。この歌を視野に入れて、人の世のはかなさを詠んだのが宗祇句です。時雨の雨宿りのように人の一生も、あっと言う間に過ぎて行くことよ、との意味です。無常観を詠んでいるのです（ちょっと観念的ですよね）。芭蕉は、この句が大好きだったのです。自分もとうとう〈世にふるは更《さら》に宗祇のやどり哉《かな》〉の句まで作ってしまいました。芭蕉は、宗祇が詠んだ人の一生のはかなさを十二分に承知、覚悟しながらも、なお積極的に生きていこうとしているのです。芭蕉と同時代の西鶴《さいかく》は、この句を作った芭蕉を評して、

武州《ぶしう》の桃青《たうせい》は、我宿を出て執行《しゆぎやう》、笠に〈世にふるはさらに宗祇のやどりかな〉と書付《かきつけ》、何心なく見えける。これ又世の人の沙汰《さた》はかまふにもあらず、只俳諧《はいかい》に思ひ入《いり》て、心ざしふかし。

と記しています（『西鶴名残の友』）。俳諧一途《いちず》な芭蕉を評価しているのです。あっと言う間に過ぎ去る人の世だからこそ、他人の評判など気にせずに、旅を通して俳諧の修行に専念

している、それが江戸（武州）の芭蕉（桃青）だ、と西鶴は言っているのです。

それでは、西鶴の言葉の中にも見えた俳諧とは、どのような文芸なのでしょうか。早速、具体的な作品を見てみることにします。

むめがかにのつと日の出る山路かな　芭蕉
処《ところ》どころに雉子《きじ》の啼《なき》たつ　野坡
家普請《やぶしん》を春のてすきにとり付《つき》て　仝
上《かみ》のたよりにあがる米の直《ね》　芭蕉
宵の内ぱらぱらとせし月の雲　仝
藪越《やぶごし》はなすあきのさびしき　野坡
御頭《おかしら》へ菊もらはるるめいわくさ　仝
娘を堅《かた》う人にあはせぬ　芭蕉

〈むめがかに／のつと日の出る／山路かな〉この句は、宗祇の〈梅がかとしるもあやしきにほひかな〉の発句、子規の〈紅梅の落花をつまむ畳哉〉の俳句とともに示した芭蕉の作品でしたね。五・七・五の十七音です。それに芭蕉の門人の野坡《やば》が〈処どころに／雉子の啼たつ〉と七・七の十四音で付けているのです。そして、それに同じく野坡が〈家普請を／春のてすきに／とり付て〉と五・七・五の十七音で付けます。今度は、芭蕉が〈上のたよりに／あがる米の直〉と七・七の十四音です。要するに五・七・五に七・七を付け、また五・七・五、そして七・七の繰り返しです。先ほどお話ししたばかりですので、皆さん、まだしっかり覚えておられることと思います。そう、宗祇・肖柏・宗長による連歌『水無瀬三吟』の百韻とまったく同じですね。ただ、『水無瀬三吟』が百句――百韻であったのに対して、右の作品は三十六句で終るのです。省略した残りは、二十八句です。芭蕉の時代は、三十六句の形式の俳諧が、ごく標準だったのです。これを平安時代の三十六歌仙にちなんで、歌仙《かせん》形式の俳諧というのですが、皆さんは俳句に挑戦しようとしているのですから、無理に覚えていただかなくても結構です。

俳諧について説明する前に、各作品の意味を見ておくことにします。一番最初の芭蕉の五・七・五の作品は、どこからか梅(「むめ」)の香がしてくると思ったら、山路に突然日がのぼった、との意味です。次の野坡の七・七は、あちらからも、こちらからも雉子の鳴き声がする、との意味。それに付けた同じ作者野坡の五・七・五は、家の建築を春の農閑期に開始する、との意味です。今度は芭蕉の七・七です。上方筋から米の相場が上がってきたとの情報が入った、との意味の句です。その句に同じく芭蕉が五・七・五で付けています。宵の内に雨がぱらぱらとした、その名残の雲があるものの、月が照っている、との意味の句。この句に続けて野坡の七・七。秋の閑寂さの中で、藪越しに立ち話をする、との意味の句です。そして、また野坡が付けます。五・七・五。頭領《とうりょう》から菊を所望されたが、めいわくなことだ、との意味です。次は芭蕉の七・七です。大切な娘は、絶対に他人《ひと》には会わせないことにしている、との意味の句です。——これが俳諧と言われる文芸です。芭蕉最晩年の、元禄七年(一六九四)春の作品です。アンソロジー『炭俵《すみだわら》』(元禄七年刊)の中に入っています。

芭蕉は俳諧師、芭蕉が携わっていた文芸が俳諧、そして右に見てきたのが具体的な俳諧作品。——となると、連歌と俳諧とは、どこが違うのでしょうか。ここで連歌の第一番目の宗祇の句と、俳諧の第一番目の芭蕉の句とを並べてみます。

雪ながら山本かすむ夕べかな　　宗祇
むめがかにのつと日の出る山路かな　　芭蕉

宗祇の句が連歌の発句ならば、芭蕉の句は俳諧の発句なのであります。両句とも五・七・五の十七音です。「霞」(「かすむ」)と「梅」(「むめ」)という季節を表現する言葉が見えます。そして「かな」という終助詞が句末に据えられています。両句とも、春の情景を詠んでいますが、春とはいっても早春でしょう。この二つの発句、偶然なのですが、何となく似ているのです。

芭蕉の言葉に面白いのがあります。「発句は門人の中《うち》、予におとらぬ句する人多し。俳諧においては老翁が骨髄」（許六《きょりく》『宇陀法師《うだのほうし》』）という言葉です。芭蕉自身は、仲間でやる俳諧のほうが、一人で作ることのできる発句よりも自信があったのですね。「骨髄」は、芯のことですので、この場合は、発句よりも俳諧のほうが芭蕉文芸の本質だ、ということになりましょう。それはともかく、芭蕉もまた五・七・五の十七音をみずから発句と呼んでいたということであります。

俳句と同じ詩型である五・七・五の十七音の文芸には、同じ発句でも、連歌の発句と、俳諧の発句とがあるということなのです。なぜ、異なる二つの文芸の第一番目の句が、ともに発句と呼ばれたのでしょうか。答は簡単なのです。俳諧は連歌から派生した文芸なのです。普通は、俳諧、俳諧と言っていますが（今見たように芭蕉も俳諧と言っていました）、正しくは「俳諧の連歌」と言ったのであります。俳諧という文芸は、連歌の一つとして誕生し、独立したのです。「俳諧」とは連歌の特殊例を示す言葉だったのです。ですから、宗祇の発句と、芭蕉の発句は、似ていて当然なのです。

それでは「俳諧」とは、どのような特色を示す言葉だったのでしょうか。一口で言ってしまうならば、滑稽との意味なのです。「笑い」ですね。芭蕉が愛読していた俳諧の作法書に、梅翁という人が著した『俳諧無言抄』（延宝二年刊）という本がありますが、そこに、唐《タウ》にもたはぶれてつくる詩を俳諧と云より、古今集にざれうたを俳諧歌と定給《サダメたまひ》し也《なり》。これになぞらへて、連歌のただごとを世に俳諧の連歌と云也。

と書かれています。「たはぶれ」も「ざれ」も滑稽に近い意味の言葉です。「ただごと」は、本来は、俗語という意味ですが、俗語を用いることで、おのずから滑稽性が導けるということなのでありましょう。

芭蕉より前の時代に活躍した俳諧師である貞徳という人も『俳諧御傘《はいかいごさん》』(慶安四年刊)という作法書に、

抑《そもそも》はじめは、誹諧《はいかい》と連歌のわいだめなし。其中《その》よりやさしき詞《ことば》のみをつづけて連歌といひ、俗言《ぞくごん》を嫌はず作する句を誹諧といふなり。

と書いています。「誹諧」は「俳諧」と同じ言葉です。その俳諧と連歌の区別(「わいだめ」)は、最初はなかったというのです。ところが「俗言」(俗語)で作る連歌が隆盛になってきたので、和歌以来の「やさしき詞」(雅語《がご》)で作る作品のみを連歌と呼び、庶民が用いる「俗言」で作る作品は俳諧と呼んで区別するようになったというのです。これですっきりとしましたね。

宗祇の発句〈雪ながら山本かすむ夕べかな〉と、芭蕉の発句〈むめがかにのつと日の出る山路かな〉が似ているのは、そういうことだったのです。ただし、芭蕉の句には「のつと」という芭蕉の造語である擬態語があります。これが「俗言」です。これによって、一句は、真面目なことを詠んでいるのですが、どこかしらユーモラスなのです。連歌は「やさしき詞」で詠むという規制がありましたが、俳諧は「俗言」をどんどん使っていいのです。このことで世界がぐっと拡がったわけです。芭蕉にとってこのことは大いにプラスだったと思います。芭蕉の〈むめがかに〉の句は、まぎれもなく俳諧の発句だったのです。

ただし、芭蕉が登場する以前の発句は(俳諧は、と言ってもいいのですが)、ひたすら滑稽性を求める文芸でした。「俗言」もそのためにのみ活用されていました。しかし〈むめがかにのつと日の出る山路かな〉の句からも窺《うかが》えますように、芭蕉は、発句にみずからの感動を形象化したかったのです。ただ滑稽であるだけではいやだったのです。そこで「俳諧の益は俗語を正すなり」(土芳《どほう》『三冊子《さんぞうし》』)との言葉を発しているのです。「俗語」(俗言)を使うのはよいが、詩の言葉としてつかいこなしなさいというのでしょう。

その辺の事情を子規は的確に理解しています。俳句革新の第一声の書と言われている『獺祭書屋俳話《だっさいしょおくはいわ》』(明治二十六年刊。明治二十五年に新聞「日本」に連載。「獺祭書屋」は子規の庵号)の中に左の記述があります。

俳諧といふ語は滑稽の意味なりと解釈する人多く、其《その》意味に因《よ》りて俳諧連歌、俳諧発句という名称を生じ、俗に又是《これ》を略して俳諧と云ふ。されど芭蕉已後《いご》の俳諧は幽玄高尚なる者ありて、必ずしも滑稽の意を含まず。ここに於《おい》て俳諧なる語は上代と異なりたる通俗の言語、又は文法を用ゐしものを指して云ふの意義と変じたるが如し。

この子規の言葉は、私が先に説明したことと矛盾しないと思います。子規の理解でよいと思います。滑稽オンリーの文芸であった俳諧の発句が、芭蕉の登場によって感動を詠む文芸へと改革されて、子規の俳句にと受け継がれたのです。

今までに述べてきたことを振り返っておきます。皆さんがこれから挑戦しようとしている俳句という文芸の源流をどんどん溯《さかのぼ》っていくと五・七・五・七・七の三十一音の短歌(和歌)にまで辿《たど》り着くのです。その短歌を二人で詠む試み、すなわち五・七・五に七・七を付ける文芸が連歌です。この連歌が発展して五・七・五に七・七、さらに五・七・五、そして七・七と続けていく、そんな連歌(普通は、百句続けました)が誕生し、その第一番目の五・七・五の句を発句と呼ぶようになります。これが俳句文芸の起源です。この連歌の発句は、和歌と同様「やさしき詞」(雅語)だけで詠まれました。そこに派生したのが「俗言」(俗語)を用いて滑稽を詠む連歌です。これを俳諧の連歌、略して俳諧と言ったのです。この俳諧は、やがて本家の連歌を凌《しの》ぐことになりました。その第一番目の句も、連歌と同様に発句と呼ばれました。子規が注目したのは、この俳諧の発句です。それゆえ、これから私が発句と言う場合には、この俳諧の発句のことだと理解して下さい。私たちが知っている芭蕉の五・七・五の十七音の作品も、正確には俳句ではなく、すべて発句ということになるのです。

すでに見ましたように、芭蕉は「発句は門人の中、予におとらぬ句する人多し。俳諧においては老翁が骨髄」と唱えて、積極的に俳諧の連歌(子規たちは、洒落《しゃれ》てひっくり返して省略し、「連俳」と呼んでいます)を作りましたが、子規は「発句は文学なり。連俳は文学に非《あら》ず」(「芭蕉雑談」)と宣言して(芭蕉と逆ですね)、俳諧の連歌(連俳)をほとんど作っていません。そんな情況の中から「俳句」という呼称、あるいは「俳句」という文芸が生まれたのであります。

その間の事情を、子規の門人で、子規より二十歳年長の内藤鳴雪は、その著『俳句作法』(明治四十二年刊)の中で、

俳句という名は何故《なぜ》出来たかといふと、是《これ》は正岡子規が殆《ほとん》ど始めたといつて好いので、其《そ》の由来はかうである。それは、已《すで》に連俳の第一句たる実を失つた以上、発句と称《とな》へるよりは、寧《むし》ろ俳諧と称へた関係から、俳句といふ方が穏当であらうといふので、今より十数年前、子規始め吾々の仲間で、俳句々々と言ひならはしたのが、今では全国

に普及して、宗匠門下以外では、一般に俳句とのみいつて、発句といふ名は知らぬ位《くらゐ》にさへもなつてゐる。

と述べています。かくて、今日に繋《つな》がる俳句文芸が誕生したのであります。

俳句と川柳

そろそろ皆さんに俳句作品を作っていただいてよいのですが、実は、五・七・五の十七音の文芸として、連歌の発句、俳諧の発句以外にもう一つあったのです。こちらのほうは、皆さんも聞いたことがあると思います。川柳です。テレビのコマーシャルなどにも登場しますし、新聞を開くとサラリーマン川柳などという欄もありますね。これも、具体的な作品を見てみることにしましょう。

買ひに往《ゆき》て絵の気に入らぬ団扇《うちは》かな

客が来てそれから急に買う団扇

この二句、どちらが俳句で、どちらが川柳だと思いますか。「団扇」は皆さん御存知ですよね。最近はエアコンが普及して、「団扇」はすっかり実用性を失ってしまいましたが、サッカーや野球の応援に使ったり、祭の時にファッション感覚で持ち歩いたりしますね。本来の用途は、言うまでもなく扇《あお》いで風を起こして涼をとるものですので、夏の季節を表現する言葉ということになります。この、季節を表現する言葉を江戸時代には「季の詞《ことば》」「季詞《きことば》」などと言っていましたが、今日では季題《きだい》とか季語《きご》とか言っています。この授業では「季語」で統一してお話しすることにします。この「団扇」は、江戸時代になって、俳諧文芸において用いられるようになった季語です。それまでの和歌の世界では「扇」が季語として用いられていました。今日の感覚から言っても、「扇」より「団扇」のほうが庶民的ですよね。江戸時代の俳諧師が、庶民生活の中に見出した季語というわけです。ですから、「団扇」も作品に庶民性や滑稽性をもたらす「俗言」(俗語)というわけであります。

ということで、〈買ひに往て〉も〈客が来て〉も、作品には庶民的な雰囲気が溢《あふ》れているのです。そこで、改めて、どちらが俳句で、どちらが川柳か、ということです。皆さんの中で、多少なりとも川柳に関心がある方は、ちょっと待ってよ、と思われるのではないでしょうか。二句とも季語があるじゃないの、と。そうですね。それらの方々は、小学校か、中学校で、ひょっとしたら高校ででも、俳句と川柳の違いについて、季語がある五・七・五の十七音が俳句で、季語のない五・七・五の十七音が川柳である、と教えられた記憶があるのではないでしょうか。そこで〈買ひに往て／絵の気に入らぬ／団扇かな〉(六・七・

五の十八音ですが、許容範囲でしょう)、〈客が来て／それから急に／買う団扇〉の二句を見ると、たしかに二句とも季語「団扇」が入っているのですから。ついでに、もう二句を挙げてみます。よりわかりやすいでしょうから。

栈橋《さんばし》に別れを惜《をし》む夫婦かな
油画《あぶらゑ》の初手《しよて》は林檎に取りかかり

これ、どちらが俳句で、どちらが川柳でしょうか。どちらも今度は、きちんとした五・七・五の十七音ですね。前の句には、季語はありません。「栈橋」も「夫婦」も季語でないことは、明らかでしょう。あとの句、「林檎」が季語です。寺山修司も使っていましたね、〈林檎の木ゆさぶりやまず逢いたきとき〉と。秋の季節を表現する季語です。「林檎」も、「団扇」と同様、江戸時代の俳諧師が庶民生活の中に見出した季語です。

ここで、今までの作品四句を口語訳しておきます。〈買ひに往て絵の気に入らぬ団扇かな〉——あまりに暑いので団扇を買いに行き、買い求めた団扇であるが、どうも描かれている絵が気に入らないなあ、というのでしょう。「買ひに往て」は、わざわざ買いに行って求めたのに、との気持を込めての表現と解するのが自然。〈客が来てそれから急に買う団扇〉——さすがに暑くなってきたが、これも節約と、団扇を買うのを我慢していた。が、暑い中、来客に団扇を出さないのはさすがに失礼であったと、遅ればせながら買い求めた、との意味だと思います。客が来たので、それから団扇を買いに出た、というのではなく、客が来たことがきっかけで、ということでしょう。〈桟橋に別れを惜む夫婦かな〉——何か事情があって心ならずも離れ離れにならなくなった夫婦であろう、桟橋で別れを惜しんでいる、というのです。〈油画の初手は林檎に取りかかり〉——油画の習いはじめは、まず、誰でもが林檎の写生から、と決まっているようなのが、何とも面白い、というのでしょう。「初手」は、最初、てはじめ。

さあ、以上の四句、どれが俳句で、どれが川柳でしょうか。皆さん、頭の中で決めておいて下さい。いいですか。それでは答を言ってみましょうか。〈買ひに往て〉〈桟橋に〉の二句が俳句です。そして、〈客が来て〉〈油画の〉の二句が川柳です。皆さんの答、どうでしたか。〈桟橋に別れを惜む夫婦かな〉は、季節を表現する言葉の入っていない無季の句ですよね。でも俳句なのです。一句の中に季語が入っているのが俳句で、季語が入っていないのが川柳という考え方は、原則的には正しいのですが、あくまでも原則であることを、右の四作品でしっかりと認識しておいて下さい。〈桟橋に〉のように季語のない俳句もあれば、〈客が来てそれから急に買う団扇〉や〈油画の初手は林檎に取りかかり〉のように季語の入っている川柳もあるのです。

四作品の作者を言ってみましょうか。〈買ひに往て〉〈桟橋に〉の二作品の作者が正岡子規です。そして〈客が来て〉〈油画の〉の二作品の作者が阪井久良岐《くらき》という川柳作家です。子規のことは先に触れましたので、久良岐について少し説明しておきます。明治二年（一八六九）の生まれですので、子規より二歳年少ということになります。同時代人ですね。それよりもなによりも、久良岐は歌人として出発し、子規とも交流があったのです（子規と同じく日本新聞社の社員であった時もありました）。子規が没した時、子規の魅力を、

先生毫《がう》も師長《しちやう》を以《もつ》て居《を》らず。門下来集の士に対するも、尚《なほ》友人の礼を以てす。且《かつ》下問《かもん》を羞《は》ぢず。是《こ》れ余が尤《もつと》も先生の徳を大なりとする所以《ゆゑん》なり。（「明星」明治三十五年十月）

と語っているほどであります。子規は、先生ぶったり、年長者ぶったりしなかったし、門下生たちに対しても友人として接し、門下生に尋ねることも羞じなかった――そんな子規を久良岐は礼讃しているのです。川柳に挑戦しはじめた久良岐がお手本としたのが子規の俳句革新であり、短歌革新であったようです。久良岐も川柳革新を試み、川柳に詩性を取り込もうとしたのでした。右の二句にもそんな詩性の一端が窺《うかが》われるのであります。ここでもう一度四句をならべて見てみることにしましょう。順序を少し変えます。

買ひに往て絵の気に入らぬ団扇かな　子規
桟橋に別れを惜む夫婦かな　子規
客が来てそれから急に買う団扇　久良岐
油画の初手は林檎に取りかかり　久良岐

皆さんの中にはいちはやく気がつかれた方がいますね。そしてその方は、すぐに、

梅がかとしるもあやしきにほひかな　宗祇
雪ながら山本かすむ夕べかな　宗祇
むめがかにのつと日の出る山路かな　芭蕉
紅梅の落花をつまむ畳哉《かな》　子規

等の作品を思い出していたのではないでしょうか。前にもほんの少しだけ注目したのですが、発句にしても、俳句にしても、句末が「かな」で留められていますね。前に私は、「かな」が発句性を保証していると言いましたが、覚えていますか。連歌の発句にしても、俳諧の発句にしても、「かな」がキーポイントなのです。子規が創始したとは言っても、その発句から派生した俳句ですので、俳句においてもまた、「かな」が俳句性を保証して

いるのであります。右の宗祇の二句、芭蕉の一句、子規の三句を見ていただけば明らかだと思いますが、「かな」は、詠嘆、感動を表現する終助詞であり、一句全体を完結させる役割をも担っています。この「かな」を発句や俳句では切字《きれじ》と呼ぶのです。ですから、切字があることによって五・七・五の十七音は発句や俳句になるのです。別の言い方をしますと、発句性・俳句性を保証するのは、季語以上に切字なのであります。そのことは、連歌師紹巴《じょうは》の『連歌至宝抄』(天正十四年成立。寛永四年刊)に、

発句に切字と申事《まうす》、御入候《いれ》はで叶《かな》はず候。其《その》切字なく候へば平句《ひらく》に相聞《あひ》えてあしく候。

と見えることによっても確認できるのです。発句に切字を入れないならば、平句になってしまいまずい、と言っているのです。前に芭蕉の〈むめがかにのつと日の出る山路かな〉を発句とする俳諧三十六句中の八句目までを見ましたね。その時確認したことですが、一句目置きに五・七・五の十七音の作品がありました。それが紹巴言うところの「平句」なのです(一般に「平句」は、七・七の十四音の句も含めて、連歌や俳諧の四句目以降、最後の一句を除いたものを言います)。例えば、

宵の内ぱらぱらとせし月の雲　芭蕉
御頭《おかしら》へ菊もらはるるめいわくさ　野坡

のような作品です。この二句には、芭蕉の〈むめがかに〉のように切字「かな」が入っていないのです。切字については第三講で詳しくお話ししますが、なにも「かな」だけではありません。皆さんの中には御存知の方もおいでかもしれませんね、「や」「けり」などといった切字もあります。とにかく〈宵の内〉と〈御頭へ〉には切字がないのです。ですから、意味はしっかりと把握できるのですが(すなわち独立性はあるということです)、どこかで後ろ髪を引かれる思いがするのです(すなわち完結していないということです)。それもそのはずで、芭蕉の〈宵の内〉で見てみますと、この句は、

上《かみ》のたよりにあがる米の直《ね》　芭蕉

の七・七の十四音に付けられたものですし、

藪越《やぶごし》はなすあきのさびしき　野坡

の七・七の十四音を呼び込んでいるのです。私が、鑑賞をしていて、どこかで後ろ髪を引かれる思いがしたのは、こういうことだったのです。句に即して言えば、どこか物欲しげな作品、ということになります。もしかりに、

宵の内ぱらぱらとせし月の雲かな
御頭へ菊もらはるるめいわくさかな

とでもありましたならば(こんな詩型は無論ありませんが)、落ち着き、すなわち完結性を獲得できている、ということになります。作品としては少しも面白くありませんが。

この芭蕉の〈宵の内〉や、野坡の〈御頭へ〉のような平句を源流とするのが、久良岐の、

客が来てそれから急に買う団扇
油画の初手は林檎に取りかかり

のごとき川柳という文芸なのであります。ですから江戸時代の川柳には、きちんと前句があって、その前句から発想していたのです。

こはい《怖》事かなこはい《怖》事かな
かみなりをまねて腹かけやつとさせ

のようにです。七・七の十四音に付けた五・七・五の十七音です。ですから川柳には切字

がないのです。これでおわかりいただけたと思います。俳句と川柳の違いは、切字の有無ということになります。川柳は、切字がない分、意味の面白さを追求することになります。久良岐の二句が理詰めであり、説明的であるのは、そのためです。

これで五・七・五の十七音の短詩型の概略を理解していただけたと思いますが、もう一つだけ補足しておきます。実は、このことを皆さんには、しっかりと頭に入れておいていただきたいのです。ここでもう一度『17音の青春 神奈川大学全国高校生俳句大賞2001』を繙《ひもと》いてみたいと思います。

空高く自分の親と短所似る　高松敬仁
講習の教科書に夏とじこめる　高安久美子

高松敬仁君は、横浜高校の一年生、高安久美子さんは、沖縄県の開邦高校の一年生です。この二作品を見て、皆さん何か思ったのではありませんか。子規の俳句のように「かな」がないなあ、ということだと思います。そして、「や」や「けり」もありませんね。その結果、切字がないんじゃないの、これは川柳では、との疑問がもし過《よぎ》ったとしたら――そんな皆さんは、もうすっかり俳句の虜《とりこ》、俳句好きになっていると思って下さい。皆さんの流行《はやり》の言葉で言えば、俳句にはまって、きつつあるのです。俳句作りが癖になると思いますよ。ここで、これまでに見てきた俳句で、「かな」「や」「けり」といった切字のない句を見てみることにします。あえて触れないできましたが、あったのですよ。

紅梅の散りぬ淋しき枕元《まくらもと》　子規
林檎の木ゆさぶりやまず逢いたきとき　寺山修司

この二句、「かな」も「や」「けり」もありませんね。それでは高松敬仁君の〈空高く〉や、高安久美子さんの〈講習の〉と同じ範疇《はんちゅう》の作品かというと、違うのです。この二句は、子規の〈買ひに往て絵の気に入らぬ団扇かな〉などと同様の作品なのです。〈紅梅の〉の子規句は「散りぬ」の「ぬ」が切字で、ここで切れているのです。そして寺山修司の〈林檎の木〉の句のほうは、「ゆさぶりやまず」の「ず」が切字で、ここで切れているのです。「かな」という句末に置かれる切字は、一句全体の作者の感動を受けて、一句を完結させ、読者に作者の感動をストレートに伝える切字ですが、「ぬ」や「ず」は、句中に置かれ、作者の感動を上下から、その切字に収斂《しゅうれん》させつつ、読者にその感動を間接的に伝えると同時に、完結性も保証している、そんな切字です。――切字については、その種類も含めて、もう一度丁寧にお話しする予定ですが、句末の切字と、句中の切字の、それぞれの働きについては、ここで大略理解しておいて下さい。ところで、敬仁君や久美子さんの作品、

空高く自分の親と短所似る
講習の教科書に夏とじこめる

には、子規や寺山修司の句の「ぬ」や「ず」のような切字は、どこにもないのです。それでは、皆さんが懸念しているように川柳かというと、正真正銘の俳句であります。そして、皆さんは「かな」とか「や」「けり」などの切字を使っての作品よりも、むしろ敬仁君や久美子さんのような作品をこれから沢山作るのではないかと思います。「かな」「や」「けり」は、あまりにクラシックに過ぎて、皆さんの若い感動を表現するには向いていないかもしれませんね。

そこで敬仁君、久美子さんの作品ですが、たしかに切字はありませんが、句中に「切れ」があり、それが切字と同じ役割を果たしているのです。

空高く◇自分の親と短所似る

上五文字の「空高く」で、秋の澄み切った空に感動しているのです。一方、中七・下五文字「自分の親と短所似る」では、自己を凝視して面白がっているのです。この二つの世界は別々の世界ですが、今、私が仮りに示した空白部分◇の「切れ」に収斂し、ぶつかりあって、融合するのです。それゆえ、読者は、親と短所が似ているのを作者が決していやがっていないことを了解できるのです。

講習の教科書に◇夏とじこめる

作者は意識していないでしょうが、この句はちょっと複雑な構造の句です。中七文字の途中に「切れ」があるのです。「講習の教科書に」の世界からは、高校生活の一齣《ひとこま》が髣髴《ほうふつ》とします。一方、「夏とじこめる」の世界は、夏への断念を示しています。この一見かかわりのない二つの世界が空白部分◇の「切れ」でぶつかりあい、融合すると、読者には、遊びを諦めて勉強に精を出すことを決心した作者の心のありようが伝わってくるのです。これが「切れ」です。この「切れ」がないと川柳になってしまいますので、十分注意して下さい。

それでは、残り時間が二十分ほどになりましたので、いよいよ俳句作りに挑戦してみて下さい。規定の用紙を配ります。もう一度言いますよ。五・七・五の十七音です。そこに皆さんの感動を形象化して下さい。その場合、できるだけ説明的になるのを控えて下さい。季語を入れることが望ましいです。作品に迫力がでますからね。それに今お話しした「切れ」(切字)でしたね。――それらがクリアできていればいいのですが、最初は、五・七・五の詩型に慣れるということを第一の目標として下さい。五・七・五で自分の思っていることを表現するのは結構大変ですよ。一句は作って提出して下さい。時間に余裕のある方は、二句でも三句でも書いて下さい。

第二講　作者と読者の関係

作品の講評

皆さんの作品、見せてもらいました。そして、是非やめていただきたい書き方がいくつかありましたので、最初にそれをまずお話しします。作品の評価以前のごくごく基礎的な問題です。

規定の用紙(四十四ページ参照)は、約二センチ幅の枠が五行ありますね。縦は十五センチぐらいでしょうか。ですから、俳句が五句書けるわけです。そして左のスペースに「作品評価」としてA・B・C・Dとあります。ABCまでが合格作品で、Dが不合格作品です。注意事項のXについては、X_1からX_9までのマイナス評価の言葉が、

X_1　陳腐

X_2　ただごと

X_3 理屈
X_4 観念的
X_5 「切れ」が無い
X_6 季語の用い方に問題がある
X_7 詩性の不足
X_8 表現
X_9 意味不明

のように書いてありますね。これが私の作品評価の基準です。あとでお返ししますので見て下さい。特に注意事項としてのX評価に注目して下さい。作品の下欄に赤のボールペンで書いてあります。ＡX$_6$のような複合評価は、全体的にはA評価に値する作品なのですが、季語の用い方に難がある、ということを示しているのです。ＢX$_3$でしたら、まああの作品ですが、少し理屈っぽい、説明的な作品というわけです。

そこで、次回からは(すなわち今日作る作品からです)是非注意して、直してもらいたい書き方についてです。

ぶどう食べ、いくつもの恋を、思い出す。

経営学部のK・Sさんの作品です。評価は、第一回作品ということでAです。どこが悪いのかわかりますか。前回の講義で私が書いた子規や寺山修司、あるいは高校生諸君の俳句と比べてみて下さい。こんな書き方をしていませんでしたね。句読点です。俳句に句読点(点とか丸)などつけてはいけませんよ。K・Sさんの作品は、俳句としてすぐれていましたので、代表させてもらいましたが、句読点をつけている人、他にもかなりいました。くれぐれも注意して下さい。俳句文芸自体が五・七・五のリズムを持っていますので、句読点を打つ必要がないのです。一句としては、

ぶどう食べ◇いくつもの恋を思い出す

という構造の作品です。「ぶどう食べ」という世界と、「いくつもの恋を思い出す」という世界とが、「切れ」の空白部分でぶつかりあって、融合するのです。ぶどうの一つぶ一つぶの微妙な味の違いが、過ぎ去った様々な恋を思い出させたのですね。大胆な告白ですが、それゆえにこそ読者は衝撃を受けるのです。切字はありませんが「切れ」がありますので、立派な俳句です。ストレートには結びつかない二つの世界を持っている作品、そのような作品が「切れ」のある作品なのです。「ぶどう食べ」の世界がイコール「いくつもの恋を思い出す」の世界ではありませんね。K・Sさんの感性による発見です。その発見がオリジナリティーのある作品を生んだのです。「ぶどう」が秋の季語です。葡萄と言えば、子

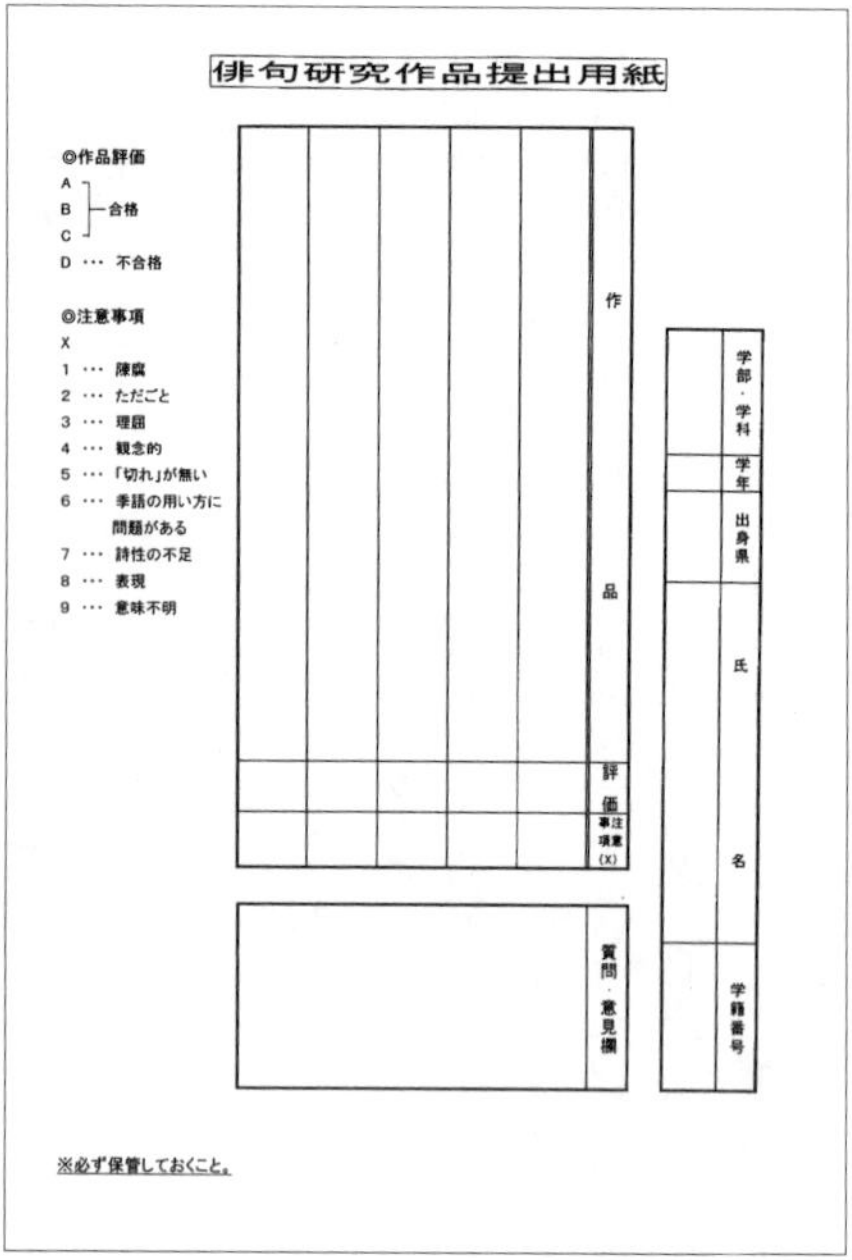

規には、葡萄そのものを詠んだ名句〈黒キマデニ紫深キ葡萄カナ〉があります。死の直前の作品です。片仮名で書かれています。「黒キマデニ」の「ニ」の一字が「紫」の色合を見事に示しているのですが、角川書店の『図説俳句大歳時記』をはじめとして、歳時記類は〈黒きまで紫深き葡萄かな〉として収めています。これでは、子規の名句も台無しです。俳句はたった十七音しかないので、一字の重みは大きいのです。子規は、あえて「黒キマデニ」と上五文字を六文字にしているのです。K・Sさんの句も中七文字を「いくつもの恋を」と八文字にしていますが、これで浅薄に流れることを防いでいます。作者の「恋」の重さが読者に伝わります。

もう一つ。

あいまいな　二人の会話で　秋終わる

理学部のM・W君の作品です。この作品も評価はAです。はじめての俳句としては上出来です。しかし、問題は、この作品も書き方です。俳句は、何回も言いますように五・七・五の十七音の文芸ですので(M・W君の作品も中七文字が八文字ですが、いいでしょう)、わざわざ、その部分を一字分空けることはないのです。K・Sさんの作品のように句読点をつけた作品も多かったのですが(特に句末に句点、すなわち丸をつけた人、多かったですよ)、五・七・五のそれぞれで一字空けにした作品は、それ以上でした。一気に、

あいまいな二人の会話で秋終わる

と一行に書いて下さい。構造としては、

あいまいな二人の会話で◇秋終わる

となっている作品です。「あいまいな二人の会話で」という世界と、「秋終わる」という世界とは、本来はかかわりがないのです。が、「切れ」の部分で二つの世界がぶつかりあい、融合すると、二人の会話の空疎さと、秋が終わるというさびしさが響き合って、読者も作

者の心に触れて、作者の心のさびしさを共有しうるように思えるのです。

もう一つ。こんな書き方がしてある作品です。

　母あてに
　冬ふとん送れと
　文を出す

経営学部のH・Kさんの作品です。三行に書いてあります。これもいけません。私は黒板やホワイトボードの関係で、時に二行に書いたり三行に書いたりしますが、皆さんは、必ず一行に、

　母あてに冬ふとん送れと文を出す

と、真直ぐに書いて下さい。一枚の用紙にただ一句だけ書くことがためらわれたのでしょうが、気にせずに一行目にスッと一句書いて下さい。ところで、この作品の評価はDで、X_5X_6となっています。まずX_5の「切れ」の問題です。事実を、しかも切実な事実を述べています。たしかに〈母あてに／冬ふとん送れと／文を出す〉と五・七・五のリズムに乗せようと苦心しています。冬になり寒くなって、蒲団が必要になったので、お母さんに送って

くれるように手紙を書いたというのでしょうね。手紙を「文《ふみ》」と表現したところなど、さすがは大学生です。そして、作者の切実さも十分に伝わってきます。しかしこれでは、報告文ではあっても、俳句とは言えません。なぜでしょうか。「切れ」がないのでいかにも平板で、事実に伴う感動を読者に伝え得ていないのです。次にX6の季語についての問題です。講義要項にも書いておきましたが、講義には必ず歳時記を持ってきて下さい。それとノート。俳句を作る時の下書き用に必要です。一般的な歳時記はどの出版社のものでもかまいません。携帯に便利なものがいいでしょう。歳時記は、季語が四季別に分類されていて、季語についての解説と、その季語を使った俳句が掲出されています(これを例句といいます)。ですから、皆さんが俳句を作ったら、そこで用いた言葉が季語かどうかを歳時記を繙《ひもと》いてこまめに確認して下さい。前か後ろに五十音順の総索引がついていますので、容易に検索できると思います。H・Kさんの句で言いますと、「ふとん」(蒲団)は冬の季語なのです。「蒲団」を季語として認定したのは江戸時代の俳諧ですから、「蒲団」は「俗言」(俗語)ということになります。「蒲団」という存在そのものが、かつては庶民性とか滑稽性を一句にもたらしたのです。エアコンが普及した今日では、季節感(これを俳句の専門用語では、短く季感と言います)とあまり関係がないような感じがしますが、江戸時代以降、昭和の初期頃までは、冬の生活と密接なかかわりがあったのでした。それで「蒲団」は冬の季語というわけです。ですからH・Kさんの「冬ふとん」の「冬」は不要な言葉なのです。〈母あてにふとん送れと文を出す〉――うんとリズミカルになりましたね。

「切れ」を考慮して、もう少し添削してみましょうか。

文を出すふとん送れと母あてに

これで俳句としての形が整いました。〈文を出す◇ふとん送れと母あてに〉で「切れ」が生じたからです。ただし「文を出す」という世界と「ふとん送れと母あてに」という世界が、非常に近いので、ぶつかったときの衝撃が小さく、したがって俳句としての面白さも少ないのです。皆さん、衝撃度の強い作品を作るように心がけて下さい。

まず、皆さんの俳句の書き方が気になりましたので、そのことを最初にお話ししました。

誰のために作るのか

ところで、皆さんは、前回はじめて俳句作りに挑戦したわけですが、いかがでしたか。もちろん、皆さんの中には、すでに小学校、中学校、あるいは高等学校の国語の授業で作ったことのある方もいらっしゃるでしょうが、まったくはじめての体験という方も少なくなかったのではないでしょうか。五・七・五の十七音で、「切れ」に留意しながら皆さんの感動を、と言われても、とっさに、何を詠んだらいいのかわからず、ちょっとしたパニック状態に陥った方もあったかもしれませんね。

この講義科目において、皆さんは、はじめて、あるいは久しぶりに俳句作りに挑戦したというわけです。いきなり俳句を作ることになり、さぞや戸惑ったことでしょうね。それにたった五・七・五の十七文字しかないのですから、大変苦心されたことと思います。思っていた以上に俳句という文芸は手強《てごわ》かったのではないですか。でも、たった十七文字の中に、なんとかして自分の感動を封じ込める醍醐味《だいごみ》、これをほんの少しでも実感できた方は、面白くて仕方がなくなると思いますよ。それに、皆さんのように若い時に俳句の実作を体験しておかれると、卒業し、しばらく俳句から遠ざかることになっても、やがて四十代、五十代になって、ちょっとしたきっかけで、また俳句作りに夢中になることができると思います。皆さんにはまだピンとこないかもしれませんが、芭蕉の言葉に「俳諧《はいかい》は老後の楽也《たのしみなり》」というのがあります。「老後」とは、何歳からを言うのでしょうか。辞書的な意味では、「初老」は四十歳のことです。芭蕉は、元禄六年(一六九三)、五十歳の時に書いた「閉関之説《へいかんのせつ》」という文章の中で、

人生七十を稀《まれ》なりとして、身を盛りなる事は、わづかに二十余年也《なり》。はじめの老(筆者注・「初老」すなわち四十歳のこと)の来れる事《こと》、一夜の夢のごとし。五十年、六十年のよは(ほ)ひかたぶくより、あさましうくづを(お)れて、宵寝《よひね》がちに朝をきしたるね覚の分別、

なに事をかむさぼる。

と記しています。人生七十歳を迎えることのできる人はごくごくわずか、そんな生涯で、何の屈託もなく過せるのはせいぜい二十年、四十歳はあっという間、五十、六十ともなると見苦しく老い衰え、早寝、早起きをしたからといって、いったい何をするのだ、というのです。芭蕉の実感でありましょう。江戸時代において、「初老」である四十歳は、そんな思いで捉《とら》えられていたのです。芭蕉の門人で支考《しこう》という人物は、芭蕉の言葉「俳諧は老後の楽也」を解説して、享保四年(一七一九)刊の俳論書『俳諧十論』の中に左のように記しています。

若き時は、友達おほく、よろづにあそびやすからんに、老て世の人にまじはるべきは、ただ此《この》俳諧のみなれば、是《これ》は虚実の媒《なかだち》にして、世情の人和《ひとのわ》とはいへる也《なり》。

皆さんのように若い時は、友達も多く、遊びも沢山あるでしょうが、老いて、人々と仲よくやっていくことはなかなかむずかしいわけでして、そこにおいて大きく与《あずか》っているのが、俳諧、すなわち俳句だというのです。今日、芭蕉の時代と比べて人々の平均寿命は格段に長くなりました。平成十三年(二〇〇一)の厚生労働省の調査では、女性が八十四・九三歳、男性七十八・〇七歳です。大変なものです。「人生七十を稀《まれ》なり」などという言葉はとっくに通用しなくなっています。そんな時代にあっては「老後」とは、何歳ぐらいからを指すのでしょうか。ひとまず六十五歳ぐらいと考えてよいでしょうか。そして、芭蕉の言葉「俳諧は老後の楽也」は、今日にあってもなお強い力を持っているように思われます。私は、カルチャーセンターで俳句教室を担当していますが、そこには皆さんの御両親と同年代、あるいはもう少し上の世代の方々が多数参加されています。子育てを終えた女性、停年を迎えた男性の方々です。俳句という文芸を介して、そこに談笑が生まれるのです。芭蕉の門人の支考が解説している通りであります。皆さんは、前途洋々、これから様々な分野で活躍されることと思いますが、やがて「老後」を迎えられた時、この「俳句研究」を受講されたことが必ずや活《い》きてくるでありましょう。俳句との再会を楽しみにしていて下さい。

話が大分脇道にそれてしまいましたので、話を俳句作りの面白さに戻します。「俳句研究」がスタートした平成五年(一九九三)、皆さんの先輩にあたるK・H君が、左のような感想を寄せてくれています。当時、経営学部の一年生です。

毎時間、前回の優秀作品が呼ばれるが、私の作品が呼ばれたことはなかった。そのたびに、次回こそはと気合をいれて作品をつくるのだが、私の作品はまだまだ甘いようだった。しかし、優秀作品として呼ばれなくても、自分で俳句を作って、俳句はおもしろいなぁ、といつも感じている。だんだん自分が俳句にはまっていくのがよく分かる。もうすぐこの授業が終わってしまうのだと思うと、すごくさびしくなってくる。

平成五年(一九九三)、「俳句研究」の講座の一つは、水曜日の四時限目に置かれていました。四時限目は、三時十分より、四時四十分までの九十分です。当時の受講生は、ほぼ五十名でした。「俳句研究」開講直後ということもあり、講義終了の何回か前に、受講しての感想を皆に書いてもらっていたのだったと思います。その中の一つが、右のK・H君の文章です。K・H君は、作品でA評価は獲得しなかったようですが、それでも俳句作りにのめり込んでくれていたようです。俳句作りが、きわめて主体的な行為だったからではないでしょうか。あくまでも自己の心の中をしっかりと見つめて、それを五・七・五の十七音の言葉によって形象化しなければならないわけです。たった十七音ですので、形象化するにあたって、友達の助けを借りるというのもちょっと癪《しゃく》にさわることでしょう。第一、不心得《ふこころえ》にも、もし代作をしてもらおうなどと思っても、みずからの感動を友達に正確に伝えることなど、至難でありましょう。そこで、いやでも自分自身で格闘して作り上げなければなりません。皆さんもそうだったと思います。K・H君にとって、そんな行為がかえって魅力的だったのではないでしょうか。「俳句研究」開講直後だっただけに、K・H君が寄せてくれた感想はうれしいものでした。皆さんも、K・H君のように「俳句にはまって」くれるといいのですが。ここで、K・H君と同時期の受講生の優秀作品を二句ほど紹介してみましょう。

草原のキリンのようにすすき立つ

当時、経営学部一年生のY・H君の作品です。背の高い「すすき」の美しさに感動しての作品でしょう。その美しさを「草原のキリンのように」と譬喩《ひゆ》で表現したところが面白いと思います。特に「すすき」の丈《たけ》の高さを「キリンのよう」と見たところはユニークです。「草原の」の上五文字が、「すすき」とやや抵触《ていしょく》しないでもありませんが、大学生（しかも、俳句初心者）の作品としては許容範囲でありましょう。丈の高い「すすき」に対する作者Y・H君の感動が、読者に素直に伝わってきます。評価はAX5となっています。全体として面白いのですが、譬喩表現とした分、「切れ」が弱いのです。

自転車のサドルに落ちる濡れ落ち葉

当時、経営学部一年生のY・K君の作品です。Y・K君がたまたま目にした光景でしょうが、「濡れ落ち葉」が「自転車のサドル」に「落ちる」ところを発見した「写生」（第六講で詳しくお話しします）の眼《め》は高く評価されます。この作品、評価はBX8「表現」です。

マイナスポイントは、「サドルに落ちる」と「濡れ落ち葉」の重複です。「落ち葉」は冬の季語ですので動かせません。「サドルに落ちる」の表現に工夫がほしかったと思います。それに、この句の場合も「切れ」が弱いと思います。例えば、少し趣は変ってしまいますが、〈自転車のサドルの破《やぶ》れ濡れ落ち葉〉としますと、「切れ」もしっかりとして、俳句らしい俳句になるのではないでしょうか。

十年前の皆さんの先輩の作品、いかがですか。先のＫ・Ｓさんの作品やＭ・Ｗ君の作品など、先輩の作品に比べて少しも遜色《そんしょく》がないと思われます。私が最初に「切れ」について触れたせいもあってか、「切れ」がしっかりしている点では、先輩の作品を凌駕《りょうが》しています。ただ、皆さんがＹ・Ｈ君やＹ・Ｋ君の作品で見倣《みなら》ってほしいのは、自然への関心です。その点では、Ｋ・ＳさんやＭ・Ｗ君の作品は、やや観念的な傾向が強いように思われます。観念的な作品が悪いというのではないのですが、エスカレートしますと、独りよがりの作品になってしまう危険性があるのです。

子規は、明治三十年(一八九七)一月発行の俳句雑誌「ほとゝぎす」の創刊号に載せた「俳諧《はいかい》反故《ほご》籠《かご》」と題するエッセイの中で「俳句はおのがまことの感情をあらはす者《もの》なり」「趣向は実景実物を見て考へ起すべし。必ず新しき趣向を得ん」と記しています。これが俳句作りの基本と言ってよいでありましょう。皆さんも、このような姿勢で俳句を作っていただきたいと思います。すなわち、「実景実物」から受ける「おのが(筆者注・自分の)まことの感情」を、十七音で表現するということです。皆さんの作品を見ますと、大体、このような作品ですのでいいと思います。今回も、そんな作品を見せて下さい。原則的には、俳句は、自らの実体験の感動を綴る文芸なのです。

今、原則的には、と言いましたのは、一方にフィクション俳句というものがあるからです。江戸時代の俳人では、蕪村が得意としました。例えば、

公達《きんだち》に狐化《ばけ》たり宵《よひ》の春

といった作品です。「公達」は、上流貴族の子弟のことです。が、蕪村が目にした「実景」ではないでしょう。「宵の春」の持っている妖艶なる雰囲気に触発されての美的イメージの世界でありましょう。「宵の春」の妖艶な雰囲気の中にいると、狐が化けたような美しい「公達」でも出てきそうだ、と蕪村は思ったのでしょうが、それを思い切って「公達に狐化たり」と言い切ったのでありましょう。

このフィクション俳句に積極的に挑戦した後代の俳人に日野草城《そうじょう》がいます。明治三十四年(一九〇一)に生まれ(子規の没する一年前であります)、昭和三十一年(一九五六)に数え年五十六歳で没しています。虚子の主宰誌「ホトトギス」で活躍、二十九歳の若さで同人になっていますが、昭和十一年(一九三六)、三十六歳の折、虚子の不興を買って除名されています。以後、新興俳句(反「ホトトギス」俳句)の驍将《ぎょうしょう》(強力なリーダー)として活躍しま

した。その草城には、

妻もするうつりあくびや春の宵
妻といふかはゆきものや春の宵

といった、妻俳句とも呼ぶべき作品が数多くありますが、この二句、結婚前の昭和二年(一九二七)六月に発行されている第一句集『草城句集(花氷)』(京鹿子発行所)に収められています(ちなみに、草城が結婚したのは昭和六年です)。つまりフィクション俳句というわけです。結婚前の若者が堂々と妻の句を詠んでいるのです。俳句という文芸に対する一般的な通念としては、あくまでも自己の体験を詠むものである、ということがありますでしょ。いわばノンフィクションである、との固定観念です。この固定観念は、芭蕉や子規の俳諧革新、俳句革新と一体化して形成されましたので、大変強固であります。そんな固定観念を積極的に打破しようとしたのが、草城だったのです(蕪村の影響を強く受けた子規や虚子にもフィクション俳句があることはありますが、決して多くはありません)。昭和十三年(一九三八)出版の草城の句集『転轍手《てんてつしゅ》』(河出書房)には、左のごとき連作俳句(同一主題での複数の俳句によって一つの世界を構築しようとするもの。ノンフィクション俳句、フィクション俳句にかかわらず行われた)が掲出されています。

マダム　コルト
春の夜の自動拳銃《コルト》夫人の手に狎《な》るる
白き掌《て》にコルト凜々《りんりん》として黒し
夫人嬋娟《せんけん》として七人の敵を持つ
愛《いと》しコルト秘《ひ》む必殺の弾丸《たま》を八つ
コルト睡《い》ぬロリガンにほふ乳房《ちち》の蔭

草城、三十七歳の時の作品です。この連作俳句がフィクションであることは、一読して明らかでありましょう。草城は、俳句は己れの感動を語る文芸である、との芭蕉以来の、そして子規以来の固定観念をなんとか打破したかったのでありましょう。草城も、子規と同様、蕪村に大きな関心を抱いていましたので、蕪村のフィクション俳句の影響があってのことだったのかもしれません。俳句が文芸の一ジャンルである以上、当然、フィクション俳句も許容されていいのではないでしょうか。小説や演劇、そして詩の世界では、フィクションは当然であり、大騒ぎすることでもなんでもないのですから(もっとも、小説にも作者自身を主人公とし、その体験を告白的に描いた私《わたくし》小説というのがありますが)。

「マダム　コルト」五句の中に、むずかしい言葉はあまりありませんね。「嬋娟」は、容姿があでやかで美しいこと、品位があってなまめかしいことです。「ロリガン」、これはちょっとむずかしいですね。大きな辞典にも載っていません。私も、この言葉には難儀をしました。草城のお弟子さんで、現代俳壇で活躍中の桂信子さんにお聞きしてやっと解決したのですが、「ロリガン」、香水の名前です。『香り』(日本テレビ)という本の中にコティの香水の一つとして「ロリガン(貴婦人の香り)〈香水〉格調高いじゃ香をベースにした優雅で落ちついたムードを漂わせる香り。コティで最も古く今も変わらぬ人気を集めている。〈花嫁の香り〉とも呼ばれる」と書かれていました。連作五句によって、コルトを愛玩する上流社会の妖婉《ようえん》な貴婦人が髣髴《ほうふつ》としてきますね。しかし、現実とはほど遠い世界です。草城が今までの「写生」俳句や「花鳥諷詠」俳句(虚子の唱えた有季定型俳句の理念)に挑戦したところのフィクション俳句であり、この試みによって俳句の新領域を開拓したという点においては高く評価してよいでしょう。自己の感動を語るだけが俳句ではない、ということを実作をもって示したわけです。後年、草城は、この「マダム　コルト」の連作を核として短篇小説「縷紅荘《るこうそう》——大人のためのメルヘン」(「俳句研究」昭和二十三年七月)を書いています。連作俳句そのものの中に、小説に発展する要素があったということだったのでありましょう。

俳句には、こんな俳句もあるのですよ、ということでフィクション俳句について御紹介しましたが、皆さんには、やはり、原則的には、日常生活の中で感動した様々なことがらを五・七・五の十七音にまとめてほしいと思います。そのような俳句が、一番迫力があると思います。私のカルチャーセンターの俳句教室の受講生のA・Mさんが、こんな句を作ってくれました。

美しくはかなくとける花氷

という句です。A・Mさんは初心者です。皆さん、この句、どのように思われますか。若い皆さんには夏の季語である「花氷《はなごおり》」がわからないかもしれませんね。大きな氷の柱の中に美しく、色あざやかな花々を閉じ込めたもので、見た目にいかにも涼しいデコレーションです。「花氷」――美しい言葉ですね。私が子供の頃には無粋にも「氷柱《こおりばしら》」などとも呼ばれていましたが。昔は、夏になると必ず客寄せにデパートに登場したものですが、最近では、ほとんど見かけなくなりました。時にパーティーの会場などに置かれることがあります。大体イメージがわいてきましたか。そこで、A・Mさんの句に注目して下さい。たしかに「花氷」は美しく、刻一刻と、それこそ「はかなく」とけていきます。その感動をA・Mさんは素直に十七音にまとめて下さったのです。しかし、皆さん、この感動にはA・Mさん独自の個性がないのです。「花氷」を前にしますと、誰でもA・Mさんと同じような感動を覚えます。その結果、A・Mさんの句に接した時、なるほどなるほど、とは思うのですが、それで終ってしまい、読者の心にしみ込んでこないのです。少し厳しい言い方をすれば、A・Mさんの句は、「花氷」の説明で終ってしまっているのです。俳句という文芸は、代弁の文芸ではないのです。人のために詠むものではないということです。あくまでも自分自身の個性的な感動、自分でしか味わえないであろう感動を読者に伝える文芸なのです。自分のための文芸です。ですから、一句に詠まれている世界が個性的であればあるほど面白い作品ということになるのです。皆さんは、日常生活において、どちらかというと個性をストレートに表現することを遠慮する場合が多いと思います。その鬱憤《うっぷん》を、俳句を作ることによって晴らして下さい。どんなに個性的であってもよいのですから。皆さんの年齢でなければ詠めない句、学生時代でなければ詠めない句、そして皆さん一人一人でなければ詠めない句、そんな作品をどんどん作って下さい。たまたまA・Mさんの作品に登場願ったのでしたが、皆さんが作られる作品にもA・Mさんのような作品が非常に多いのです。遠慮はいりません。思い切って個性的な俳句を作って下さい。いいですか、まず感動ですよ。俳句作りを面白がることです。いやいや作っていては、せっかくの皆さんの個性が活《い》かされませんよ。子規は、明治三十二年(一八九九)に出版している『俳諧大要』(ほとゝぎす発行所。明治二十八年に新聞「日本」に連載したもの)の中で、

面白くも感ぜざる山川草木を材料として幾千俳句をものしたりとて、俳句になり得《う》べくもあらず。山川草木の美を感じて、而《しか》して後《のち》始めて山川草木を詠ずべし。美を感ず

ること深ければ、句も亦《また》随つて美なるべし。

と記していますが、これですね。面白がり、感動(もちろん個性的な感動ですよ)してこその俳句なのです。「山川草木の美を感じ」ること、これが感動です。「美を感ずること」が「深」いということは、それだけ個性的な感動であるということです。ここで、また皆さんの先輩が書いた文章を紹介してみましょう。これも「俳句研究」がスタートした平成五年(一九九三)の受講生だったT・T君のものです。当時、経営学部の一年生です。

わくら葉をこぼして風がわたりけり

これが私のこの講義での最初の句であったと思う。私はおばあちゃん子であったせいもあり、よく墓参りにつれて行かれた。その帰り道、俳句をやっていた祖母は、いつも片手にメモ用紙とエンピツを持ち、思いついた俳句を書き留めていた。その影響で私も簡単な俳句をつくるようになった。俳句といっても季語もなく、ただ単に五・七・五を並べたものだった。それでも祖母は一句つくるごとに私をほめてくれた。そのうちいい気になり、子供心に俳人になった気分で難しい言葉をつかい、全然意味不明の句をつくって失敗したのを覚えている。その頃から十五年、野球をやったり、受験勉強をやったりと俳句とは無縁の生活を送ってきた。今考えれば、この間の私は季節というものに無関心で、春の次には夏が来、その次には秋、冬が来るといった程度の感覚しか持っていなかった。大学に入学し、再び俳句をつくるようになって一番感じることは、季節というものにたいへん敏感になったということです。コスモス、赤とんぼ、紅葉といったものに秋を感じ、生活していくことは、人として必要なことだと思います。俳句をつくることによって、私は以前よりも生活に余裕、ゆとりといったものがあらわれてきたように感じます。

「おばあちゃん子」のT・T君は、俳句好きのおばあちゃんの影響で、小さい頃より五・七・五の詩型に慣れていたようです。詩型に慣れるということは、俳句を作る上で、大変大切なことです。皆さん、それぞれの感動を指を折りながら五・七・五の十七音で表現していることと思いますが、思ったようには五・七・五にまとまらないのではないでしょうか。ところが、T・T君は慣れていたのですね。この授業ではじめて作ったという〈わくら葉をこぼして風がわたりけり〉など、やや若さに欠けてはいるものの、大学一年生としては、堂々たる作品です。「わくらば」(病葉)は、夏に赤く、または黄色くなって朽ち落ちる葉で、夏の季語です。「こぼして」の表現が巧みですね。「風」が「わくらば」を「こぼして」吹いていく、と「風」を擬人化して捉えているのです。思わず唸《うな》ってしまいますね。〈わくら葉をこぼして風のわたりけり〉としますと、より俳句らしくなりますね。

「風が、」ですと、読者に散文的な印象を与えてしまうのです。T・T君の作品、もう三句ほど紹介してみましょう。いずれも見事な作品です。皆さんもこんな作品を目指して下さい。様々な対象に対するT・T君のすこぶる個性的な感動が皆さんにも伝わってくると思います。

境内の小型爆弾ホウセンカ
浴衣《ゆかた》着て歩きにくそうげたの音
雨を得てあじさいの彩極まりぬ

少し見てみましょうか。一句目ですが、季語は「ホウセンカ」。「鳳仙花」と書くのですが、皆さんのように若い世代は、高等学校までの理科教育の影響もあり、植物名を片仮名で表記する傾向がありますね。秋の季語です。赤、白などの花を咲かせたあとで、楕円形の実をつけますが、熟するとはじけて種をとばします。その実のイメージを「小型爆弾」と表現したところ秀抜です(大正期の梶井基次郎の小説「檸檬《れもん》」は、レモンの爆発を幻想するものですが、共通点がありますね)。場所を「境内」(神社や寺院の敷地)に設定したところも、いかにも「ホウセンカ」にふさわしいと思います。〈境内の小型爆弾◇ホウセンカ〉と「切れ」もありますね。「ホウセンカ」を「小型爆弾」と把握したT・T君のよろこびが読者に伝わってきますね。こんな俳句を皆さんにも作ってほしいのです。二句目の季語は「浴衣」で、夏です。この句も、T・T君の観察眼の鋭さが感じられます。「浴衣」を着ているのは、ふだん「浴衣」を着慣れていない若者でしょうね。歩く「げたの音」がいかにもぎこちなく聞こえるというのです。「切れ」は〈浴衣着て歩きにくそう◇げたの音〉となります。三句目の季語は「あじさい」、夏の季語ですね。「彩」は「いろ」と訓《よ》ませるのでしょうか。ちょっと無理がありますね。「彩」は、正しくは「いろどり」ですから。それとも「あじさい」ということで「彩《さい》」と洒落《しゃれ》たのでしょうか。皆さんのような若者は、やりかねませんね。俳句のルーツである俳諧は「笑い」の文芸ですので、「あじさい」で「彩《さい》」とやってもわるくはないのですよ。ただ、耳で聞いた場合、「彩《さい》」では意味が把握しにくいという難点はありますね。「あじさい」が雨によって一層美しくなった、というのですが、それを「雨を得て」と表現し、「彩極まりぬ」と表現しているところ、いいですね。この表現によって作品が活《い》き活《い》きしたものになっています。

先のT・T君の文章で、皆さんに特に注目していただきたいのは「大学に入学し、再び俳句をつくるようになって一番感じることは、季節というものにたいへん敏感になったということです。コスモス、赤とんぼ、紅葉といったものに秋を感じ、生活していくことは、人として必要なことだと思います」の部分です。子規は「普通尋常の景色に無数の美を含み居《を》る事を忘るべからず」（『俳諧大要』）との言葉を残していますが、T・T君が「コスモス、赤とんぼ、紅葉といったものに秋を感じ、生活していく」と述べている生活態度も、「普通尋常の景色」に美を見出すことを奨励している子規の俳句姿勢に通じますね。「普通尋常の景色」の美に、皆さんでなければ感じないような感動を覚えた時に、個性的な作品が生まれるというわけです。

ところで、皆さん、以上で俳句が自己表出の、きわめて個性的な文芸であることがおわかりいただけたことと思いますが、俳句で一体どんなことが詠めるのだろうか、といささか不安になっているのではないですか。とにかくたった十七音しかないのですからね。子規が言うように「普通尋常の景色」の中の「無数の美」といってもスケールが小さいよな、と思っている方もおられるでしょうね。俳句という文芸に対して、皆さんと同じような不安(というよりも不満でしょうか)を抱いていた評論家(フランス文学者)がいました。桑原武夫という人です。戦後間もない昭和二十一年(一九四六)、雑誌「世界」の十一月号に「第二芸術」なる評論を発表しました。俳句を「思想的社会的無自覚」の文芸とし、「他に職業を有する老人や病人が余技とし、消閑の具とするにふさはしい」と言っています。そして、

近代芸術は全人格をかけての、つまり一つの作品をつくることが、その作者を成長させるか、堕落させるか、いづれかとなるごとき、厳しい仕事であるといふ観念のない

ところに、芸術的な何ものも生まれない。

としています。これがいわゆる第二芸術論です。俳句を「全人格をかけ」るに値しない文芸と言っているのですが、俳句に対するこのような考え方は、はやく子規の時代からあったようです。子規は、先にも紹介しました明治三十二年（一八九九）刊の『俳諧大要』の中で次のように記しています。少し引用が長くなりますが、大変重要なことを言っていますので、注目して下さい。第二芸術論に対して、何人かの俳人が反論を試みましたが、子規の左の見解に言及している人はいません。面白い見解ですよ。

文章を作る者、詩を作る者、小説を作る者、俄《には》かに俳句をものせんとして、其《その》語句の簡単に過ぐるを覚ゆ。曰く、俳句は終《つひ》に何等の思想をも現はす能《あた》はず、と。然《しか》れども是《こ》れ聯想《れんさう》の習慣の異なるよりして来《きた》る者《もの》にして、複雑なる者を取て尽《ことごと》く之《こ》れを十七字中に収めんとする故に成し得ぬなり。俳句に適したる簡単なる思想を取り来らば、何の苦も無く十七字に収め得《う》べし。縦《よ》し又、複雑なる者なりとも其《その》中より尤《もつとも》文学的俳句的なる一要素を抜き来りて之《これ》を十七字中に収めなば、俳句となる可《べ》し。

「俳句は終に何等の思想をも現はす能はず」――まさに桑原の第二芸術論ですね。この批判に対して、子規は、俳句が十七音（十七字）の文芸であることを強く意識しつつ、俳句は「簡単なる思想」を詠む文芸である、と主張しているのです。たとえ「複雑なる」思想を詠むにしても、そこから「文学的俳句的なる一要素」を抽出して詠むならば、「複雑なる」思想をも詠むことが可能だとも言っています。皆さんも、この子規の見解を頭に入れておかれることをおすすめします。

「俳句は元《も》と簡単なる思想を現すべく、随《したが》って天然を詠ずるに適せる」（「明治二十九年の俳句界」）――これも子規の言葉ですが、たしかに俳句は、「天然」「普通尋常の景色」を詠むのに適した文芸でありますが、平和や政治といった大きなテーマが詠めないことはないのです。皆さん一人一人の個性的な、平和に対するメッセージ、政治に対するメッセージを、是非十七音に封じ込めてみて下さい。何事もチャレンジ精神が大切です。

とにかく、俳句という文芸は、皆さん自身のためにあるのです。皆さん一人一人の個性的な喜怒哀楽を十七音で表現してみてください。

それでは、俳句という文芸は、あくまでも個人に固執したところから生まれる文芸かと申しますと、そうばかりでもないのです。またこの「俳句研究」がスタートした時の受講生に登場していただきましょう。当時、経営学部二年生のK・Oさんは、左のごとき文章を寄せてくれていました。

今年の春から初夏にかけて、私はとても忙しい生活を送っていた。学校が終ったらアルバイトに向かい、夜勤明けにまた学校。ほとんど寝る暇がなく、だんだん疲れもたまって、気持ちに余裕がなくなっていた。そして六月に入ってとうとう病気になってしまった。いろいろ薬を飲んでも熱が下がらず、約一か月、床についていた。私は一人暮らしをしているので、田舎から母が看病に来てくれて、一か月後、家の中では起きていられるようになった時、母は私に俳句を二句作ってくれた。アジサイと雨の俳句だ。「たまには俳句でも作ってみるような気持ちがなくちゃだめだよ。バイト、バイトって忙しくしていたら、時の流れに気づかないで、大切な事も見失ってしまうでしょ。たまには立ち止まって、花を眺めてみるような心のゆとりがなきゃ」。私はなぜか涙が止まらなくなってしまい、今までの生活でよほど気がまいっていたのがよく分かった。私はその時母が作ってくれた俳句を家に飾っている。そして忙しさに我を忘れそうになった時、何かつらいことがあった時に見て、母の言葉を思い出している。

K・Oさんは、茨城県の出身です。故郷を離れての大学生活だったのですね。何か目標があったのでしょうか、アルバイトに精を出したようですね。当時二年生ですので、大学生活にも慣れ、健康にも自信があったのでしょう。ところが、疲労がたまってダウン。皆さんも気をつけて下さいね。あくまでも健康第一、そして学業中心の生活設計を立てて下さい。学業とアルバイトの関係が本末転倒になってはいけませんよ。K・Oさんの場合、アルバイトの負担が大き過ぎたのでしょうね。そこで茨城からお母さんが来て下さったということのようです。お母さんびっくりされたでしょうね。健康を取り戻したK・Oさんのためにお母さんが俳句を作ってくれたようですね。「アジサイと雨の俳句」を二句作ってくれたと書いています。K・Oさんのお母さんも、先のT・T君のおばあちゃんと同じように俳句好きだったのでしょうね。ひょっとしたら、本格的に「結社《けっしゃ》」(俳句結社。同じ俳句観の人々による俳句グループ)に入って俳句の勉強をしておられたのかもしれませんね。ちょっと残念なのは、お母さんの作品が紹介されていないことです。おそらく色紙《しきし》か短冊《たんざく》に書かれてあったのでしょう。見たかったですね。

　ここで注目していただきたいのは、K・Oさんのお母さんは、俳句を自分のため、というよりも、K・Oさんを元気づけるために作っているということです。事実、K・Oさんもお母さんの俳句を目にすることによって、「たまには立ち止まって、花を眺めてみるような心のゆとりがなきゃ」との言葉を思い出す、と書いているのです。俳句には、みずからの喜怒哀楽を述べる、いわばモノローグとしての側面のほかに、K・Oさんのお母さんの作品のように、愛娘《まなむすめ》に語りかけるところのダイアローグとしての側面もあるのです。これを俳句の「挨拶」性といいます。

　K・Oさんのお母さんの俳句がどのようなものだったのかがわかりませんので、ここで

具体的なダイアローグの俳句を一つ紹介してみましょう。子規に、

碧梧桐天然痘にかかりて入院せるに遣《つかは》す

寒からう痒からう人に逢ひたからう

という句があります(『俳句稿』)。明治三十年(一八九七)冬の作品です。子規の高弟河東碧梧《へきご》桐《とう》は、明治三十年一月に天然痘で約一か月、東京神田の神保病院に入院しています。天然痘は、俗に言うところの疱瘡《ほうそう》です。高い熱と同時に発疹《ほっしん》ができて、それが膿疱《のうほう》となり、のちに痘痕《あばた》になります。その天然痘に罹《かか》った碧梧桐への見舞の気持を込めての作品が〈寒からう〉です。

子規は、明治三十年一月二十五日付の碧梧桐(河東秉五郎《へいごろう》)宛の手紙で次のように記しています。

啓

一真一偽一驚一喜、とうとうほんものときまりて御入院まで相すめばとにかく安心いたし候。ただ此上《このうへ》は気長く御養生可被成《なさるべく》候。不自由なことがあれば御申越可被下《くださるべく》候。

已上。

一月二十五日夜　　　　　　　　　　　　　　　子規

碧梧桐　詞伯　床下

寒からう痒からう人にあひたからう

真性の天然痘とわかって入院することになった碧梧桐に対する心遣いの一句であったことがわかります。一句にはもちろん子規の気持が込められているのですが、たとえば、同年冬の子規の別の句、

芭蕉忌に参らずひとり柿を喰ふ

とは性格を少し異にすること、おわかりいただけると思います。この句は、芭蕉の忌日（陰暦十月十二日。芭蕉は、元禄七年十月十二日没）の行事にも参加せずに、一人自宅で好物の柿を食べている子規の感懐です。子規は、この年には持病のカリエスが悪化し、臀部《でんぶ》に穴があき、膿《うみ》が出る、といった状態になっていました。「芭蕉忌に参らず」の措辞《そじ》には、万感が込められているのでありましょう。モノローグの俳句ですね。対する〈寒からう〉は、碧梧桐への「挨拶」（病気見舞）、ダイアローグの俳句というわけです。

以上、あちらへ飛び、こちらへ飛び、と長々とお話ししてきましたが、おわかりいただけましたか。皆さんは、まず、五・七・五の十七音という詩型に一日もはやく慣れて（そ

れには数多く作ることです。子規は村上鬼城《きじょう》に宛てた手紙の中で、「自《みづか》ラ多ク作ルコト」と言っています）、皆さん一人一人の日常の感動を一句に込めるよう努めてみて下さい。日常の生活で目にする「山川草木の美」に対する小さな感動でいいのです。ただし、ほかの人々の心中を代弁するような表面的な感動ではなく、一歩踏み込んだ独自の個性的な感動を作品にして下さい。もちろん、平和や政治といった思想性の強い作品も大歓迎です。また、今右に見た子規の「挨拶」句のごとき作品も時に作ってみて下さい。子規の門人虚子は「お寒うございます、お暑うございます、日常の存問《そんもん》が即ち俳句である」（『虚子俳話』）との言葉を残しています。「存問」とは、安否を問うこと、見舞うことの意味です。友人の誕生日を祝っての一句、なんて洒落《しゃれ》ていますね。それと、もう一つ、草城句を中心に見たところのフィクション俳句がありましたね。これはちょっとむずかしいかもしれませんが、俳句はノンフィクションである、との固定観念を打破したいと思っている皆さんは、臆することなく挑戦してみて下さい。たった十七音の俳句ですが、いろいろな実験ができそうですね。

どこに発表するのか

前にも触れたように、俳句の条件の一つである「季語」――この季語が季節別に分類され、解説が加えられているもの、それが歳時記でしたね。現在、季語数は、約一万九千語ほどありますが(『新日本大歳時記』全五巻、講談社)、その中から主要なものを五千語、あるいは、三千語ほどに絞ったハンディーな歳時記が何種類か出版されていますので、皆さん各自で使い勝手のいいものを選んで用意して下さい。子規の言葉にあった「山川草木の美を感じて、而《しか》して後《のち》始めて山川草木を詠ずべし」といった姿勢での句作りを心掛けたとしても、「山川草木」の中に季節の言葉を見出すことは、初心者においてはなかなか容易なことではありません。そんな時に一冊の歳時記があれば、たちまち解決するというわけです。なにも自然の風物だけではありません。日常生活の中にも季節の言葉は沢山あるわけでして、それらも歳時記でその季節を確認しうるというわけです。例えば、皆さんがスーパーマーケットで見かける「アスパラガス」や「オクラ」も季節の言葉なのです。「アスパラガス」は春で、「オクラ」が秋。とにかく、歳時記は、俳句作りに欠かせません。歳時記を持たないで俳句を作ろうとする行為は、英和辞典を持たないで英文を読もうとするようなものであります。皆さん、英和辞典を持たないで英語の授業に出席する勇気がありますか。歳時記に加えて辞書、国語辞典ですね、どんな小型のものでもよいですので持ってきて下さい。これは、正しい漢字を書いてほしいからです。パソコンが普及したことによって、皆さんの生活の中で、文字を自分で書くという機会がほとんどなくなってしまいましたね。その結果だと思うのですが、皆さん漢字が書けなくなってしまいました。自覚していることと思います。自分で書かないので、うろ覚えなのです。でも、当然、漢字で書かれるべき言葉が、平仮名で書かれていたら興ざめですよね。国語辞典をこまめに繙《ひもと》いて、きちんとした漢字を書いて下さい。それと、皆さんすでに一度俳句を作られたのでおわかりになると思いますが、俳句はたった十七音しかありませんので、言葉の使い方が作品の質に決定的な影響を与えることになります。言葉を知っていればいるほど、皆さんの感動をより的確に表現できるということです。要は、語彙《ごい》数の問題です。ですから、時には無目的に辞書をパラパラとめくって、面白い言葉を覚え、その言葉を積極的に使ってみるということもやってみて下さい。そんなことをしながら言葉をふやしていくことも楽しいですよ。貧困な日本語の力からは、魅力的な俳句は生まれません。この際、俳句作りを通して、日本語力も増進させて下さい。せっかくすぐれた感受性を持っていても、稚拙な表現しかできないとしたら、残念ですからね。豊富な日本語(語彙)を駆使して、インパクトの強い俳句を作って下さい。

ところで、私がこれからお話ししたいのは、この歳時記や辞書のことではないのです。俳句作りのもう一つの必需品であるノートにかかわってのことなのです。

最近の皆さんは、ノートをあまり取らなくなりましたね。私が学生のころには、皆よくノートを取ったものでした。私が皆さんにノートを用意していただいたのは、もちろん私が皆さんにお話しすることを時にノートしておいていただきたい、ということもあるのですが、それよりも何よりも、皆さんが作った俳句をどんどんノートに書き留めていってほしいからであります。皆さんは、半期四か月の間にどれぐらいの数の俳句を作られるでしょうね。それを残らずノートしておいて下さい。皆さんがもしそのノートを大切に保管しておいたならば、のちに大学時代を思い出す貴重なよすがになると思います。それはともかく、皆さんに限らず、俳句を作る人たちは、作った作品をまずはノートするわけです。

俳句を作る人々を俳人《はいじん》と言います。皆さんには聞き慣れない言葉だと思います。皆さんだけではなく、世間一般の人々も「ハイジン」と言われて、すぐに「俳人」という言葉をイメージすることのできる人は少ないと思います。「ハイジン」といっても、いろいろありますからね。「配陣」(陣の配置)、「排陣」(整列すること)、「拝塵」、そして「廃人」――いやな言葉ですが、普通はこの言葉を思い浮かべる人が多いと思います。「俳人」――江戸時代からあった言葉ですが、江戸時代には俳諧師と呼ばれることのほうが多かったのです。芭蕉も、俳諧師です。ですから、俳人という言葉が普及したのは、明治時代になってからです。もし、俳句を作る人々を俳人と呼ぶとしますと(内藤鳴雪も「若《も》し俳句を作るからそれで俳人と呼ぶと云ふなら先《ま》づ可《よ》い」と述べています)、皆さんも俳人ということになりますね。それはそれでいいとも思いますが、ちょっとしっくりしませんよね。試みに手もとにあります『新明解国語辞典』(三省堂)を繙《ひもと》きますと、「俳句を作ることをライフワークとする人」との説明がありました。上手《うま》い説明ですね。これがピタリだと思います。そんな俳人の代表格が、近代俳句の創始者である正岡子規というわけです。

その子規が三十六年の生涯で作った俳句作品は、三万九千余句あります。それを子規は丹念にノートしているのです。自筆稿本である『寒山落木《かんざんらくぼく》』『俳句稿』等がそれです。いわば、みずからのためのメモランダム(備忘録)です。子規は、自らの作品に愛着を持っていたのでしょうね。ですから捨てないできちんと記録しておいたのだと思います。誰に見せるためでもないのです。自分で自分の作品を大切にしたということだったのでしょう。この姿勢は、皆さんにも是非見倣《みなら》ってほしいと思います。一所懸命に作った作品であればあるほど愛情がわいてくるはずです。第三者によってどのような評価が下されようとも、皆さんにとってはかけがえのない作品であるはずなのです。この講義が終るまでに、皆さん何句ぐらい作られるでしょうね。多い諸君は二百句、ひょっとしたら三百句ぐらい作るのではないでしょうか。一回の講義で五句ですので、少なくとも六十句は作ることになるのですよ。それらの作品(あるいはその一部分)の読者は誰でしょうね。まずは、皆さん自身、そして、教師である私。非常にプライベートな範囲での読者ということになりますね。今は、皆さんのノ、ー、ト、に、書、か、れ、て、い、る、作、品、について考えているのですが、このような範《はん》疇《ちゅう》の俳句作品としては、ほかにどのようなものがあると思いますか。私がお話ししていること、おわかりいただけますか。作品発表の方法(場)についてです。発表という言葉は適切ではないかもしれませんが、要は、俳句作品が、ノート以外のどのようなところに記されているのか、あるいは記される可能性があるのかという問題です。皆さんも考えてみて下さい。俳句は、ノート以外のどんなところに書かれているのでしょうね。

ノートと同じようなものとしては、日記がありますね。これも子規を例にとってお話ししますと、明治二十五年(一八九二)九月二十四日から明治二十六年(一八九三)九月二十三日まで「獺祭書屋日記《だっさいしょおくにっき》」という日記をつけていますが、これには必ず俳句作品を記していますので、句日記ともいうべきものです。例えば、明治二十五年十月二十七日の条には、

十月二十七日
到日本新聞社。与漱石晩餐于豊国。共帰家。
　酒のんで一日秋をわすれけり

と記されています。日本新聞社へ行き、そのあと親友の夏目漱石と「豊国」という名の料理屋で夕食を食べ、一緒に子規の根岸の家まで帰ってきたというのでありましょう。子規にとって大変愉快な一日であったようであります。一句は、そんな気分を反映させてのものでしょう。皆さんも、句日記とまではいかなくても、日記をつけている方は、時に俳句を書きつけるのも、面白いでしょうね。——それからどんなところへ俳句は書かれているでしょうね。先に明治三十年(一八九七)一月二十五日付の碧梧桐《へきごとう》に宛てた子規の病気見舞

の手紙を見ましたね。そこには〈寒からう痒からう人にあひたからう〉の一句が書かれていました。天然痘で入院した碧梧桐を思いやっての「挨拶」句でしたね。ノートや日記の読者は普通は作者自身ということになりますが、手紙の場合には、たった一人ではありますが、必ず作者以外の読者(受取人)がいますね。これは、俳句を作った本人としては大変うれしいことだと思いますよ。自分の作品が第三者の目に触れるのですから。端書《はがき》に書いた作品も同じですね。「挨拶」句は、病気見舞に限りません。第三者の好意に対する御礼の気持を込めての作品も、また「挨拶」句になります。明治三十二年(一八九九)八月二十三日、神田猿楽町の虚子の家から子規にアイスクリームが届けられたようです。子規は、同日付で早速、御礼の手紙を認《したた》めていますが、「アイスクリームは近日の好味、早速貪り申候」との言葉とともに、そこには〈一匕《ひとさじ》のアイスクリムや蘇《よみがへ》る〉〈持ち来《きた》るアイスクリムや簟《たかむしろ》〉の二句が記されています。御礼の気持を俳句に込めるなんて、洒落《しゃれ》ていますね。皆さんも、虚子の言う「存問《そんもん》」、すなわち「お寒うございます、お暑うございます」の気持を込めた一句を添えて、御両親や友人、恋人に手紙や端書を書いてみてはいかがですか。年賀状や暑中見舞に一句添えるのです。

ノート、日記、手紙、端書、ほかにどんなものに俳句を書くでしょうね。俳人は句帳というものを持っています。言ってみれば俳句手帳ですね。ポケットや、女の人でしたらハンドバッグなどにしのばせておいて、思いついたらすぐにメモしておくのです。あとでノートに、などと思っているうちに忘れてしまうこともありますからね。

もう一つ、これも俳人が俳句を書く（発表する）ものに色紙《しきし》や短冊《たんざく》があります。皆さん小さいころにスポーツ選手や歌手などにサインをしてもらったのではありませんか。あの紙です。短冊は、厚手の細長い紙でして、用途は、色紙とまったく同じです。江戸時代には、俳句は短冊に書かれることが多かったのですが、最近は好んで色紙に書かれるようであります。色紙や短冊に書かれた作品も、手紙や端書と同様、それを読む読者は一人ですね。もっとも、色紙や短冊は、室内の装飾として飾られることもありますので、何人かの読者が想定しうるかもしれません。それにしても、ごくごく限られた読者ですね。懐《かい》紙《し》と呼ばれる紙に書かれたものも同様です。

私の友人に上田五千石という俳人がいました。昭和八年（一九三三）の生まれですので、私より十歳年長です。私が静岡の大学で教鞭をとっておりました時期、親しく交流を重ねました。平成九年（一九九七）に亡くなりました。六十三歳でした。〈告げざる愛雪嶺はまた雪かさね〉〈オートバイ荒野の雲雀《ひばり》弾き出す〉〈破船出てしばらくあるく寒鴉《かんがらす》〉等、みずみずしい感受性から生まれた多くの秀句を残しています。その五千石さんが、昭和五十七年（一九八二）九月五日に私の静岡時代の寓居に遊びに来られた時のことでした。その九月五日は、私の三十八歳の誕生日でした。そこで五千石さんは、色紙に、

誕生のすぐと登高こころざす　　五千石

と書いてプレゼントして下さったのです。一句には、私の誕生日を寿《ことほ》ぐ気持が込められているのです。「登高」とは、元来、中国の行事で、九月九日、丘に登って菊酒を飲みながら無病息災を願ったのでしたが、今日では、丘に登って秋の爽やかさを満喫する日、そんな意味で用いられているようです。秋の季語です。五千石さんは、誕生以来、君は頑張ってきたね、といった意味を込めてプレゼントしてくれたのだと思います。色紙の裏には「為復本先生　祝卅八才誕生日　五千石」と書かれています。皆さんおわかりになりますね。五千石さんの句、私の誕生日が「登高」(九月九日)の行事の四日前の九月五日であることがわからなければ、そして、私の誕生日を祝って作られた作品であることがわからなければ、何を言っているのかさっぱり理解できないだろうと思います。この場合、五千石さんが、自らの俳句の読者として想定したのは、私一人、というわけです。この例などは、少し極端ですが、手紙、端書、色紙、短冊、懐紙等に書かれた俳句作品の読者は、通常一人ということになりますし、せいぜい数人というところでありましょう。一方、ノートや日記、あるいは句帳(手帳)に書きつけられた作品は、例外を除いて(文学者のノートや日記等は公開される可能性が高いですからね)、第三者の目に触れることはないということです。いわば、完全に閉じられた世界の俳句作品ということです。

ところで、皆さんには、これから毎週五句ずつ作品を提出してもらうことになりますね。規定の用紙、五句書けますね。前回ははじめてでしたので、手はじめに一句ということでしたが、今回からは五句です。そして来週、評価(ABCD、それにXでしたね)して返却します。本日の最後に、皆さんは、ノートから五句自信作を選んで用紙に書いて提出して下さい。毎回返却した用紙は、最後の授業でもう一度回収しますので、大切にとっておいて下さいね。回収してどうするのか、ですって。ここに一冊の冊子を持ってきました。冊子名は、皆さんの大学名を頭に置いての「J大俳句」です。年一回発行します。創刊は、平成五年(一九九三)三月。この冊子に皆さんの作品が載るのです。皆さんの作品が載るのは明春発行の十一号ということになります。もっとも全作品ではありません。評価がAの作品です。――このことが、どういう意味を持っているかわかりますか。皆さんの作品が独り立ちをするということなのです。説明しましょう。

先ほど皆さんの先輩であるK・Oさんの文章を紹介しましたね。バイトに精を出してダウンし、俳句をたしなむお母さんが心配して茨城から駆けつけたという話だったのですが、この「J大俳句」の創刊号にはK・Oさんの作品が五句載っています。おそらく六十句以上提出したのでしょうが、その中で、私がA評価をした五句というわけです。五句とも書いてみましょう。これから作る皆さんの参考になると思います。

教室の蒸し暑さに舌を出すハイビスカス
パラソルを開かんがためにワンピースを着る
テラスにて魚干し布団干し私干す
父のポッケが手袋と化した冬の登園

いかがですか。簡単に見ておきます。最初の句、〈教室の蒸し暑さに舌を出す◇ハイビスカス〉となるのです。「切れ」がしっかりしていますね。「舌を出す」のは作者自身でしょうが、夏の花である「ハイビスカス」の形態もよく観察しています。「蒸し暑さ」と「ハイビスカス」の二つともが夏の季語なのですが、この句の場合、全体として大変面白い作品になっているので、季語が二つ入っている点は許容されてよいでしょう。次の句は〈パラソルを開かんがために◇ワンピースを着る〉で、この句も「切れ」がしっかりしていますね。若い女性のおしゃれ心が素直に吐露されています。一句目、二句目ともいわゆる五・七・五の十七音に収まらない破調の句ですが、その破調が逆に魅力になっています。三句目は〈テラスにて魚干し布団干し◇私干す〉でしょう。この句も「切れ」ています。上五・中七までは、スッと読めるのですが、最後、下五の「私干す」が笑ってしまいますね。うまいです。季語は、前にも言いましたように「布団」(蒲団)で、冬ということになります。生活感があふれていますね。四句目も「テラス」の句。破調。「露台」(バルコニー)は夏の季語ですが、「テラス」は前庭のことで、季語ではありませんので(最近の歳時記で、季語として扱っているものがありますが、どうでしょうか)、この句、無季の句ということになります。その上、「切れ」がほとんどありませんので、俳句としてはやや弱いです。あえて「切れ」を探せば〈テラスに上ぐつと犬をかわかす◇日曜日〉ということになります。「日曜日」が意外に利いているかもしれませんね。私は「上ぐつと犬をかわかす」の表現が面白いのでA評価としました。最後の句は〈父のポッケが手袋と化した◇冬の登園〉。この句も「切れ」が弱いですね。そして破調。芭蕉の言葉に「俳諧《はいかい》は三尺の童《わらは》にさせよ」(『三冊子《さんぞうし》』)というのがありますが、俳句を作る上で純真な心は大切です。この句も作者の無邪気な心を評価してAとしましたが、やや甘かったかもしれません。「登園」は幼稚園に行くことでしょうが、日本語としてこなれていないようにも思われます。いかがでしょうか。それよりもなによりも「手袋」と「冬の登園」。「冬の登園」の「冬の」がいけません。これは完全に季重《きがさ》なりです。「冬の」を別の言葉に変える必要があるでしょう。わかりますね。「手袋」と言っただけで「冬の登園」であることがわかるからです。季語がこのように一句の中に二語以上あることを「季重なり」と言います。〈教室の蒸し暑さに〉の句に見ましたように季重なりが絶対にだめ、というわけではありませんが、この句の場合は、避けたほうがいいでしょう。——こう見てきまして、皆さんも感じられたでしょうが、多少欠点のある作品もありましたが、五句とも大学生として水準以上の作品です(ただし、皆さんは、このK・Oさんのような破調の句は、極力避けて下さい)。この五句が「J大俳句」創刊号の一番最初に載っているのです。こうなりますと、講義の一環としての俳句作品、私一人が評価する俳句作品の枠から抜け出して、作品それ自体として独り立ちし、独り歩きをすることになります。この「J大俳句」、三百部刷ります。ですから、今までにすでに十号発行されていますが、そこに載っている皆さんの先輩の諸作品は、不特定多数の人々(読者)の目に触れているということなのです。ちょっと緊張するのではないですか。自分の作品が、家族とか友達とかいった内輪の人々ではなく、皆さんをまったく知らない人々によって、あくまでも独立した作品として読まれているということなのです。

そういうわけで皆さん、この「J大俳句」の中の諸作品のように活字化された俳句は、不特定多数の読者に読まれる可能性があるということです。手紙や端書の中に書かれた俳句は、その相手一人が読者でしたね。色紙や短冊もそうですね。室内にその作品を飾ったとしても、読者の数は限定されています。ノートや日記、句帳、手帳等に書かれた俳句は、作者の備忘録でして、普通の場合は、いわゆる読者はいないということです。そう考えますと、たった三百部という発行部数ですが、俳句が活字化されることの意味の大きさというものがわかっていただけると思います。皆さんの場合には、この「J大俳句」に作品が載るということで、それが不特定多数の読者の目に触れる可能性が生じることになるわけですが、本格的な俳人は、雑誌(今日、市販されている俳句雑誌は、十誌以上あります。俳句愛好者が多いということでしょうね)に作品を載せたり、句集を出版したりするのです。みずから進んで不特定多数の読者に、作品の客観的評価を委《ゆだ》ねるということなのです。

どのような配慮が必要か

前に日野草城《そうじょう》のフィクション俳句を紹介しましたが、これはまあ例外としまして、皆さんが作られる俳句(そして私が見せていただきたい俳句ということでもあるのですが)は、皆さんの日常生活の感動――一口に日常生活の感動と言いましてもいろいろありますね、キャンパスライフの感動ももちろんでしょうけれども、プライベートな生活の中でも感動的な体験が沢山あるでしょう、家族、友情、バイト、旅行、恋、それから何があるでしょう、もっともっとあるはずですよね、自然、「山川草木」そのものの神秘に感動することもありますでしょうし、そんな日常生活の感動が詠まれることになろうかと思います。この時大切なことは、あくまでも個性的な感動を詠むということでしたね。皆さんの個性を五・七・五の十七音に思いきってぶつけてみる気持で詠むのでしたね。それと、私が皆さんにおすすめしたのが「挨拶」句でした。具体的に言いますと、子規が碧梧桐《へきごとう》に対して詠んだ〈寒からう痒からう人にあひたからう〉のような病気見舞の句、虚子からアイスクリームをもらって詠んだ〈一匕《ひとさじ》のアイスクリムや蘇《よみがへ》る〉のような御礼、あるいは感謝の句、そのほかにも沢山ありますね、誕生祝の句、入学祝の句、卒業祝の句、結婚祝の句、新築祝の句、あるいは長寿を祝う句等々です。逆に人の死を悲しむ句も「挨拶」句の範疇《はんちゅう》です。お見舞の句にしても、御礼の句にしても、お祝の句にしても、悲しみの句にしても、大切なことは心を込めて詠むということです。しかも、個性を発揮しなければいけません。ですから「挨拶」句もまた広い意味では「感動」を詠むということになります。皆さん自身の日常生活における感動を詠むモノローグの俳句、特定の相手への様々な「挨拶」を心を込めて詠むダイアローグの俳句――皆さんが作られる俳句、あるいは皆さんに作っていただきたい俳句は、主にこの二つの範疇の俳句ということになります。それらの作品ができたらどんどんノートしていって下さい。季重なりなど気にしないで、なんでもかんでもノートしておいて下さい。せっかく自分で気に入った句が浮んでも、ノートしないとすぐに忘れてしまうものです。とりあえずノートしておいて、あとで必要に応じて推敲《すいこう》すればいいのです。この時、一番大切なことは、自分自身の感情(感動に繋《つな》がる感情です)に素直になるということです。第三者(読者)の目を気にしないで下さい。この段階の作品は、言ってみれば自然の中にある原石です。磨けば、美しく輝く可能性を持った原石です。今、皆さんのノートには何句ぐらい作品が書きつけられていますか。多ければ多いほどいいのです。五・七・五の十七音という詩型に慣れるにはとにかく沢山作ることなのです。似たような作品でもいいのです。すべてノートしておいて下さい。その中で皆さんが一番いいな、と思った作品を提出して下さい。あるいは手紙や端書に書いて(皆さんの場合には、色紙や短冊に書くということは、まずないでしょうから)、皆さんの心を伝えたい相手に送って下さい。

ところで、ノートの中の作品から五句選んで私に提出する場合、皆さんは少し緊張されるのではないですか。その理由としては、もちろん評価ということもあるでしょうが(単位を気にしないで俳句を作ること、それを楽しんで下さい、と私が言っても、どうしても単位のことがひっかかってしまうようですね)、もっと大きな理由は、皆さんが意図したところを、はたしてきちんと読み取ってくれるのだろうか、ということだと思います。とにかくたった十七音しかないのですから不安なのでしょうね。中には俳句のうしろに、この句は、これこれの意味ですよ、と説明を書いてある場合もあります。あるいは、提出時、教壇のところで、この句わかりますか、こういう意味なんですけれども、と説明する人もいます。そんな時、うれしくなってしまいます。皆さんが真剣であることがわかるからです。でもですよ、俳句という作品は、皆さんの手を離れた瞬間から独り歩きをはじめるのです。ですから、作者である皆さんには、その覚悟が必要とされるのです。自分の作品に対して過保護にならないことです。私と皆さんとの関係、すなわち教師と皆さん一人一人との一対一の関係でしたら、時には自句について、文字によって、あるいは口頭で説明することもできるでしょう。しかしです、もし、皆さんの作品がこの「J大俳句」に載ったらどうなると思いますか。皆さんは、もう自分の句について説明をして歩くことはできませんよ。不特定多数の読者の中には、北海道の読者もいるでしょうし、沖縄の読者もいるかもしれません。それらの読者の方々は、活字化された皆さんの作品にのみ注目するのです。作品が面白いか、面白くないかです。俳句という文芸は、元来、作品勝負の文芸なのです。作品が総てなのです。

そこで皆さん、皆さんも、私に提出する作品は、活字化されるということを前提としてノートの中から選んで下さい。私は皆さんに、皆さん一人一人でなければ作れない個性的な作品を作って見せて下さいと言いましたが、作った作者にしかわからないような独りよがりの作品ではいけません。個性的といっても限度があるのです。個性的と独りよがりとでは違うということです。俳句作品に求められるのは、個性と同時に普遍性です。矛盾するようですが、この二つを兼ね備えていなければ作品として面白くもないし、独立性もない、ということになってしまうのです。なぜかというと、活字化された作品は、何回も言いますが、不特定多数の読者に読まれるからであります。皆さんをよく知っている家族や友人、あるいは教師である私でしたら、皆さんのすこぶる個性的な作品でも、ひょっとしたら理解可能かもしれません。でも、皆さんを全く知らない不特定多数の読者に読んでもらうには、あまりに特殊な作品では、作者である皆さんと、読者の方々とが、皆さんの作った作品を中にしての交信ができないのです。ですから、誰でもよく知っている対象(事象)を、誰でもが知っている言葉で詠む、という配慮が求められるのです。もちろん個性的にです。むずかしいですよね。でも、個性と普遍性、この二つを兼ね備えていなければ、本当の意味で読者を感動させる作品はできないのです。言うまでもありませんが、読者に媚びよ、読者がすぐに面白がる俳句を作れ、と言っているのではありません。読者のほうにも、当然のことながら、作品を読み解く努力は求められるわけですから。私は今、「誰でもが知っている言葉」と言いましたが、そこには、どの家庭にもある普通の辞書を引けば解決するところの言葉も含まれている、と理解して下さい。決して幼稚な言葉遣いの俳句を作ることを奨励しているのではありません。

　やや話が錯綜し、抽象的になってきましたので、今までに述べてきたことを、読者を視座としてまとめてみます。こういうことなのです。皆さんがノートや日記に書きつける作品は別にして、俳句作品には、二種類の読者がいるということです。一つの読者は、皆さん(あるいは俳人の方々)が自筆で書いた作品の読者です。この場合、作品は、手紙、端書、色紙、短冊、懐紙等に書かれています。読者は、その作品を個人的に受け取る人ということになりますから、通常一人、多くて数人です。もう一つの読者は、活字によって皆さんの作品を読む読者です。こちらの場合、作品は、新聞、雑誌、句集、アンソロジーなどに掲出されます。読者は、不特定多数ということになります。ここにおいて、二種類の読者に対する作者の心構えは、当然、別種のものになります。自筆で書いた作品（一般的に「挨拶」句ということになります）の読者（一人あるいは数人）に対しては、みずからの真意をいかに的確に相手に伝えるか、に配慮することになります。一方、活字化された作品の読者に対しては、みずからの作品が文芸作品として決定的な誤りを犯していないかに注意を払うことになると思います。季語の問題とか「切字」の問題とかです。それと、やはりわかりやすさですね。子規の最後のエッセイ『病牀六尺』の中にも左の一節がありますが、わかりやすさへの配慮は忘れてはならないでしょう。

　人に見せる為《た》めに書く文章ならば、どこ迄も人にわかるやうに書かなくてはならぬ事はいふ迄もない。

この場合は「文章」（「写生文」）について言ったものですが、俳句もこの通りだと思います。みずからの作品を活字化するということは、「人に見せる為めに書く」ということでありましょう。

以上お話ししてきたことを、具体的に皆さんがよく知っている芭蕉の作品によって確認してみたいと思います。

元禄二年（一六八九）、『おくのほそ道』の旅の途次、芭蕉は、出羽（山形県）大石田《おおいしだ》の俳人高野一栄《いちえい》宅を五月二十八日に訪問、二十九日、三十日と三泊しています。そして、二十九日には俳諧(連句)を巻いています。メンバー(正式には連衆《れんじゅう》)は、芭蕉、そして同行者の曽良《そら》のほかに、大石田の一栄と川水《せんすい》です。遠来の客を交えての俳諧では、普通、客が発句を詠み、客を招いた主人が脇句を詠むことになっています。この時は、三十六句形式(歌仙《かせん》形式といいましたね)の俳諧が行われました。その俳諧作品を書いた芭蕉の自筆の懐紙が残っています。その発句と脇句だけを左に書いてみましょう。

さみだれをあつめてすずしもがみ川　　芭蕉
岸にほたるを繋《つな》ぐ舟杭《ふなぐひ》　　一栄

懐紙の最後には「最上川のほとり一栄子宅におゐて興行　芭蕉庵桃青書　元禄二年仲夏末」と記されています。これによって、芭蕉が〈さみだれを〉の一句に託した、その心が窺《うかが》えます。二十八日、二十九日と、最上川河畔の一栄宅でゆったりとくつろぐことができたのでありましょう。一栄も歓待に努めたのだと思います。その一栄のもてなしに対する感謝の気持を込めての一句が〈さみだれをあつめてすずしもがみ川〉だったのです。蒸し暑いこの時期ではあるが、あなたの家から五月雨《さみだれ》を満々と湛《たた》えて流れる最上川を見ていると涼しく感じられる、ということでありましょう。それに応えての一栄の句〈岸にほたるを繋ぐ舟杭〉は、何のおもてなしもできませんが、夜、舟を繋ぐ岸辺の「舟杭」に蛍が乱舞しておりますのがせめてもの馳走とお思い下さい、というのでありましょう。発句と脇句によって「挨拶」が交されたのです。ですから、曽良や川水も一座していますが、芭蕉の発句は、直接には世話になっていた一栄へのプレゼントだったのです。一栄には、芭蕉の感謝の気持が痛いほどわかったのでありましょう。それゆえに〈岸にほたるを繋ぐ舟杭〉と応えたのです。

ところが、右の芭蕉の発句、文芸作品としては少々難があるのです。どこだかわかりますか。「さみだれ」と「すずし」という、夏の季語が二つ入っているところですか。いいところに気がつきましたね。しかし、芭蕉においては季重なりは珍しくないのです。夏の句で言いますならば、〈石の香《か》や夏草赤く露あつし〉〈ほととぎす啼や五尺の菖草《あやめぐさ》〉等、沢山あります。前の句で言えば「夏草」も季語、「あつし」も季語ですし、あとの句で言えば「ほととぎす」も「菖草」も季語なのです。季重なりをやかましく言うようになったのは近代になってからのようです。それでは、一句の難点は。実は、「すずし」の措辞《そじ》にあるのです。第四講で詳しくお話しすることになりますが、季語は単に季節を表す言葉ではなく、読者に固定した美的イメージを喚起する役割を持つのです。これを「本意《ほんい》」と言います。「五月雨」の「本意」は、「鬱々《うつうつ》とさびし」(鬼貫『独《ひとり》ごと』)いイメージであり、「川水もみかさ《(水嵩)》まさりてふちせもわかぬ」(有賀長伯《あるがちょうはく》『初学和歌式』、元禄九年刊)——そんなイメージです。これは、今日我々が「五月雨」に抱くイメージと変りませんね、「五月雨」は、今の「梅雨《つゆ》」のことですので。長々と降り続く雨は、本当に鬱陶《うっとう》しいですからね。およそ「すずし」などという気分ではないですよね。ベトベトと湿って、黴《かび》なども生えますので気持が悪いのです。これでおわかりでしょう。「さみだれをあつめてすずし」は、「五月雨」の「本意」から外れてしまっているのです。ですから極端なことを言いますと、〈さみだれをあつめてすずしもがみ川〉は、欠陥作品ということになるのです。そして、芭蕉は、そんなことは百も承知していたのです。芭蕉としては、「すずし」の言葉に一栄への感謝の気持を丸ごと託したのです。この鬱陶しい「五月雨」でさえも、一栄宅で味わうと「すずし」く感じられる、といった気分です。ですから、この句は、一人の読者一栄に対する「挨拶」句としては、これで十分なのです。

ただし、皆さんが知っている〈さみだれを〉の句、少し違いますよね。そうです。皆さんが高等学校で学んだ『おくのほそ道』には、左のように書かれているのです。

最上川は、みちのくより出《いで》て、山形を水上《みなかみ》とす。ごてん・はやぶさなど云《いふ》おそろしき難所有《あり》。板敷山《いたじきやま》の北を流《ながれ》て、果《はて》は酒田の海に入《いる》。左右山覆《おほ》ひ、茂みの中に船を下《くだ》す。是《これ》に稲つみたるをや、いな船といふならし。白糸の滝は青葉の隙々《ひまひま》に落て、仙人堂、岸に臨《のぞみ》て立《たつ》。水みなぎつて舟あやう(ふ)し。

この〈五月雨をあつめて早し最上川〉の句形が、皆さんが馴れ親しんだものですね。ですから〈さみだれをあつめてすずしもがみ川〉の句を聞かれた時に、皆さん、「あれ、少し違うなあ」と思われたことと思います。ところが、今見てきたように『おくのほそ道』の旅の途次に作られたもともとの形は〈さみだれをあつめてすずしもがみ川〉だったのです。それでは、『おくのほそ道』という文芸作品に入れるに際して、芭蕉はなぜ〈五月雨をあつめて早し最上川〉と改めたのでしょうか。

『おくのほそ道』は、元禄十五年(一七〇二)に出版されています。芭蕉は、元禄七年(一六九四)、五十一歳で没していますので、没後の出版ということになりますが、芭蕉には、生前すでに、出版して不特定多数の読者に読んでもらおうとの意識があったと思われます。それは、『おくのほそ道』を繙《ひもと》くことによって明らかとなります。その一つをあげますと、地名表記の方法です。歌枕と、それ以外のマイナーな地名とでは、表記の方法が違うのです。例えば「黒髪山は霞かかりて、雪いまだ白し」――これが歌枕の表記です。対してマイナーな地名は「千じゆ(ぢ)と云《いふ》所にて船をあがれば、前途三千里のおもひ胸にふさがりて、幻のちまたに離別の泪《なみだ》をそそぐ」のごとく表記されます。違い、わかりますね。

歌枕である「黒髪山」は、ズバリ「黒髪山」と書かれているのに対して、マイナーな地名である「千じ《(ぢ)》ゆ(千住)」は、「千じ《(ぢ)》ゆと云所」との書き方がされていますね。これは、芭蕉が明らかに不特定多数の読者を意識しているということなのです。『万葉集』に〈ぬばたまの黒髪山を朝越えて山下露に濡《ぬ》れにけるかも〉と詠まれて以来の歌枕「黒髪山」(『歌枕名寄』万治二年刊)は、当時の読者なら誰でも知識として知っていたでしょうが(日光の男体山のことです)、「千じ《(ぢ)》ゆ」は、江戸の人はともかく、他地域の読者はまず知らない地名でしょうから、「このような地名の所があるのですよ」ということで「千じ《(ぢ)》ゆと云所」との書き方がされているのです。このように書きますと、読者は一応納得して先へと読み進むことができるわけです。芭蕉が不特定多数の読者を想定して『おくのほそ道』を書いていることは、この一点だけでもおわかりいただけるのではないでしょうか。

そこで〈五月雨をあつめて早し最上川〉の句ですが、なぜ〈さみだれをあつめてすずしもがみ川〉をこのように改作したかということです。〈さみだれをあつめてすずし〉のほうは、高野一栄一人に対する感謝の気持を込めての挨拶句でしたね。それゆえに「五月雨」の「本意」(美的イメージ)を外してまでも、「すずし」と表現したのでした。一栄にのみその真意をわかってもらえれば、それで十分だったのです。ところが、不特定多数の読者に対して、このままで提示するのはまずいのです。なぜなら、客観的に見たら明らかに欠陥俳句だからです。そこで、「五月雨」の「本意」である「川水もみかさ《(水嵩)》まさりてふちせもわかぬ」、そんなイメージにそって〈五月雨をあつめて早し最上川〉と改めたのでした。「最上川」は、富士川、球磨川《くまがわ》とともに日本三急流の一つですので、「早し」の措辞によって「最上川」のイメージが髣髴《ほうふつ》としてくるのです。地の文「水みなぎつて舟あやうし《(ふ)》」からの流れもスムーズですね。これで、私があでもない、こうでもないと言ってきたことがおわかりいただけたことと思います。手紙、端書、色紙、短冊、懐紙などに一人(ないし数人)の読者(特定少数の読者)を想定して書く(俳句を詠む)場合と、活字(江戸時代には版本)になり、不特定多数の読者に読まれることを想定して書く場合とでは、作者の意識は違いますし、当然違わなければいけないということなのです。

褻と晴ということ

今回お話ししましたことを、私は普段、「褻《け》」と「晴《はれ》」という言葉で説明するのです。まず「褻」ですが、これは私的という意味です。そして「晴」ですが、これには公的という意味があります。皆さん、「晴」のほうについてはすぐに「晴着《はれぎ》」という言葉を思い浮べることができると思います。公式の場に出る時に着る衣服ですね。皆さんでしたら、成人式でしょうか。そして、これに対する言葉、すなわち普段着ですね、こちらのほうは、今日使われなくなってしまいましたが、「褻形《けなり》」という言葉があったのです。この「褻」と「晴」の二つの言葉を援用して、俳句作者の実作の姿勢と、読者の鑑賞の心構え——両者の関係は表裏をなし、微妙に絡み合っています――を説明してみましょう。

作者の姿勢から見てみましょうか。手紙や端書、そして色紙や短冊、懐紙に作者みずからが自筆で書いた俳句作品、これが「褻」の作品ですね。ほとんどが親しい人々に対して書かれると思います。特定の場所で、特定の時間に。いわゆる「挨拶」句ですね。ですから読者数も、普通は一人、多くても数人ということになります。作品としての完成度に難があったり、当事者以外にはわかりにくかったとしても、作者の意図が相手にしっかりと伝わればいいわけです。すでに見た芭蕉の〈さみだれをあつめてすずしもがみ川〉、子規の〈寒からう痒からう人にあひたからう〉〈一匕《ひとさじ》のアイスクリムや蘇《よみがへ》る〉、そして五千石さんの〈誕生のすぐと登高こころざす〉など、「褻」の句ということになります。直接読者を想定しないで、ノートや句帳、日記などに書かれた作品も「褻」の範疇《はんちゅう》であります。対して、作者生前に作者の意志によって活字化された作品、あるいは活字化されるであろうことを前提として書かれた俳句作品、これが「晴」の作品であります。活字化されますから、自筆で発表された作品に比べると比較にならないくらい多くの人々の目に触れ、読まれる可能性があるということです。私がしばしば言ってきたところの、不特定多数の、作者の実像をほとんど知らない読者です。となりますと、作者としては、不特定多数の読者にみずからの作品が理解してもらえるように配慮しなければなりません。「褻」の作品のように作者と読者の関係はつうかあではないということです。その作品が、どのような時に、どのような場所で誕生したのかが、読者にはっきり伝わらなければ、不特定多数の読者は、作者の感動を共有し得ないのです。ですから、どんなに特殊な条件下の作品であっても、可能な限り普遍性を持たせるよう努めることになります。それは、作品の内容はもちろんのこと、素材や言葉についても同様であります。

最後に今までお話ししてきましたことを、子規の親友夏目漱石の俳句作品を通して、もう一度確認しておくことにします。復習です。

明治四十一年(一九〇八)の漱石の手帳の六月の項に左のごとき句文が書きつけられています。手帳ですので、他人に見せるものではありません。漱石自身のための覚え書でありましょう。私のいわゆる「褻」の作品です。

天生目《あまなめ》一治氏細君《さいくん》の病気の為《た》めに名流俳句談を草して之《これ》を売りて薬餌《やくじ》の料となさんとす。書肆《しょし》余《よ》が題句あらば出版すと云ふ。天生目氏自ら来つて句を乞ふ。

文《ふみ》を売つて薬に代ふる蚊《か》遣《やり》哉《かな》

比較的長い前書《まえがき》と俳句です。前書中の「天生目一治」なる人物、生没年等よくわかりません。「杜南」と号しています(俳号でしょうか)。『評伝芭蕉』(博文館、明治四十二年三月)ほか、何点かの著作を残しています。その「天生目一治」氏が、漱石のところにはじめて尋ねて来た時のいきさつのメモです。妻(「細君」——漱石が、天生目の奥さんをこう呼んでいる)が病気で薬代(「薬餌の料」)が必要なので、『名流俳句談』という本を書いて、出版社(「書肆」)に持ち込んだところ、出版社では、漱石(「余」)の「題句」(今日言うところの序句。序文のかわりに俳句を書くこと)があれば、出版してもいいと言っている、という内容です。そこで「天生目一治氏」が漱石を訪ねてきた、というわけです。恩情家の漱石は、試みに〈文を売つて薬に代ふる蚊遣哉〉の句を作ったのでありましょう。「蚊遣」は、ここでは、蚊取線香のこと。蚊取線香を燻《くす》べながら著作に励み、薬代を捻出《ねんしゅつ》しようとしている「天生目一治氏」への激励の一句でありましょう。出版社としては、『吾輩は猫である』『坊っちゃん』『草枕』等の作者である漱石のネームバリューが欲しかったのです。

この話、実現したのです。二か月後の明治四十一年(一九〇八)八月、『古今名流俳句談』は、当時、俳句関係の著作を数多く出版していた内外出版協会から出たのであります。出版社は、まったくの新人である「天生目杜南」の本を出すについて、漱石の「題句」だけではまだ不安だったのでありましょう。新進の俳人であり、俳諧研究者としてはすでに同社より『新古俳諧奇調集』(明治三十九年三月刊)を出していた沼波瓊音《ぬなみけいおん》と共編というかたちで出版しています。ところで、肝腎の漱石の「題句」ですが、巻頭に一ページを費やして、朱色で次のように印刷されています。

天生目君令閨《れいけい》医薬の料の為に、『名流俳句談』を草せられたる由《よし》を承《うけたま》はり、御望みの如く一句を呈し奉《たてまつ》る

文《ふみ》を売りて薬にかふる蚊遣かな　漱石

『古今名流俳句談』、評判がよかったようであります。同じ出版社より翌明治四十二年（一九〇九）九月、宮垣四海著『俳人鬼貫 附鬼貫句集』という本が出ていますが、その巻末の一ページ広告には「報知新聞」「大阪新報」「東洋日出新聞」「小樽新聞」「都新聞」等の反響が掲出されているのです。文字通り不特定多数の読者を獲得し得たのではないでしょうか。そこにおける漱石の右の句文、まぎれもなく「晴」の作品であります。そして「晴」の作品にふさわしい配慮が払われているのです。先の手帳に書きつけられた句文と、右の句文とを比較してみて下さい。例えば、「天生目一治氏」の妻を、手帳ではややぞんざいに「細君」と呼んでいましたが、公刊された『古今名流俳句談』では「令閨」となっていますね。令夫人との意味で、非常に丁寧な言葉遣いであります。この箇所に限らず、内容的にはほぼ同様のことを言っているのですが、「天生目一治氏」に対する漱石の態度が、謙譲

語を使ったり、尊敬語を使ったりと、全体に丁重なのであります。逆に「天生目一治氏」の箇所は、「天生目君」となっていますが、これは、漱石との関係の親しさを表すためでありましょう。「天生目君」とやりますと、読者は、漱石とごく近しい人物であるとの印象を受けるのであります。漱石の心遣いが細部にまで感じられます。

皆さん、手帳と出版された『古今《こきん》名流俳句談』の句文との間で、大きな違いが一つありますね。おわかりだろうと思います。手帳に書かれていた「書肆余が題句あらば出版すと云ふ」の部分、出版された『古今《こきん》名流俳句談』の漱石の「題句」の句文からは消えていますね。ここに最も集約的に「褻」の作品と「晴」の作品との違いを窺《うかが》うことができます。もし内情を示すところの「書肆余が題句あらば出版すと云ふ」の部分を削除せずに、そのまま公にしてしまったらどうでしょうか。「天生目一治氏」の面目は、丸潰れになってしまいますね。漱石には、「褻」と「晴」ということがきちんとわかっていたのです。

時間があまりなくなってきてしまいましたね。今日お話ししたことなどを参考にしながら、規定の用紙に五句、今回からはきちんと五句書いて下さいよ、そして提出して下さい。すでにノートに作ってきた皆さんは、そこから五句選んで下さい。

第三講　「切れ」の必要性

作品の講評

また、皆さんが前回提出して下さった作品の中のいくつかに注目して、批評してみることからはじめましょう。ほかの皆さんは、返却しました各自の用紙の、特にXに留意しながら目を通していただいて、自分の作品のマイナス要素をしっかり確認して下さい。今でなくていいですよ。自宅や下宿に帰ってからゆっくり検討して下さい。

前回、芭蕉の〈さみだれをあつめてすずしもがみ川〉と〈五月雨をあつめて早し最上川〉の句によって、特定少数の読者に対して発信される作品と、不特定多数の読者に対して発信される作品との違いをお話ししましたね。私の用語で言えば「褻《け》」の俳句と「晴《はれ》」の俳句です。前回、お話ししそびれてしまったのですが、「褻」と「晴」の視点は、我々が俳句作品を解釈、鑑賞する上でもきわめて有効であるように思われます。特に「褻」の作品の場合には、その作品が、いつ、どのような場所で、どのような時に、誰に対して、どのような目的で詠まれたのかをきちんと押えておくことが、的確な解釈、鑑賞をするための必須の条件になってきます。〈さみだれをあつめてすずしもがみ川〉の句でしたら、『おくのほそ道』の旅の途次、元禄二年(一六八九)五月二十九日に、高野一栄《いちえい》宅で、一栄のために、芭蕉が感謝の気持を込めて作った作品であることを押えておきますと、作者である芭蕉の意図にそった解釈と鑑賞ができるというわけです。「晴」の句の場合は、その逆です。あまりにその作品の背景を穿鑿《せんさく》することによって、その作品の香気(面白さ)が消えてしまうことにもなりかねません。皆さんが高等学校の古典文学の授業が退屈だったのは、そのせいだったのではないでしょうか。できるだけ予備知識や先入観なしに、作品そのものと対《たい》峙《じ》して解釈、鑑賞してみることだと思います。作者も「どこ迄も人にわかるやうに書」く(子規の言葉でしたね)ことを心がけているわけですから。芭蕉の〈五月雨をあつめて早し最上川〉のほうは、文芸作品『おくのほそ道』の中での役割を考えながら、じっくりと読み、味わえばいいのです。

以上、補足でしたが、この二つの芭蕉句が皆さんを刺激したのか、皆さんの中にも「五月雨」の作品が多かったように思います。その中の何句かを、まずは批評してみましょう。

五月雨に模試の結果とラブレター

経営学部のY・Hさんの作品です。「五月雨」というクラシックな季語が若々しく蘇《よみがえ》っています。「切れ」は〈五月雨に◇模試の結果とラブレター〉となりましょう。「模試の結果とラブレター」の措辞《そじ》、面白いと思います。「模試」は、この句の場合、大学入学のための模擬試験でしょう。模擬試験を「模試」と言ってしまっていいかどうかは、前講の「登園」(幼稚園に通うこと)と同じように問題が残るところであります。ただ、芭蕉も含めて、江戸時代の俳諧以来、俳人(俳句)は、俗語に対して積極的でありましたので、許容範囲の言葉としてよいと判断しました。「模試」は、大学生の作者にとっては、過去の体験でしょうが、このように現在のこととして(高校生時代に戻って)詠んだことによって、インパクトの強い句になっています。過去のことを過去のこととして、これこれこういうことがありました、と詠む回想の句は、俳句では、どうしても迫力に欠けますので注意して下さい。少年少女の日の印象深かった出来事を、今の出来事のように詠めばいいのです。この句「模試の結果」とありますが、あまりよくなかったのでしょうね。「鬱々《うつうつ》とさびし」という「五月雨」のイメージが、読者にそのことを感じさせます。しかし、そんな憂鬱な気分も吹っ飛んでしまうような嬉しい「ラブレター」が同時に届いたのでありましょう。あるいは、日を置いて届いたと解してもよいでしょう。とにかく「五月雨」が降り続く日々の中で、作者の眼前には憂鬱な「模試の結果」と、嬉しい恋人からの「ラブレター」があるというのです。若い女性の複雑な気持が上手に表現されています。評価はA、注意事項Xは、ありません。これでいいと思います。

次は、

五月雨が降るたび増える悩み事

です。経営学部のY・T君の作品です。「切れ」は〈五月雨が降るたび増える◇悩み事〉となります。この句、評価はBX_4となっています。面白いことは面白いのですよ。「五月雨」と言えば、「川水もみかさ(水嵩)まさりてふちせもわかぬ」イメージがあります。川の水嵩《みずかさ》が増えて、淵瀬、すなわち深い所と浅い所の区別がつかないといった現象をもたらす雨のイメージです。それを「降るたび増える水の嵩《かさ》」ではなく、「降るたび増える悩み事」とやったところが面白いのです。そして、こう表現したことによって「切れ」も獲得し得たのです。ただし、先のY・Hさんの句「模試の結果とラブレター」に比べますと、Y・T君の「悩み事」は、抽象的、観念的に過ぎ、イメージを結びにくいのです。そこがX_4(観念的)のゆえんです。俳句という文芸は、できるだけ具体的な物によって表現し、作者の喜怒哀楽の情は、季語と具体的な物とによって読者に伝えるようにしたほうが、作品に拡がりをもたらすことができるのです。この句の場合、「悩み事」の内容を具体的にズバリと言ってしまったほうが、より若々しく、より面白い句になると思います。

もう一つ「五月雨」の句。

五月雨で一人切ない傘の中

経営学部のM・Kさんの作品です。評価はCX_1。まだ俳句を作りはじめたばかりですので、これでいいのです。M・Kさんが、自分の心を素直に五・七・五の十七音にぶつけているることがよくわかります。合格作品ということでC評価です。それでは、なぜX_1(陳腐)なのかということです。これからお話しすること、皆さんもよく覚えておいて下さいね。俳句作りの根幹にかかわる問題です。X_1は「切ない」の措辞にあるのです。この手垢《てあか》にまみれた言葉を用いたことによって、一句が「陳腐」になってしまいました。「陳腐」とは、ありふれていてつまらないこと、ふるくさいことです。子規が、俳句作品に対してマイナス評価を下《くだ》す場合によく用いた評語です。簡単に「切ない」などという言葉を使わないようにして下さい。それに、この「切ない」、自分の心を説明してしまっているのです。前のY・T君の句に対して、私は、「悩み事」なる措辞を観念的と評しましたが、俳句にとって避けるべきは、観念的な表現と、説明的な表現です。ちょっと、というか、かなり遡《さかのぼ》りますが、連歌論書に『心敬僧都庭訓《しんけいそうずていきん》』とか『心敬法印庭訓《しんけいほういんていきん》』とか呼ばれるものがあります。その中に、

あはれなる事をあはれといひ、さびしきことをさびしきといひ、しづかなることをし

づかといふ、曲《きょく》なき事也《なり》。心にふくむべきにて候。

との記述が見えます。「曲なき事」とは、面白味のないこと、との意味です。この記述、古い文献の中のものですが、皆さんが俳句を作る場合にも是非、心得ておいて下さい。自分の感動、あるいは感情を安易に「あはれ」「さびし」「しづか」等の言葉によって表現すべきではないというのです。M・Kさんの「切ない」も、この範疇《はんちゅう》の言葉ですね。それは「心にふくむべき」だと言うのです。自分の心の中にしまっておいて、表現しないということですね。それにはどうしたらよいのでしょうか。五・七・五の十七音から、「あはれ」「さびし」「しづか」「切なし」(「切ない」)等の言葉を消すように努めるのです。それらの感動、感情が読者に伝わるような具体的な物、あるいは事象によって表現するのです。そうすることによって、それらの感動や感情は、余意、余情として読者に伝わるのです。

M・Kさんの句に戻りますよ。この句、恋句ですね。恋願望といったほうがいいでしょうか。恋人のいない切なさを詠んでいるのでしょう。自分も恋人同士のように「五月雨」の中を相合傘で歩きたいというのでしょうね。「切ない」という言葉を使わないで、M・Kさんの、そんな気持を表現するにはどのようにしたらいいでしょうか。例えば、

五月雨に一人っきりの傘の中

としますと、説明臭が消えますね。ただ、「五月雨」と「傘」の取合せが、この句をやや平凡なものにしてしまっている感は、否めませんね。そんなこともあってのC評価です。

もう一句、「五月雨」の句がありました。

五月雨に待ちぼうけする改札口

という作品です。作者は、経営学部のY・F君です。「切れ」は先のY・Hさんの〈五月雨に◇模試の結果とラブレター〉の句と同様、〈五月雨に◇待ちぼうけする改札口〉となりましょう。これも恋句でしょうね。平凡なようでいて、味わい深い作品です。「五月雨」と「待ちぼうけする改札口」との取合せによって、「五月雨」の鬱陶《うっとう》しさが見事に表現されています。「待ちぼうけする」の措辞が利いているのです。昭和六十三年(一九八八)に八十一歳で没している安住敦《あずみあつし》という俳人に「田園調布」との前書のある〈しぐるるや駅に西口東口〉という句がありますが、この句に比べても、ちっとも遜色《そんしょく》がありません。クラシックな季語「五月雨」が、若々しい雰囲気の中で、現代に蘇生しています。評価は、A。

「五月雨」の句を四句見ましたが、いずれも作者の喜怒哀楽を吐露したモノローグの句でした。そして四句とも個性的な作品でした。皆さんには、やはり身近に素材を見つけてのモノローグの句が作りやすいのでしょうね。この調子でやって下さい。等身大の句でいいのです。背伸びをしても、読者を面白がらせる句はできません。

そんなモノローグの作品が圧倒的に多い中で、一句だけユニークな作品がありましたので紹介してみましょう。

香水を漂わせ来る赤ずきん

経営学部のM・S君の作品です。「切れ」は〈香水を漂わせ来る◇赤ずきん〉となります。評価は、AX8です。A評価としたのは、いわゆるモノローグの作品とは一味違っている点を評価したのです。この作品は、みずからの体験を詠んだものではありませんね。かといって作者の目に映った対象をそのまま描写したものでもありません。「赤ずきん」という架空の人物を登場させているのです。その点では、フィクション俳句と言ってもよいかもしれません。けれども、例えば日野草城《そうじょう》のフィクション俳句〈春の夜の自動拳銃《コルト》夫人の手に狎《な》る〉などとも違いますね。ひょっとしたら、作者の目に映った女性を「赤ずきん」と呼んでみたのかもしれないのです。でも「赤ずきん」という言葉は、いやでも我々が少年少女のころに読んだことのあるペローの『童話集』や『グリム童話集』の中の「赤ずきんちゃん」を想起させるのです。そうすると、ちょっと頭の中が混乱して来るのです。「赤ずきんちゃん」は「香水」(夏の季語)なんかつけていたっけ、と。となると、俳句の中の「赤ずきん」は、偽《にせ》「赤ずきんちゃん」ということになります。とにかく、やや頽廃的な匂いのする不思議な作品です。そして、そこが面白いのです。それはいいのですが、問題はX_8(表現)です。「漂わせ来る」は、他動詞と自動詞を一つにしてしまっていて、日本語の表現としてやや無理があるように思います。やはりきちんと「漂わせて来る」とすべきでしょう。

発句と平句

今回は「切字」「切れ」についてお話ししたいと思います。すでにお話ししてきたところでも、「切字」あるいは「切れ」という形式が、俳句という文芸の根幹にあって、その本質に深くかかわっていることがおわかりいただけていると思いますが、さらに詳しくお話ししてみたいと思います。その前に、一つ面白い俳句を紹介してみましょう。

霜柱俳句は切字響きけり　　石田波郷

作者の石田《いしだ》波郷《はきょう》は、大正二年(一九一三)に愛媛県垣生《はぶ》村(今の松山市西垣生町)に生まれ、昭和四十四年(一九六九)、満五十六歳で東京に没しています。俳句は、同郷で七歳年長の五十崎古郷《いかざきこきょう》に本格的な手ほどきを受け、古郷によって水原秋桜子に紹介されています。秋桜子は、「馬酔木《あしび》」という結社の主宰《しゅさい》(結社のリーダー)です。結社といい、主宰といい、皆さんにはちょっと馴染《なじ》みにくい呼称かと思いますが、この際、覚えておいて下さい。子規たちの時代には、結社ではなく派と言っていました。子規は、「日本」派のリーダーでした。結社とか主宰が、俳句の言葉として用いられるようになったのは昭和の初期のようであります。子規は、時に旧派のリーダーの呼称である宗匠《そうしょう》などとも呼ばれていたのですよ。

波郷が参加した当時の「馬酔木」は、反「ホトトギス」の拠点として、主観的、抒情的な作品を目指していました。波郷も〈バスを待ち大路《おほぢ》の春をうたがはず〉〈月青し早乙女ら来て海に入り〉〈青蜜柑食ひ父母とまた別れたり〉〈寒卵薔薇色させる朝ありぬ〉といった、「写生」一辺倒の「ホトトギス」調とは一味《ひとあじ》違った瑞々《みずみず》しい作品を数多く発表しています。これらの作品は、昭和十四年（一九三九）に出版されている波郷の第一句集『鶴の目』（沙羅書店）の中に入っています。波郷、時に二十六歳。そして先の〈霜柱俳句は切字響きけり〉の句は、昭和十八年（一九四三）に出版されている第二句集『風切』（一条書房）の中に入っています。一句は、霜柱をサクサクと音を立てながら歩いた時の快感から生まれたものでありましょう。その心地よさの中で、俳句における切字の役割といったものを、改めて認識したのだと思います。波郷は、切字の持っている「響き」の美しさに注目したのであります。

この一句のみに限らず、昭和を代表する俳人波郷は、俳句という文芸における切字について、少なからぬ関心を持っていたようであります。昭和十二年（一九三七）にみずから創刊した主宰誌「鶴」の、昭和十七年十一月号のエッセイ「俳句」の中で次のように述べています。少し長くなりますが、現代の俳人の代表的な切字観として興味深いものであります。

韻文、特にわが俳句では、表現の格、作句の格といふものは絶対に厳重でなければならない。自分はこのために、「や」「かな」「けり」を必ず用ひよ、といふことを敢《あへ》て言つた。これは暴論でも古典復帰でもない。俳句の新しい進展を正しい基礎の上におく為である。風景や、心境を精密に細叙することは散文に譲ればいい。無限に言葉をつかへる散文には及ぶわけはないのである。俳句はさういふことをする為にあるのではない。俳句は禅のやうに「ア」といへば「ウン」と響く気息を表現すべきである。それが路傍の一茎の草花でもいい。そこに作者の気息とぬきさしならぬ共鳴があつて、呵《か》して十七字を為《な》す底《てい》の真率の声がなければならぬ。実作の格としても、や、かな、けりの切字を用ひよ。解らなければ解らないままでもいい。重厚なこれらの切字を用ひよ。句を美しくしようと思ふな。文学的修飾をしようと思ふな。自然が響き応《こた》ふる心をふるひ起せよ。俳句はこれでいい。

一読して、私は、子規の俳論書『俳諧大要』中の、先にも見た左の一節を想起しました。曰く、俳句は終《つひ》に何等の思想をも現はす能《あた》はず、と。然《しか》れども是《こ》れ聯想《れんさう》の習慣の異なるよりして来《きた》る者《もの》にして、複雑なる者を取て尽《ことごと》く之《こ》れを十七字中に収めんとする故に成し得ぬなり。俳句に適したる簡単なる思想を取り来らば、何の苦も無く十七字に収め得《う》べし。縦《よ》し又、複雑なる者なりとも其《その》中より尤《もつと》も文学的俳句的なる一要素を抜き来りて之《これ》を十七字中に収めなば、俳句となる可《べ》し。

子規の「写生」論の延長線上にある虚子の「花鳥諷詠」論に反撥して、「無心にものを見るといふことは、自分達にはすでに出来ないのである。この不幸を背負ひ、生活の塵にまみれながら、純粋に花鳥に遊ぶといふことは、自分はこんなに偽《いつは》りはないと思ふ」(前掲「俳句」)と語っている波郷ではありますが、右の子規の俳句という文芸に対する姿勢と、先の波郷の「切字」論とは、意外に近いところにあるように思われるのですが、いかがでしょうか。子規も波郷も、俳句という文芸の独自性(散文や詩とは違って、俳句は俳句なのだ、という考えです)をしっかりと認識しているように思います。子規は、俳句が詠みうる「思想」、すなわち内容面に注目し、それは「簡単なる思想」か、もしくは「複雑なる」思想の中の「文学的俳句的なる一要素」だと言っています。対して波郷は、「切字」、すなわち表現面に注目し、「路傍の一茎の草花」(子規言うところの「簡単なる思想」を換起する対象でありましょう)に感応する「作者の気息」を表現するのが切字だといっているのであります。そして、実は、波郷が反撥した虚子も、晩年、波郷と同様の「切字」観を述べているのです。昭和三十年(一九五五)十二月四日付の「朝日新聞」に掲載したエッセイ「切字は俳句の骨格」の中で左のように述べています。

「や」「かな」の如き切字は十七音(五七五)と共に俳句の骨格を成すものである。昔は俳句に携はつてをることを「やかな」をやつてをる、などと言つたものである。殆《ほと》んど俳句の代名詞ともなつてゐたのである。これを陳腐な固陋《ころう》な言といふ事は出来ぬ。自《おのづか》ら俳句といふ一つの詩の、根本の形を規定してゐるものである。「切字」といふものが問題にされず、従来の俳句らしい調子が無視された現代の一部の傾向は決して愉快なものではない。(中略)「や」「かな」等の切字のない俳句も沢山ある。それらの句も「や」「かな」等の切字によつて修錬され高揚された、その調子を保ちつつ、変化したものである。あくまでも俳句らしい調子を尊重する。俳句はどこまでも俳句らしい調子を保たねばならぬ。一歩埒外《らちがい》に踏出した調子のものは俳句ではない。

波郷は「切字」を俳句における「表現の格」「作句の格」と認識していましたが、虚子も「俳句の骨格」と言っています。両者の考えに違いはない、と見るべきでありましょう。波郷は、この虚子の「切字」論を複雑な思いで読んだのではないでしょうか。波郷は切字を、対象と「作者の気息」との「ぬきさしならぬ共鳴」を表現するものとして把握していますが、虚子は「俳句らしい調子」をもたらすものとして切字を捉《とら》えています。この両者の考えの間に距離があるのか、ないのか、右の二人の文章からは判断できません。ただ先の波郷の句〈霜柱俳句は切字響きけり〉を見ますと、波郷も切字の役割を、虚子同様に「俳句らしい調子」(やや抽象的でありますが)をもたらすもの、と考えていたように思われます。とにかく、二人とも切字を俳句における重要な要素として認めていた、ということは間違いありません。虚子の文章の中で一つだけ注意しておかなければいけない箇所があります。「「や」「かな」等の切字のない俳句も沢山ある」との箇所です。この点については、すでに沢山の実例を見てきました。あとできちんと説明したいと思いますが、皆さんの作品にはほとんど切字が使われていませんね。皆さんは、おそらく無意識のうちに「や」「かな」「けり」は古くさい(虚子の言葉を借りますならば「陳腐な固陋な言」ということになります)との思いにとらわれるのだと思います。それと同時に、おそらく「や」「かな」「けり」の使い方がよくわからないということもあるのではないでしょうか。いずれも日常生活では使われない言葉ですから無理もありません。この点についてもあとで詳しく説明しましょう。切字は、虚子が言っているように「俳句といふ一つの詩の、根本の形を規定してゐるもの」ですので、使えるにこしたことはありません。ただし、これからの俳句は、虚子の指摘を待つまでもなく、「切字のない俳句」が量産されると思います。虚子は、そのような俳句を、「切字」の「調子を保ちつつ、変化したもの」と見ています。この考えで間違いではないのですが、「切れ」(この言葉は、この講義ですでに用いてきましたので、皆さんはある程度理解していることと思います）として理解したほうが、わかりやすいと思います。

さて、波郷や虚子は、すぐれた実作者ですから、右の両者の文章の内容程度の理解で、実作上において、事を欠くことはなかったのでしょうが、俳句を学びはじめたばかりの皆さんは、少しめんどうでも、可能な限り論理的に理解しておいたほうが、かえって納得されることと思いますので、これから「切字」の考えが生まれた連歌にまで遡《さかのぼ》って、「切字」とは何かを考えてみておきたいと思います。

切字の種類や、その機能を説明している連歌論書は少なくありませんが、「切字とは何か」、すなわち切字の本質について語られている連歌論書は、多くはありません。しかも、その記述は決してわかりやすいものではありません。が、ここを越えないことには先に進めませんので、しばらくお付き合い下さい。

連歌を和歌と比肩しうる文芸として、形式と内容の両面より整えたのは、連歌の最初の准勅撰集《じゅんちょくせんしゅう》『菟玖波集《つくばしゅう》』の編者二条良基《にじょうよしもと》です。その良基の連歌論書の一つに、観応二年（一三五一）の識語（書写年月を記したもの）のある『僻連抄《へきれんしょう》』という本があります。その中に「切れ」にかかわっての発言が見られますが、これは「切字」本質論と見做《みな》してよいもののように思えます（良基の師救済《きゅうぜい》の著とされている『連歌手爾葉口伝《れんがてにはくでん》』の中には「発句の十八の切字事《きれじのこと》」の項が見えます）。

所詮《しょせん》、発句には、まず切《きる》べき也《なり》。きれぬは用《もちふ》べからず。哉《かな》・けり・覧《らん》などの様《やう》の字は、何としても切《きる》べき也。物の名・風情は、きれぬもある也。それはよくよく用心すべし。仮令《たとひ》、梢《こずゑ》よりうへにはふらず花の雪、これはきれたり。木ずゑよりうへにはふらぬ花の雪、といひてはきれぬ也。其故《そのゆゑ》は、木ずゑよりうへにはふらぬ花の雪かな、とはいはるる也。うへにはふらず花の雪かな、とはいはれず。されば、かなの字を発句の下にそへていひつづけて見るに、いはれのかなひていはるるはいかにもきれぬ也。いはれぬはきれたる也。これにてしるべし。

これと同内容の記述は、良基のもう一つの連歌論書『連理秘抄《れんりひしょう》』の中にも見えます。『連理秘抄』は『僻連抄』を発展させた書、と見られています。そこで内容の検討です。良基は、発句《ほっく》(俳句のルーツが俳諧の発句で、さらにそのルーツが連歌の発句でしたね)は「まづ切」ることであり、切れていない句を発句として用いるべきでない、と言っています。ここで便宜的に「十八の切字」を見ておくことにします。連歌の時代に定められ、俳諧の時代にもそっくりそのまま継承された基本的な切字です(時代が下《くだ》るにしたがってふえていきました)。ただし、この十八の切字の中には、今日、皆さんが俳句を作るに当ってはまず使わないであろう切字も入っていますので、皆さんにとって有効と思われる切字のいくつかを選んで、のちほど説明することにします。先ほど波郷は「や」「かな」「けり」の三つ、虚子は「や」「かな」の二つを切字として挙げていましたが、この「や」「かな」、そして「けり」は、俳人の方々が今日でもさかんに用いるところの切字でありますし、もちろん十八の代表的な切字の中に入っています。その十八とは、「かな」「けり」「もがな」「らん(らむ)」「し」「ぞ」「か」「よ」「せ」「や」「つ」「れ」「ぬ」「ず」「に」「へ」「け」「じ」であります。今日の言葉の分類で言いますならば、助詞、助動詞、動詞の命令形の語尾、形容詞の終止形の語尾等です。良基が挙げている「哉」「けり」「覧」が十八の中に入っていることが確認できましたね。「かな」「けり」「らん」は、これらを一句に用いた場合、絶対に切れるというのです。良基が読者に注意を喚起しているのが「物の名」と「風情」です。「物の名」は名詞であり、「風情」は、形容詞や形容動詞や副詞の類いをいうのでありましょう。いわゆる「十八の切字」を用いないでこれらの言葉(「物の名」「風情」)を用いた場合には、切れたり切れなかったりするので、見極めが大切だというのです。そこで良基が提案しているのが、五・七・五の十七音(十七文字)の句末に「かな」を置いて見分ける方法です。良基が、それを確認するための具体例として用意したのが、

梢《こずゑ》よりうへにはふらず花の雪

木ずゑよりうへにはふらぬ花の雪

の二作品です。これに、良基に従って、早速「かな」をつけてみましょう。

梢《こずゑ》よりうへにはふらず花の雪かな

木ずゑよりうへにはふらぬ花の雪かな

どうでしょうか。句中の「花の雪」とは、この両作品では、白く咲いていた花が雪のように散ることを、雪に見立てて表現した言葉です。二句目から見てみましょうか。木ずえより上に降らない雪、それは「花の雪」であるよ、ということで、意味がすんなりと把握できるのです。一句目に戻ります。こちらは、「梢よりうへにはふらず」で一度引っかかってしまい、スッと下まで続かないのです。読者を一句の解釈に呼び込んでしまうからです。「梢よりうへにはふらず」によって、読者はいやでも作品の中に入り込みいろいろと考えることになります。その時、作者はおもむろに「花の雪」という答を提示するのです。そしてこれにて一件落着ということになるのです。良基は、このように五・七・五の途中で引っかかる作品こそが切れているのであり、これが発句だというのです。〈木ずゑよりうへにはふらぬ花の雪(かな)〉のような作品、すなわち「いはれのかなひていはるる」作品は切れていないのだというのです。この二作品の場合の切れている例として挙げられている作品〈梢よりうへにはふらず花の雪〉の「ず」は、先の「十八の切字」の一つですから、切れているのは当然なのですが、この方法は一応の目安となりますので、皆さんも試され、確認したらよいと思います。『僻連抄』のこの一節、意外に今日の実作者には知られていなかったようです。

今度は、良基の孫弟子に当る(良基の弟子梵灯《ぼんとう》の弟子)宗砌《そうぜい》という連歌師が伝えている連歌論書『密伝抄』中の一節に注目してみることにします。

> 発句の切《きれ》たると申《まうす》は、かな、けり、や、ぞ、な、し、何、等申外《まうすほか》に、なにとも申《まうし》候はで、五文字にて切れ候発句、是《これ》は五文字の内にて申子《まうすし》細《さい》候。其謂《そのいひ》は、五文字のうちにて哉《かな》といわれ(ママ)候はぬは、皆切たる句にて候。五文字の内にて哉《かな》といわれ(ママ)候へば、切《きれ》候はぬにて候。吹《ふく》嵐など申《まうし》候ては、嵐かな、とすは(わ)り候ほどに切《きれ》候はず候。

この宗砌の見解も先の良基の方法に似ています。「かな」「けり」「や」「ぞ」「な」「し」「何」(「な」と「何」は「十八の切字」の中にはありませんが、切字と認定されていたものです)等の切字が一句の中に入っていなくても、上五文字で切れる発句の見分け方です。良基が言うところの「物の名」(名詞)が上五文字の中にある場合と考えてよいでしょう。

宗砌は、上五文字に名詞があり、一句の中に切字が用いられていず、しかも切れている句として三例を挙げています。

下草のかるるは遅き松の霜　良基
五月雨《さみだれ》は谷の水音松のかぜ　救済
あなたふと春日にみがく玉つ嶋　周阿

三句目の「玉つ嶋」は、玉津島神社(和歌山)のことです。三句いずれも、先の良基の方法である下五文字の下に「かな」をつけると、上五文字より下五文字までスムーズに意味が辿《たど》れるようにも思われます。ところが、このような作品でも上五文字で切れている場合があるというのです。それには、上五文字の下に「かな」と置いて、スムーズに繫《つな》がらなかったならば、上五文字で切れているというのです。なるほど「下草の(かな)」「五月雨は(かな)」「あなたふと(かな)」とは言えませんね。このような場合には、上五文字で切れているというわけです。すなわち、

下草の◇かるるは遅き松の霜
五月雨は◇谷の水音松のかぜ

あなたふと◇春日にみがく玉つ嶋

のように切れるというのです。もし上五文字が「吹嵐」のような言葉であった場合には「吹嵐(かな)」とスムーズに繋がってしまいますので、切れていない、ということになるわけです。この宗砌の考え方も、皆さんが作品を作る場合の参考になるかもしれませんね。

ところで、皆さんは少し不満なのではないですか。良基にしても、宗砌にしても、発句は切れていなければだめだと言って、切れているか、いないかの見分け方まで実例を挙げてていねいに説明してくれてはいても、なぜ切らなければいけないか、を説いてくれていないからですね。私自身も、これまでに「切字」や「切れ」について、折にふれて語ってはきましたが、この点について詳しくはお話ししていません。せいぜい、平句《ひらく》を睨《にら》みながら、一句の完結性を保証しつつ、作者の感動を読者に伝えるものとの説明をしたに過ぎませんね。これでは皆さんの不満が募るのも無理はありません。ただ、連歌論の中に「なぜ切らなければいけないのか」を説いているものがなかなかないのです。すでに御紹介したところの、芭蕉をはじめ江戸時代の俳人たちが必ず目を通していた連歌論書である、紹巴《じょうは》の『連歌至宝抄』にしても、

発句に切字と申事《まうす》、御入《いれ》候はで叶《かな》はず候。其《その》切字なく候へば平句《ひらく》に相聞《あひ》えてあしく候。

と記すに止《とど》まっているのですから。しかし、良基が「所詮、発句には、まづ切べき也」(『連理秘抄』)には「所詮、発句は、先《まづ》きるるやうにすべきなり」とあります。こちらのほうが明確ですね)と述べていたのに対して、紹巴のほうはもっとはっきりと「発句に切字と申事、御入候はで叶はず候」と断定しています。なぜかというと「其切字なく候へば平句に相聞えてあしく候」との理由からだというのです。そして、この説明は、欲求不満気味な私たちにとっては、大変説得力のある有難い説明です。すでに見ましたように、同じ五・七・五の十七音(文字)の連歌(俳諧)文芸の中には発句と平句があり、それを分けるのが切字の有無だというわけです。芭蕉が「西行の和歌における、宗祇の連歌における、雪舟の絵における、利休が茶における、其貫道《そのくわんだう》する物は一《いつ》なり」(『笈の小文』)と述べて敬愛した連歌師宗祇の作品でいいますならば、

限りさへ似たる花なき桜哉《かな》

の句は、発句であります。なぜならば「哉《かな》」という切字があるからです。「限り」とは、花が散る時です。散る時さえも、他の花を寄せつけないほどに素晴しい花、それが桜だ、と、桜の花に感動しているのです。この発句に対して、同じ宗祇の春の句でも、

身を隠す庵《いほ》は霞を便《たより》にて

は、五・七・五の十七音(文字)でありながら、平句ということになるのです。なぜならば、句中に切字がないからです。隠者として身を隠す春の庵で頼りになるのは霞なのだが、とのやや中途半端な内容の作品で、これだけでは宗祇が何を伝えたいのかもう一つはっきりしません。そして、これが平句の特徴なのです(「宗祇独吟何人百韻《なにひとひゃくいん》」より摘記)。そのことが紹巴によって明らかにされました。ただしこれは切字の機能面に限定しての説明でして、内容面とのかかわりは説明されていないのです。

切字に対して大きな関心を示し、「なぜ切らなければいけないのか」を明らかにしたのは芭蕉、そしてその門人たちでした。芭蕉も、連歌論からの流れの中で、切字を絶対視していました。まずは、そのことを確認しておきたいと思います。門人土芳《どほう》の著作、元禄十五年(一七〇二)成立の俳論書『三冊子《さんぞうし》』中の〈白雙紙《しろぞうし》〉の部に記されています(『三冊子』は〈白雙紙〉〈赤雙紙〉〈わすれみづ〉の三つの部門によって構成されています)。

切字《きれじ》の事、師のいはく「むかしより用ひ来る文字ども用ゆべし。連俳《れんぱい》の書に委《くは》しくある事也《なり》。切字なくては、ほ(発)句のすがたにあらず、付句《つけく》の体《てい》也。切字を加へても付句のすがたある句あり。誠《まこと》にきれたる句にあらず。又、切字なくても切るる句あり。その分別、切字の第一也。その位は自然としらざれば知りがたし」。

「切字」論が、芭蕉によって新たな展開を見せており、大変興味深い内容です。まず注目すべきは、芭蕉の「切字なくては、ほ《（発）》句のすがたにあらず、付句の体也」との言葉です。これは、どんなに注目しても、し過ぎることはありません。芭蕉も、先の紹巴とまったく同じ考え方をしていたということなのです。「付句」は、この芭蕉の言葉においては、「平句」と同じ意味です。芭蕉も、また、発句と平句を区別するのは、切字の有無だと考えていたのです。『三冊子』のこの部分、今まで、あまり問題にされずに素通りされてきましたが、皆さんが俳句を作る場合、この芭蕉の発言は、大きな意味を持っていると思います。今日、俳句の実作者においても、そんなに切字にこだわらなくてもいいではないか、との考えを持っている人は少なくないのではないかと思います。しかし、切字がなくては、それは平句、今の文芸でいえば川柳ということになるのです（今日でも連句文芸は作られていますので、発句と平句といってよいのですが、今日も大変盛んな川柳を加えておいたほうがわかりやすいと思います）。逆に、川柳作家の中にも、川柳も切字を使っているではないかと言われる人々がこれまた少なくないのですが、切字を使った五・七・五の十七文字は、ほとんどの場合、川柳とは言えないのです。子規は先に繙《ひもと》いた『俳諧大要』の中で「俳句にして川柳に近きは、俳句の拙《せつ》なる者《もの》。若《も》し之《これ》を川柳とし見れば、更《さら》に拙なり。川柳にして俳句に近きは川柳の拙なる者。若《も》し之《これ》を俳句とし見れば更《さら》に拙なり」と発言していますが（「第六　修学第二期」）、「俳句にして川柳に近き」ものとは、切字のない俳句、「川柳にして俳句に近き」ものとは、切字のある川柳ということもできるでしょう。切字のない俳句や、切字のある川柳を作る人々の主張は、決してそれぞれの文芸の進歩、革新に繋《つな》がるものではなく、むしろ退歩といっていいのではないでしょうか。それらの人々は、易《やす》きについているとしか思われません。俳句にしても川柳にしても型の文芸ですので、型の中での改新ということになりますと、それは内容にかかわっての改新になるのです。切字の有無は、それぞれの文芸(俳句・川柳)が遺伝子として型の中に保持しているのです。芭蕉にしても、蕪村にしても、子規にしても、秋桜子にしても、その革新は、型の革新ではなくして、内容の革新だったのです(放哉《ほうさい》や山頭火《さんとうか》のように型の革新を試みた人々もいたことはいましたが、究極においては短詩への道を歩くことになったように思います)。芭蕉の言葉「切字なくては、ほ(発)句のすがたにあらず、付句の体也」に留意するならば、切字のない俳句もあってもいいし、現にそのような俳句も存在する、などということは、軽々には言えないと思います。切字あっての発句であり、俳句なのです。

ただ、ここからが少し厄介であり、実はそこのところに芭蕉の「切字」論の特色があるのですが、芭蕉は必ずしも切字にこだわっていないのです。そのことを明らかにしているのが「切字を加へても付句のすがたある句あり。誠にきれたる句にあらず。又、切字なくても切るる句あり」の部分です。切字そのものについては、連歌論(「連俳の書」)に任せてしまって「むかしより用ひ来る文字ども用ゆべし」と言っています。「十八の切字」が中心になりますが、例えば紹巴の『連歌至宝抄』には、全部で二十二種類の切字が挙げられていますし、芭蕉と同時代の俳人竹亭《ちくてい》の元禄四年(一六九一)刊の『誹諧をだまき』には五十七種類の切字が示されています。が、芭蕉にとっていちいちの切字は、あまり問題ではなかったのです。要は、発句そのものが「誠にきれ」ているか、いないかということだったのです。芭蕉に言わせれば、切字が入っていても切れていない句もあれば、切字が入っていなくても切れている句もあるというのです。芭蕉にとって重要なことは、一句が切れているか、いないか、ということだったのです。ここにおいて、切字ではなく、「切れ」がクローズアップされたのです。芭蕉の「切字なくては、ほ句のすがたにあらず、付句の体也」との真意は、「「切れ」なくては、ほ句のすがたにあらず、付句の体也」ということだったのであります。そして、芭蕉のこの見解は、まさしく「切字」革新ともいうべきものであり、今日の私たちの俳句に多くのことを語りかけてくれているのです。これは大変大きなことであります。私たちは、芭蕉によって切字の桎梏《しっこく》(束縛)から解放されたのです。これは大変大きなことであります。私たちは、もし、切字を入れることを絶対のものとしていたら、今日の俳句という文芸は、今、皆さんが作っているようなのびやかさを獲得し得ていなかったのではないでしょうか。あるいは、今日の言葉に合わせて、切字の選定のしなおし、などということが行われていたかもしれません。

切字そのものへのこだわりを捨て、「切れ」によって「誠にきれたる句」を志向した芭蕉でしたが、そのことは、土芳の『三冊子』とならんで芭蕉の俳諧観を知るには欠かせない俳論書である去来《きょらい》の『去来抄』の〈故実〉の部にも窺《うかが》うことができます（『去来抄』は、〈先師評〉〈同門評〉〈故実〉〈修行〉の四つの部門より構成されています）。そこには、芭蕉の言葉「切字に用《もちふ》る時は、四十八字、皆切字也《なり》。用ひざる時は、一字も切字なし」が紹介されています。大変極端な言い方ですが、要するに作者の切る意識が一句に反映し、その意識を受けて句中の特定の文字が機能しているならば、その句は「切れ」のある作品であるということでありましょう。この芭蕉の考えは、江戸時代の中期、安永・天明期（一七七二〜一七八九）に活躍した蕪村（天明三年没。六十八歳）にも引き継がれています。蕪村に『新花《しんはな》摘《つみ》』（安永六年成立）と題する句文集がありますが、その中に左の記述が見えます。

発句とひら句とのわいだめ（筆者注・区別のこと）をこころ得《う》ること、第一の修行なり。ゆるがせにおもひとるべからず。

平句の姿なれども発句に成る也。
鍋提《なべさげ》て淀の小橋を雪の人
右は蕪村が句、

発句に似たる平句也。
近江《あふみ》のや手のひらほどな雲おこる
右は雪堂が句也《なり》。

蕪村もまた、発句と平句の違いを認識せよ、と言っているのです。そのことが、俳諧における「第一の修行」と言い切っています。芭蕉、蕪村といった俳諧革新に携わってきた俳人たちが声を大にして発句と平句の違いに対する注意を喚起していることに、私たちは大いに注目しなければなりません。彼らは、みずからが発句として作ったものが、平句としての格しか具えていないことを恐れていたのです。発句と平句は、同じ五・七・五の十七音(文字)でも、明らかに別種のものだったのです。蕪村は、具体的な作品によってそのことを明らかにしようとしています。

鍋提て淀の小橋を雪の人　　蕪村
近江のや手のひらほどな雲おこる　　雪堂

雪堂は、蕪村よりやや時代のはやい頃の江戸の俳人、存義《ぞんぎ》門の雪堂でしょうか。はっきりしません。それはともかく、蕪村は、この二例で何を言いたかったのでしょうか。先の蕪村句には切字がありません。二句目の雪堂句には、上五文字に「近江のや」と切字「や」が入っています。表面的に見れば、蕪村句が平句で、雪堂句が発句ということになります。が、蕪村は、自句に対して「平句の姿なれども発句に成る也」と説明し、雪堂句に対しては「発句に似たる平句也」と言っているのです。ここで私たちは、当然、芭蕉の言葉「切字を加へても付句のすがたある句あり。誠にきれたる句にあらず。又、切字なくても切るる句あり。その分別、切字の第一也」を思い出さないわけにはいきません。この考えを実証して見せたのが蕪村が例示した二作品というわけです。

蕪村の句から見てみましょう。切字はありませんが、どこで切れているでしょうか。子規が『俳句問答 下』(俳書堂、明治三十五年二月)の中で「切字を見出だす事は易《やす》けれど、切字なくして切れたる処《ところ》を見出だす事は難《かた》し。そは種々に解釈し得《う》べければなり」と述べていますように、切字のない句がどこで切れているかを指摘することは、そんなに容易なことではありません。この場合の蕪村句、〈鍋提て◇淀の小橋を雪の人〉と、「鍋提て」の「て」で切れていると見るのがよいように思います。「淀の小橋を雪の人」の「雪」には「行き」が掛けられていますので「淀の小橋を」の「を」では切れません。雪の中、宇治川に架かる淀の小橋を往《ゆ》き来《き》する人々を眺めていた蕪村は、その中の一人が鍋を提げているのに注目したのでしょう。なぜ鍋を提げているのか、中には何が入っているのか、あるいはこれから何かを買いに行こうとしている人なのか、等々、いろいろなことを考えて面白がったのでしょう。その面白さを表現しているのが、上五文字の「鍋提て」の表現ですので、ここで切れていると見るのがよいと思います。一句に切字はないが、「切れ」はあるということで、発句ということになります。一方の雪堂の〈近江のや手のひらほどな雲おこる〉は、どうでしょうか。「近江の」は「近江野」でしょうか。漠然とした近江(滋賀県)の野、その空に掌《てのひら》大の雲が生まれた、ということを述べているのですが、それは事実の報告で、そこには作者の感動(面白がっている心のさま)が感じられないのです。「近江の」の措辞《そじ》が、あまりにも茫漠《ぼうばく》としているために「近江のや」としても、感動を示す切字である「や」が、句中で働いていないのです。蕪村が「発句に似たる平句」と言ったのは、そこのところだと思います。

そして、近代俳句の創始者子規は、蕪村の右のごとき「切字」論を面白がって読んでいたことと思います。芭蕉にはじまった「切れ」の論は、蕪村から子規へと受け継がれていったのです。子規は、蕪村の『新花摘』について、死の年である明治三十五年(一九〇二)四月に出版した自選の句集『獺祭書屋俳句帖抄《はいくちょうしょう》 上巻』(俳書堂・文淵堂)の序文のなかで、

> 蕪村の新花摘の句をいたく感心したのは此年《この》(筆者注・明治二十九年)の一小出来事である。新花摘といふのは蕪村の日記であつて而《し》かも蕪村の死後に始めて出版せられたものであるから、少しも選択の無い所、即ち蕪村の木地が見えて居る、それが蕪村と逢ふて話しでもするやうに思はれて非常に愉快を感ずると同時に、蕪村調の俳句の味が始めてわかつたやうな心持がした。

と述べています。子規がこんなに感激している『新花摘』、その中に先の蕪村の「切字」

論が記されていたということなのです。

ところで、ここからが問題なのですが、「切字」あるいは「切れ」は、一句の内容面とどのようにかかわっているのか、ということです。なぜ「切字」「切れ」を入れなければいけないのか、「切字」「切れ」を入れると一句は、平句と比べてどのようになるのか、といったことが私たちの知りたいところですね。「切字」「切れ」を入れることによって、発句は、平句とは明らかに異なった五・七・五の十七音(文字)になる、ということは、これまでのいろいろな資料によって皆さんも理解されたことと思います。しかし、「切字」「切れ」を入れることによって、平句と同じ五・七・五の十七音(文字)が、どのような付加価値を獲得しうるのか、といった内容面についての検討は保留のままですので、これからそのことを述べてみたいと思います。

具体的、かつ譬喩《ひゆ》的に言えば、芭蕉の門人許六《きょりく》が、その俳論書『宇陀法師《うだのほうし》』(元禄十五年刊)の中で「発句は大将の位なくて巻頭にたたず。平句は士卒《しそつ》(筆者注・兵士)の働きなくては鈍にしてぬるし」と述べているところの、発句における「大将の位」とは、どのようなものか、ということです。

去来の『去来抄』〈故実〉には、芭蕉の言葉「切字を入《いる》るは、句を切るため也《なり》。切れたる句は、字を以て切《きる》に及《およば》ず」が見えます。まさに、なぜ「切字」「切れ」を入れるのか、という私たちの疑問に答えてくれているのです。しかし「句を切るため也」とは、あまりにも簡単な答ですよね。しかも、わかったような、わからないような、まるで禅問答のような答ですね。ところが、『去来抄』〈故実〉のこの部分には、芭蕉のもう一つの言葉が紹介されています。「歌は三十一字にて切れ、ほ句は十七字にて切る」という言葉です。これによって「句を切るため也」との言葉に込めた芭蕉の真意が明らかになります。和歌は三十一文字で一つの世界、発句は十七文字で一つの世界というわけです。そして、そこにかかわって作用するのが「切字」「切れ」というわけです。「切字」「切れ」は、一句の内容にかかわって、一句を完結させる装置だということなのです。

次に再び土芳の『三冊子』を繙《ひもと》いてみることにします。今度は〈わすれみづ〉の部です。左のような記述があります。

> 発句の事は、行《ゆき》て帰る心の味也《あぢはひなり》。たとへば「山里は万歳《まんざい》遅し梅の花」といふ類《たぐひ》也。「山里は万歳おそし」といい(ひ)はなして、「梅は咲《さけ》り」といふ心のごとくに、行《ゆき》てかへるの心、発句也。「山里は万歳の遅《おそき》」といふ斗《ばかり》のひとへは平句《ひらく》の位也。先師も「発句はとり合《あはせ》物と知るべし」と言《いへ》るよし、或《ある》俳書(筆者注・許六『宇陀法師』)にも侍る也。「題の中より出《いづ》る事は適々《たまたま》也。もし出《いで》ても大様《おほやう》ふるし」と也。

ここに見える、

山里は万歳遅し梅の花

は、芭蕉の作品(発句)です。元禄四年(一六九一)、芭蕉が四十八歳の折のものです。この句は、「山里は万歳遅し」で切れています。「遅し」の「し」(形容詞の終止形の活用語尾)が切字です。「いい(ひ)はな」すとは、心に思うことを遠慮なく言う、の意味ですが、感情や興味の素直な発露による一つの世界の形成を言っているものと思われます。「山里は万歳遅し」とが一つの世界なのです。その感情、あるいは興味の在《あ》り処《どころ》を収束させるのが「梅の花」というもう一つの世界なのです。ですから、一句は、山里には万歳(年始に風折烏帽子《かざおりえぼし》に大紋の直垂《ひたたれ》を着て、腰鼓《ようこ》を打ちながら、その年の繁栄を祝う詞《ことば》を述べて歩いた一種の門付《かどづ》け芸人)が来るのが遅く、ために、もう梅がほころんでいる、といった意味になります。二つの世界が一句の中でぶつかり合って、一つの世界へと融合するのです。二つの事物・事象の「とり合」(取合せ)によってもたらされる「行てかへる」構造を持った五・七・五の十七音(文字)の世界が発句ということになります。「山里は万歳の遅」といった事象を述べる平句の「ひとへ」(一重)の世界に対して、発句の世界の特徴を二重構造と言ってもよいでしょう。そして発句に二重構造性をもたらす装置が「切字」「切れ」というわけです。「とり合」(取合せ)については第五講でお話しすることにします。

一句の内容にかかわっての「切字」「切れ」の働きが大分明らかになってきましたね。

もう一つ、享保二十一年(一七三六)刊、芭蕉著とされている(実際には芭蕉の門人支考《しこう》によって脚色された俳論書のようです)、『二十五《にじゅうご》箇条《かじょう》』を見てみます。そこには、「発句に切字有《ある》事」の条で、「切字」(切れ)の働きについて次のように説明されています。

発句の切字といふは、差別の心なり。物は其《それ》じ《(ぢ)》やによつて、是《これ》じ《(ぢ)》やと埒明《らちあ》くるなり。たとへば、客と亭主の差別なり。たへ切字ある発句とても、きれぬ時には発句にあらず。

桐の木にうづら鳴《なく》なる塀の内

此《この》句、五文字にて、心を隔《へだて》たるなり。

もう一人の芭蕉の門人千那《せんな》の俳論書『鳳鳴談《ほうめいだん》』(享保三〜八年の間に成立)にも似たような記述が見えますので、これも参考のために左に掲出しておきます。

発句に切字と云《いふ》物を定めたるも、発句の姿を付《つけ》ん為也《ためなり》。一句に曲節ありて、それはかう、是《これ》は《(さ)》そうと埒《らち》の能《よく》わかれて、切字もおのづから備《そなは》り、風姿の調《ととの》ひたるを発句と云《いふ》也《なり》。

『二十五箇条』の中に見える「差別の心」の「差別」とは、区別の意です。句に詠まれている事項を「其じ(ぢ)やによつて、是じ(ぢ)や」(『鳳鳴談』では「それはかう、是はそ(さ)う」とありますね)と整理して、意味性を明確にすることが、「切字」「切れ」に負わされているもう一つの働きのように思われます。一句の意味性を明確にすることが「埒明くるなり」(『鳳鳴談』では「埒の能わかれて」とありますが、同様の意味でしょう)ということでしょう。「たとへば、客と亭主の差別なり」と譬喩《ひゆ》で説明されていますが、これは、文字通り「主客《しゅかく》」ということでありましょう。一句の中で主体として扱うべきものと、付随的なものとして扱うべきものを整理、区別して、意味を明確にする――そこに作用するのが「切字」「切れ」というわけです。この「切字」「切れ」によって、千那が言うように一句に「曲節」が生まれたり、あるいは、一句の「風姿」が調ったりもするのです。「曲節」(二つの面白さ)は、先の土芳の二重構造性と、「風姿」は、去来の完結性とかかわっているように思われます。

『二十五箇条』が引いている、

桐の木にうづら鳴なる塀の内

の句を見てみることにしましょう。芭蕉の句で、元禄三年(一六九〇)、芭蕉が四十七歳の時のものです。「俳諧の古今集」と言われた芭蕉七部集(芭蕉のかかわった代表的な撰集である、

『冬の日』『春の日』『あら野』『ひさご』『猿蓑《さるみの》』『炭俵《すみだわら》』『続猿蓑』の七部)の第五番目の撰集『猿蓑』に入っている句です。この句には切字がありません。この句の前に「たとへ切字ある発句とても、きれぬ時には発句にあらず」とありますので、その逆に、切字がなくても切れる句の見本を示したのでありましょう。「五文字にて、心を隔たるなり」とありますので、『二十五箇条』の作者(支考でしょうか)は「桐の木に」で切れているとみていることになります。皆さんは、先に宗砌《そうぜい》が『密伝抄』の中で、切字のない五・七・五の十七音(文字)で、上五文字に名詞がある場合、それに「かな」をつけて、スムーズに繋《つな》がらなかった場合には、その句は上五文字で切れている、と説いていたのを覚えていますか。それをこの句で試してみましょうか。「桐の木に(かな)」――ちょっと変ですね。宗砌の方法でやっても、上五文字で切れている句、ということになります。一句、「塀の内」を詠んでいるのですが、まず芭蕉の目に飛び込んできたのは、塀を越しての高い桐の木だったのでしょう。そして、その桐の木に注目していると塀の中から聞き覚えのある鶉の声が聞こえてきた――そんな状況下で「塀の内」の住人を思いやっているのでしょう。「桐の木」という一つの世界と「うづら鳴なる塀の内」という一つの世界が「桐の木に」の「に」によって、一つの世界に融合し、「其じ《ぢ》やによつて、是じ《ぢ》やと埒」が明いたのです。このように「切字」や「切れ」は、一句に意味性をもたらす働きをもしているということであります。

以上見てきましたように、発句が発句たりうるのは五・七・五の十七音(文字)の中に「切字」あるいは「切れ」を有していることを絶対の条件とするのであります。そうでなければ、その十七音(文字)は平句ということになってしまうのです。それでは「切字」あるいは「切れ」は、一句の中でどのように働いて一句を発句たらしめるのかといいますと、その働きは全部で三つありまして、一つは「切字」「切れ」があることによって一句が完結するということ、もう一つは、「切字」「切れ」があることによって一句が二重構造となること、さらにもう一つは、「切字」「切れ」があることによって一句に意味が生じるということ、この三つの働きを「切字」「切れ」が負っているということであります。簡単に言いますならば、「切字」「切れ」は、一句の完結性、二重構造性、意味性にかかわっているということであります。そして、皆さんが挑戦されている俳句という文芸は、間違いなく、今までに検討してきました発句の系譜の中にあるということなのです。このことをしっかりと認識していただきたいと思います。

切字の働きの確認

切字には、前に言いましたように基本的な「十八の切字」があります。もう一度確認しておきましょう。「かな」「けり」「もがな」「らん(らむ)」「し」「ぞ」「か」「よ」「せ」

「や」「つ」「れ」「ぬ」「ず」「に」「へ」「け」「じ」の十八種類です。

が、皆さんは、このように並べられても、いまひとつピンとこないのではないかと思います。それよりも、資料を使っての切字の検討に少々疲れてしまわれたかもしれませんね。でも、ある程度は御理解いただけたことと思います。とにかく「切字」あるいは「切れ」は、俳句性の根幹にかかわる問題ですので、さらに詳しく見てみようと思います。ただし、皆さんが作られる今日の俳句において「十八の切字」のすべてを確認する必要はないと思います。なにしろ「十八の切字」が定まったのは連歌の時代ですので、その中のほとんどの切字は、現代の俳句にとっては不要になってしまっているのです。波郷《はきょう》は「や」「かな」「けり」と言っていましたね。虚子は「や」「かな」の二つを挙げていました。今日の俳人たちにとっては、切字と言えば、せいぜい「や」「かな」「けり」の三つが意識されるぐらいだと思います。

そこで、まずは、現代の俳人がどのような切字を用いているのかを確認してみることにします。〈霜柱俳句は切字響きけり〉と詠んで切字に少なからぬ関心を示していた波郷の第一句集、昭和十四年(一九三九)に刊行されている『鶴の眼』に注目してみることにします。この時、波郷二十六歳ですので、皆さんも共感を覚える句があるのではないでしょうか。どのような方法を採るかといいますと、『鶴の眼』を繙《ひもと》き、最初の十句を列挙し、そこにある切字に注目してみることにします。切字の横に傍線を引いてみましょう。

バスを待ち大路《おほぢ》の春をうたがはず｜
煙草のむ人ならびゆき木々芽ぐむ
　銀座千疋屋　二句
あへかなる薔薇撰りをれば春の雷
百合うつり雷とどろけり熱帯魚

さくらの芽のはげしさ仰ぎ蹌《よろめ》ける
　あるスランプのとき　三句
浅き水のおほかた蝌蚪《かと》をもたげたる
蝌蚪《かと》の死ぬ土くれ投げつ｜嘆かるる
驟雨《しうう》来し野をいらち駈《か》け嘆かるる
　大阪堂ビルホテル　五句　（筆者注・三句省略）
春暁の壁の鏡にベッドの燈
大阪城ベッドの足にある春暁

皆さんはびっくりされたでしょうか、あるいは、なるほどと思われたでしょうか。十句の中で、切字が用いられていたのはたった二句なのです。しかも「や」でも「かな」でも「けり」でもないのが面白いですね。ただし、「ず」も「つ」も「十八の切字」の中に入っている切字です。〈霜柱俳句は切字響きけり〉が収められている第二句集『風切』が出版されたのは昭和十八年(一九四三)ですので、『鶴の眼』時代の波郷は、まだ切字に対する意識が薄かった、ということも言えるかもしれませんが、『鶴の眼』のページを追っていきますと、左のごとく「や」「かな」「けり」を用いた作品も、もちろん見出すことができます。

上野公園

夜桜やうらわかき月本郷に
一抹の海見ゆ落穂拾ひかな
鵙《もず》ゆきて稲田の幣《ぬさ》にとまりけり

しかし、決して多くはありません。「や」「かな」「けり」が多用されているのは、やはり第二句集『風切』です。『鶴の眼』時代の若い波郷は、意識的にいわゆる切字を用いることを避けていたのかもしれません。「や」「かな」「けり」には、やはりある種の古くささが伴うことは否定し得ません。皆さんもきっとそう思われるのではないでしょうか。それでは、先の『鶴の眼』中の残りの八句、「切れ」はどうかといいますと、いずれもきちんと切れています。さすが波郷といったところでしょうか。左に「切れ」を明示して記してみましょう。

煙草のむ人ならびゆき◇木々芽ぐむ
あへかなる薔薇撰りをれば◇春の雷
百合うつり雷とどろけり◇熱帯魚
さくらの芽のはげしさ仰ぎ◇踰ける
浅き水の◇おほかた蝌蚪をもたげたる
驟雨来し野をいらち駈け◇嘆かるる
春暁の壁の鏡に◇ベッドの燈
大阪城◇ベッドの足にある春暁

これぞまさしく芭蕉言うところの「切字なくても切るる句あり」(『三冊子』)の典型であり、「切字に用《もちふ》る時は、四十八字、皆切字也《なり》」(『去来抄』)を確認しうるわけです。これが現代俳句の実情ですし、皆さんもその中で句作りされているわけです。そして、波郷の時代から数十年経過した今日においては、この傾向は、ますます顕著になっています。それゆえ切字そのものにあまりこだわることはないのですが、芭蕉句の中の「や」「かな」「けり」を中心とする切字の具体例に目を通しつつ、その三つの働き(完結性・二重構造性・意味性)を確認してみることにします。

まず「や」からです。今日の文法で言いますと、詠嘆、感動を表す間投助詞ということになります。早速、五句ほど引いてみましょう。できるだけ皆さんが知っているであろうと思われる句から選んでみたいと思います。知らない句がありましたら極力覚えて下さい。すぐれた句を沢山覚えることは、俳句上達にとって不可欠です。子規は、明治二十八年(一八九五)三月二十一日付で、当時、俳句初心者であった村上鬼城《きじょう》(のちには〈冬蜂の死にどころなく歩きけり〉に代表されるような独自の俳句世界を開拓した俳人です)に宛てた手紙の中で「俳句ヲ学ブハ、古人ノ名句ヲ読ムコト(一)、自《みづか》ラ多ク作ルコト(二)、他人ノ批評添削ヲ乞フコト(三)、ノ三事ニ出デズ」とのアドバイスを与えていますが、このアドバイスは、そっくり今日でも有効でありましょう。皆さんも名句を沢山読み、覚え、そして沢山作り、第三者(指導者)の批評や添削を受けて下さい。

夏草や兵共《つはものども》がゆめの跡《あと》
閑《しづか》さや岩にしみ入《いる》蟬の声
荒海や佐渡によこたふ天河《あまのがは》
住《すみ》つかぬ旅のこころや置火燵《おきごたつ》

鶯や餅《もち》に糞《ふん》する縁のさき

いずれも芭蕉句です。ここで皆さんは各句の切字「や」の前と句末の言葉に注目して下さい。いずれも名詞、あるいは名詞句(一連の語で、全体として名詞と同様の役割を果たしているもの)であることに気がつかれたと思います。この五句に限らず、芭蕉の場合、切字「や」を使った作品では、このような構造の句が大変多いのです。普通、私たちの書く文章(文)は、主部(主語)と述部(述語)から成り立っています。場合によっては(「やあ」のごとき一語文や、「はやく提出せよ」のごとき命令文のように)、主部(主語)と述部(述語)から成り立っていない文章もありますが、それは文脈、あるいは会話の中でのみ可能であり、一般的には主部(主語)と述部(述語)から成り立っているといってよいでしょう。実際の芭蕉句を見てみましょう。

夏草（名詞）や兵共がゆめの跡（名詞句）

ということで、「夏草」も「兵共がゆめの跡(痕跡。この句の場合、具体的には高館《たかだち》の義経の居館跡)」も、それぞれ読者にある種のイメージを喚起させますが、それ以上でもそれ以下でもありません。もし、これを文章(文)にするならば「夏草が勢いよく生い茂っているこのあたりは、昔、武士たちが栄華の夢を見ながら戦った、その跡だ」とでもなるのでしょうが、これでは芭蕉が一句によって表現したかったところのものが、言い尽くされてはいないでありましょう。発句(俳句)は、言ってみるならば、大変舌足らずで、不完全な文芸なのです。そして、そんな舌足らずで、不完全な文芸に完結性や二重構造性や意味性を与えて、活《い》き活《い》きとさせるのが切字なのです。「夏草」と「兵共がゆめの跡」というイメージだけを喚起する名詞と名詞句の間にポンと切字「や」を置いてみますと、一句はたちまちにして読者に、作者である芭蕉の感動を伝えることになるのです。名詞と名詞句の衝撃を「や」が受け止めるのです。芭蕉は、眼前の繁茂する生命力に溢《あふ》れた「夏草」に感動しているのです。それを切字「や」が表しているのです。そして、その場所が、武士たちが繁栄を願い夢見たところ(「跡」)であることに感慨を覚えたのであります。そのことも、読者は、切字「や」によって理解しうるのです。上五文字の名詞(「夏草」)の世界のみならず、中七下五文字の名詞句(「兵共がゆめの跡」)の世界もが切字「や」に収斂《しゅうれん》されることによって、読者は一句の世界全体を理解しうるのです。「夏草」の暫時の生命力と「ゆめ」(夢)に象徴される「兵《つはもの》」(人間)の儚《はかな》さが一句の中でぶつかり合うことで、読者はある種の感動を覚えるのです。しかし、芭蕉の眼は、「夏草」の生命力もほんの一時《ひととき》のものであることを見抜いているのです。一句からは芭蕉の無常観が窺知《きち》し得ます。この句のように句中に切字がある場合には、自問自答の構造の句(モノローグの作品)となります(元禄十三年刊、方山《ほうざん》著の俳諧作法書『暁山集』には「発句は大かた自問自答の物」との記述が見えます）。作者の自問自答の感動を読者が追体験するわけです。

他の句については省略しますが、いずれも〈夏草や〉の句と同じ構造の句です。芭蕉の天《てん》賦《ぷ》の才は、発句（俳句）がイメージの文芸であることを直観的に理解していたものと思われます。皆さんも芭蕉に倣《なら》って「名詞」と「名詞句」をぶつけて、切字「や」で繫《つな》げる俳句を作ってみてはいかがでしょうか。緊張度の高い俳句が生まれると思います。

ただし、時代が下《くだ》ると切字「や」を用いながらも、「名詞」と「名詞句」の構造ではなく、一方を叙述型にする構造の句がふえてきます。せっかく切字「や」を使うのですからもったいない話です。子規は作品の「たるみ」ということを嫌いましたので、芭蕉と同様な構造の句を積極的に作っていますが、虚子には、一方を叙述型の構造にした句が沢山あります。少し引いてみましょう。

夕立やぬれて戻りて欄に倚《よ》る
蚊遣火や縁に腰かけ話し去る
春風や闘志いだきて丘に立つ
秋風や最善の力唯《ただ》尽す
麦笛や四十の恋の合図吹く

虚子において、全てがこのような構造の句というわけではありませんが、芭蕉や子規に比べて、断然多いのです。主部(主語)と述部(述語)の具わった表現は、ひたすら散文に近づくのでありますから、その分、詩としての緊張度が減少することになるのです。一句だけ見ておきましょうか。よく知られている、

春風や闘志いだきて丘に立つ

にしましょう。この句は、大正二年(一九一三)、虚子が数え年四十歳の時の作品です。子規没後、俳壇を碧梧桐《へきごとう》に任せて、小説に専念していた虚子ですが、碧梧桐が新傾向俳句(作者の主観を重視する俳句)に走るのを見て、「守旧派」宣言をし、再び俳壇に復帰した時の作品です。句中の「闘志」は、碧梧桐(かつては同郷同門の親友です)を中心とする新傾向の人々に対してのものでありましょう。それはいいのですが、「闘志いだきて丘に立つ」は、主部「私は」を省略しただけのごくごく普通の叙述型の文章に近い表現なのです。内容の割には、いかにも緊張感が足りません。せっかく「春風や」と上五文字で、のどかな春風に注目し、その中で静かに不退転の「闘志」を燃え立たせようというのですから、このような説明的な中七下五文字でなく、先の芭蕉の諸作品のように名詞句で止めたならば、もっともっと面白い作品になっていたでありましょう。

次に「かな」です。この切字はあまり問題がありません。今日的な文法では、詠嘆、感

動を表す終助詞ということになります。これも、芭蕉句によって確認しておきます。

木《こ》のもとに汁も鱠《なます》も桜かな
病雁《やむかり》の夜さむに落て旅ね哉《かな》
海士《あま》の屋《や》は小海老にまじるいとど哉《かな》
牛部やに蚊の声闇《くら》き残暑哉《かな》
ひやひやと壁をふまへて昼寝哉《かな》

終助詞「かな」の前には名詞か活用語の連体形があるわけですが、右の五例は、すべて名詞です（俳句の場合には、ほとんどが名詞です。もちろん、例えば、虚子の〈膝に来て消ゆる稲妻薄きかな〉のような句もありますが、作品としては名詞がきたほうが面白いのです）。右の五例のように句末にある「かな」は、一句に完結性と意味性をもたらすとともに、読者に対して、作者みずからの感動や興趣を語りかける作用をしていると言ってよいでしょう。いってみれば共感を求めるために置かれている切字が「かな」ということです。「や」が自問自答（モノローグ）の切字であったのに対して、「かな」は対話（ダイアローグ）の切字と言ってもよいでしょう。これも一句だけ見てみることにします。

海士の屋は小海老にまじるいとど哉

元禄三年(一六九〇)、芭蕉が四十七歳の時に琵琶湖西岸の堅田《かただ》(大津市)で作った作品です。「海士の屋」は漁夫の家、「いとど」は台所などで見かけるえびこおろぎのことです。「海士の屋は小海老にまじるいとど」は、無表情で不完全な表現です。海士の家には小海老に交じっている一匹のえびこおろぎ——こう言っているだけです。しかし、芭蕉は、えびこおろぎ(「いとど」)を発見して面白がっているのです。「いとど」は別段面白いものではありませんが、漁夫の家にある籠《かご》の、小海老の中に見出したことをひどく喜んでいるのです。その感激を読者にも伝えたいのです。そこで句末に置かれたのが「哉」です。「哉」を置くことによって、一句は活き活きとした表情を見せはじめます。このように「かな」の上までを、感動の対象を絞って、名詞句的に表現すればよいのです。参考までに、そのような虚子の句を少し挙げてみましょうか。

遠山に日の当りたる枯野かな
金亀子《こがねむし》擲《なげう》つ闇《やみ》の深さかな
流れ行く大根の葉の早さかな
藍《あゐ》流す音無川《おとなしがわ》の落葉かな

手にとればぶてうはふなる海鼠《なまこ》かな

虚子は、それぞれの句において、「枯野」「闇の深さ」「大根の葉の早さ」「落葉」「海鼠」に対象を絞って面白がり、それを句末の「かな」で表現し、読者にも同意を求めているのです。先の芭蕉句と同じ構造の句ですね。この切字なら皆さんも使えそうではないですか。是非、挑戦してみて下さい。

もう一つの「けり」は、少々やっかいなのです。文法的には助動詞で、活用語の連用形に接続します。この「けり」も「や」や「かな」と同じように詠嘆や感動を表しますが、「切れ」の作用が少し弱いようで、句末に「けり」が置かれていても、句中にもう一つの「切れ」を呼び込む傾向があります。芭蕉句によって検証してみましょう。

道のべの木槿《むくげ》は馬にくはれけり
秋のいろぬかみそつぼもなかりけり
ゑびす講酢売《すうり》に袴着せにけり
分別《ふんべつ》の底《そこ》たたきけり年の昏《くれ》
夕顔に干瓢《かんぺう》むいて遊《あそび》けり

芭蕉句においては、「や」や「かな」に比べて、「けり」を切字として用いた句は極端に少ないので、少し難解な作品になってしまいました。〈道のべの〉（「道のべ」は、道ばたのこと）の句は、切字「けり」を用いてのオーソドックスな作品です。〈分別の〉は、切字「けり」が句の途中にある作品ですが、これも「けり」できちんと切れているので問題ありません（どう分別しようにも、分別が出払ってしまったというのです）。問題は〈秋のいろ〉〈ゑびす講〉〈夕顔に〉のような作品です。それぞれ句末に切字「けり」があるにもかかわらず〈秋のいろ◇ぬかみそつぼもなかりけり〉〈ゑびす講◇酢売に袴着せにけり〉〈夕顔に◇干瓢むいて遊けり〉と、もう一箇所で切れているのです。

ゑびす講◇酢売に袴着せにけり

の句で説明してみましょう。「ゑびす講」は、夷講《えびすこう》で、陰暦十月二十日、商家で恵比寿を祀《まつ》って商売繁盛を祈願した行事です。一句の意味は、大きな商家の夷講の日、出入りの小《こ》商《あきな》いの酢売りにも袴を与えて酒食の饗応に一座させた、ということでありましょう。大店《おおだな》の主《あるじ》が贔屓《ひいき》にしていた酢売り商人であったのでありましょう。「ゑびす講」という行事が「酢売に袴」を「着せ」た、と解して、そのことを面白がっている、と見るのは、不自然なように思います。切字「けり」は、句中にもう一つ「切れ」を呼び込む傾向があり、それが許容されていたように思われます。この〈ゑびす講〉の句、芭蕉七部集の第七番目の撰集『続猿蓑《ぞくさるみの》』(元禄十一年刊)所収ですので、同じ『続猿蓑』中に芭蕉以外の作者の作品で切字「けり」を使っている例を探して、そのことを別の作品で検証してみることにしましょう。ただし、切字「けり」を用いた作品は、そんなに多くありません。どうも使いにくい切字のようです。中で、

菊畠客も円座をにじりけり　　馬莧

など、芭蕉句と同じ構造の作品です。馬莧《ばけん》は『続猿蓑』の編者の一人です。「円座」は、藁《わら》などで作った敷物、今でいう座蒲団です。「にじる」は、少しずつ動くことです。一句、明らかに、

菊畠◇客も円座をにじりけり

となりましょう。〈菊畠の客も円座をにじりけり〉ではないのです。菊畠で切れて、まずは菊の美しさが読者に伝えられるのです。そして、その美しさに惹《ひ》かれて、客も思わず「円座」に座ったままで菊の方へ躙《にじ》り寄っていくのです。

念のためにこれも先の「かな」と同じように、虚子の句でさらに確認しておきましょうか。

桐一葉日当りながら落ちにけり

これが、切字「けり」のごく普通の用法ですね。芭蕉の〈道のべの木槿は馬にくはれけり〉と同じ用法ですね。ところが、

風鈴に◇大きな月のかかりけり
草抜けば◇よるべなき蚊のさしにけり
放屁虫《へひりむし》◇俗論党を憎みけり
鬱々と花暗く◇人病みにけり
秋の山◇首をうしろに仰ぎけり

等の句は、上五文字から一気に切字「けり」まで繋《つな》がっていき、「けり」によって作者の感動を伝える〈桐一葉〉の句の構造と異なり、句中に「けり」以外の「切れ」を呼び込んでいることを、はっきりと理解していただけると思います。

このような切字「けり」の究極にありますのが、皆さんの中にも聞いたことのある方がいるかもしれませんが、

降る雪や明治は遠くなりにけり　　　中村草田男

のごとき作品です。草田男《くさたお》は、昭和五十八年(一九八三)没、享年八十二。虚子に師事しました。今日では草田男のこの句が有名ですが、子規は『俳句分類』の中で「や」――「けり」と呼応している俳句(発句)作品を二十一句も集めています。その中から蕪村の句三句を挙げておきましょう。

苗代《なはしろ》や鞍馬《くらま》のさくら散にけり
若竹や夕日の嵯峨と成《なり》にけり
さみだれや田ごとの闇《やみ》と成《なり》にけり

これらの句も、先に見た芭蕉の〈ゑびす講〉や馬莧の〈菊畠〉、あるいは虚子の〈風鈴に〉以下の句と同じ構造の句というわけです。切字「けり」の、切字としての弱さが切字「や」を呼び込んでいるのです。

ところで、「切れ」――「けり」、そして「や」――「けり」の作品例を集中的に見てきたあとでこんなことを言いますと、皆さんは違和感を覚えられるかもしれませんが、「切字」「切れ」は、原則として一句に一つと理解しておいて下さい。二つ以上入りますと、

「切字」「切れ」の働きである完結性、二重構造性、意味性において破綻《はたん》を来す可能性が高くなるからです。許六《きょりく》の『宇陀法師《うだのほうし》』にも、

切字二つ入《いれ》ぬ物也《なり》。是《これ》、初発心《しょほっしん》の時、習ふ事也。

と明記してあります。ただし『去来抄』〈同門評〉において、去来は「二つ有《あり》とも、是《これ》を切字に用ひずばくるしからじ」と述べています。切字が二つあっても、一つが切字の作用をしていなければ問題ないというのです。でも、皆さんは、「切字」あるいは「切れ」は一句に一つ、と心得ておくのがよいと思います。

これで代表的な切字「や」「かな」「けり」についての説明が終ったのですが、「十八の切字」の中で、皆さんに是非、積極的に挑戦していただきたい切字を二つほど紹介しておくことにします。まず、波郷が、

バスを待ち大路の春をうたがはず

と詠んだ「ず」であります。打消の助動詞の終止形です。用言や助動詞の未然形に接続します。これも、まず、芭蕉の用例から見てみましょう。あまり多くはないようです。

夏衣《なつごろも》いまだ虱《しらみ》をとりつくさず

木啄《きつつき》も庵は破らず夏木立

など比較的よく知られている句ではないでしょうか。前の句は最初の紀行文『野ざらし紀行』の中に、あとの句は『おくのほそ道』の中に見えます。前者は句末の「ず」ですので読者との対話(ダイアローグ)の切字、後者は句中の「ず」ですので自問自答(モノローグ)の切字と言ってよいかと思います。同じ切字でも句末にあるか、句中にあるかによって、その機能に相違が出てきます。

〈バスを待ち〉の作者波郷自身の作品ではどうでしょうか。

枇杷《びわ》の花暁《あ》けそむるより憩《やす》らはず
二夜三夜兄妹会はず冬了《をは》る
苜蓿《もくしゆく》の焼跡蔽《おほ》ふことをせず
たはやすく過ぎしにあらず夏百日
冬暁のわが細声《ほそごゑ》の妻起《おこ》せず

とりあえず五句挙げてみましたが、波郷は切字「ず」が好きなようであります。打消しの切字ですので、ややもすれば作品全体にネガティブな雰囲気が揺曳《ようえい》する傾向となりますが、上手に使えば〈バスを待ち大路の春をうたがはず〉のように積極的な俳句も詠めるのですから、是非挑戦してみて下さい。

もう一つは「し」という切字です。これは文語の形容詞の終止形の語尾です。俳諧においては「現在のし」と呼ばれていました。過去の助動詞「き」の連体形と区別するためです。皆さんは形容詞の終止形の語尾といっただけでおわかりですね。文語におけるすべての形容詞が切字として使えるわけですから、これは便利です。是非マスターしてみて下さい。これも、まずは芭蕉の句によって確認してみましょう。

五月雨《さみだれ》をあつめて早し最上川
やまざとはまんざい遅し梅花《うめのはな》
物いへば唇《くちびる》寒し秋の風
塩鯛の歯ぐきも寒し魚の店《たな》
大井川浪に塵なし夏の月

〈やまざとは〉の句については、すでに詳しくお話ししましたので、それを思い出していただければ、他の句についてもおわかりいただけると思います。切字「し」で切ることによって読者にも作者の感動を伝えることができるのです。形容詞が単なる形容詞としての働き以上の働きをしているということです。作者の感動に具体的なイメージを与えるのが切字「し」以下の措辞《そじ》(名詞、または名詞句が多いです)ということになりますが、別の言い方をしますならば、やはり自問自答(モノローグ)の句ということになりましょう。この「し」は、多くの俳人たちが存分に活用しています。

例えば、子規には、

人もなし駄菓子の上の秋の蠅
春風にこぼれて赤し歯磨粉
人に貸して我に傘なし春の雨
冬を待つ用意かしこし四畳半

等の佳句があります。皆さんには芭蕉よりも一段と身近に感じられる作品群ではないかと思います。虚子以下、今日に至るまでの現代の俳人たちも、この文語の形容詞の終止形の語尾であるところの切字「し」を効果的に使っています。近代俳句は子規によって開拓されましたが、現代俳句は虚子によってスタートしたと言ってよいでありましょう。その虚子には、切字「し」を用いた、

秋風のだんだん荒し蘆《あし》の原
我心漸く楽し草を焼く
つく羽子《ばね》の静《しづか》に高し誰やらん
ふだん著《ぎ》の女美し玉子酒

等の句があります。ただ皆さんに気をつけていただきたいのは、先ほどちらっと述べましたが、過去の助動詞「き」の連体形の「し」と混同しないでいただきたいということです。虚子の句を例にして言いますならば、

能すみし面《めん》の衰へ暮の秋
見失ひし秋の昼蚊のあとほのか
寝冷《ねびえ》せし人不機嫌に我を見し

のような「し」であります。この「し」は、普通は、「能すみし面」「見失ひし秋の昼蚊」「寝冷せし人」のように、「し」の下に続く名詞や名詞句に掛かっていきますので(それぞれ「能が終った面」「見失った秋の昼蚊」「寝冷をした人」の意味ですね)、この「し」では切れません。三句目の句末の「我を見し」の「し」は、名詞や名詞句に掛からずに連体

形のままで止めていますが、このように止めるのも、時に情を揺曳させる点で効果的です(余情です)。それぞれ「切れ」は〈能すみし面の衰へ◇暮の秋〉〈見失ひし秋の昼蚊の◇あとほのか〉〈寝冷せし人◇不機嫌に我を見し〉です。この「し」、くれぐれも注意して下さい。

もう一つだけ追加しておきます。「て」です。もちろん「十八の切字」の中には入っていませんし、その他の切字の中にも「て」などという切字はありません。接続助詞です。一般的な用法としては、

牛立ちて二三歩あるく短き日
褄《つま》とりて独り静に羽子《はね》をつく

等の句に見える「て」であります。二句とも虚子の句です。ところが比較的最近の俳句においては、この「て」を切字として積極的に用いる傾向があるようです。現代俳句において新しく誕生した切字と言ってもよいように思えます。子規や虚子は、このような「て」の使い方はほとんどしていません。虚子の弟子たちの時代になってしきりに用いられるようになったのです(幕末の蒼虬《そうきゅう》の句にも、例えば〈人ひとり田中にたちて◇けさの秋〉のように「て」を切字としての句がすでに見られますが、多用されるようになったのは、やは

り現代俳句においてでありましょう)。左のごとき作品です。

帯の上の乳《ち》にこだはりて／扇さす　飯田蛇笏《だこつ》
獺《かはうそ》に灯《ひ》をぬすまれて／明易《あけやす》き　久保田万太郎
谺《こだま》して／山ほととぎすほしいまま　杉田久女《ひさじょ》
端居《はしゐ》して／ただ居《ゐ》る父の恐ろしき　高野素十《すじゅう》
藤垂れて／この世のものの老婆佇《た》つ　三橋鷹女《たかじょ》

いずれの作品も「て」で一度切れて、予期せぬ世界が展開していることがおわかりいただけると思います。先の虚子の二句における「て」とは明らかに違いますね。仮に新切字と呼んでおきましょう。この「て」なら、皆さん大いに活用できそうですね。試みに昭和二十七年(一九五二)生まれの現在活躍中の俳人正木ゆう子の句集『静かな水』(春秋社、平成十四年)を繙《ひもと》いてみますと、このような「て」を用いた作品が少なくありません。その中から四句ほど挙げてみます。

祝はれて／近々とある百合の蘂《しべ》
しづかなる水は沈みて／夏の暮

色鳥を見て／屑籠《くずかご》をからつぽに
鶲《ひたき》来て／白墨のちひさき木箱

いずれの句の「て」も、虚子句の〈牛立ちて二三歩あるく短き日〉〈棲とりて独り静に羽子をつく〉における「て」のようには、下にスムーズに繋《つな》がっていきませんね。「て」で切れているからです。「て」によって各々の作品が完結性や二重構造性や意味性を獲得しているのです。今日の俳句においては、この「て」を切字として認定してよいのではないでしょうか。

「切れ」の活用と飛躍切部論

芭蕉は「切字なくても切るる句あり」(『三冊子』)、あるいは「切字に用《もちふ》る時は、四十八字、皆切字也《なり》」(『去来抄』)と言っていましたね。そこでクローズアップされてくるのが「切れ」なのですが、子規が「切字を見出だす事は易《やす》けれど、切字なくして切れたる処《ところ》を見出だす事は難《かた》し」(『俳句問答 下』)と述べていたように、読者として作品に「切れ」を見出すことはなかなかむずかしいですし、ということは、作者として切字を用いずに「切れ」のある作品を作ることも、また容易ではないということなのです。皆さんはすでに「切字」あるいは「切れ」の働きが、一句に完結性や二重構造性や意味性をもたらすところにあるということを確認しておられますので、作品に読者として「切れ」を見出すことも、作者として「切れ」のある作品を作ることも、子規が言うほどには痛痒《つうよう》を感じられないかもしれませんね。それでも、やはり、切字を用いないで俳句を作った場合、同じように五・七・五の十七音(文字)の詩型ですので、ひょっとしたら川柳ではないかしら、との不安が過《よぎ》るのも正直なところだと思います。そこで、「切字」「切れ」の三つの働きである完結性、二重構造性、意味性の中で、俳句文芸固有の働きである二重構造性に注目してみたいと思います。

俳句は、五・七・五の文芸ですので、句中で切れる場合には、前にもお話ししたように、

五 ＋《プラス》 七・五

五・七 ＋《プラス》 五

という単位が基本になります。他に「かな」や「けり」、まれに「ず」「し」等が下五文字の句末に置かれている構造の句では、

五・七・五(切字)

ということになります。「切字」を用いずに「切れ」を用いた場合には、この構造の句は、

五・七・五（切字の省略）

ということになります。このような俳句は、前にも述べましたように、作者が読者と感動を分かち合う対話（ダイアローグ）の切字による作品ということになります。ただし、句末の切字を省略した場合には、作者の感動を読者に伝えにくい表現形態となりますので、このような構造の俳句は、ごくごくまれにしか存在しません。ですから、皆さんが、切字を用いない場合には、一句は、

五＋七・五

あるいは、

五・七＋五

の構造になると考えていただくのがよいと思います。そして、五と七・五、あるいは、五・七と五のそれぞれ二つの部分の飛躍が大きければ大きいほど二重構造性がダイナミックになるということです。このような「切れ」の構造のそれぞれの部分（ブロック）を、私は首部と飛躍《ひやく》切部《せつ》と呼ぶように提唱しています。つまり、

五（首部）＋ 七・五（飛躍切部）

五・七（首部）＋ 五（飛躍切部）

ということになります。芭蕉にも、こんな構造の句があるのですよ。なにしろ、芭蕉は「切字」にこだわらなかったのですから。

ほととぎす（首部）◇うらみの滝のうらおもて（飛躍切部）　芭蕉

元禄二年(一六八九)、四十六歳の時の作品です。まず「ほととぎす」とありますから、「希《マレ》にきき、珍しく鳴《なき》、待《まち》かぬるやうに詠《よ》みならは」(『連歌至宝抄』)することになっている、その時鳥《ほととぎす》の鳴き声を聞いての芭蕉の感動が、このように上五文字を置くだけで伝わってくるのです。次に「うらみの滝のうらおもて」ですから、日光の裏見の滝の奇観(滝が流れ落ちる様子が、表からのみならず、潜《もぐ》り込める道があって、裏からでも見られたのです)に面白がっている芭蕉がいます。実際に裏にも回って眺めたのでありましょう。上五文字の「ほととぎす」と、中七下五文字の「うらみの滝のうらおもて」は直接には関係がありません。しかし、このように詠まれると、関係のない二つの世界が一つに融合されて読者に迫ってくるのです。これが俳句の構造です。ここには、裏見の滝の表と裏の双方で時鳥の声を聞いて面白がっている芭蕉が髣髴《ほうふつ》とします。このような構造の句は、江戸時代の発句に比べて、切字を用いることが極端に少ない現代俳句においては、枚挙に遑《いとま》がないほどです。現在活躍中の俳人の句の中から少し探してみます。

牡丹鍋（首部）◇みんなに帰る闇のあり（飛躍切部）　大木あまり
冬の月（首部）◇煮炊きのほのほおちしとき（飛躍切部）　金田咲子
この橋は父が作りし（首部）◇蝉しぐれ（飛躍切部）　田中裕明
墓石に映つてゐるは（首部）◇夏蜜柑（飛躍切部）　岸本尚毅
電柱が倒されしとき（首部）◇散るさくら（飛躍切部）　皆吉　司

大木あまりは昭和十六年（一九四一）、金田咲子は昭和二十三年（一九四八）、田中裕明《ひろあき》は昭和三十四年（一九五九）、岸本尚毅《なおき》は昭和三十六年、皆吉司《つかさ》は昭和三十七年生まれの俳人です。あまりと咲子の作品は、首部が五で、飛躍切部が七・五、裕明、尚毅、司の作品は、首部が五・七で、飛躍切部が五ということになります。基本的には、この二つの構造です。それぞれの作品において、首部と飛躍切部とは、直接には必然的関係を有していないそれぞれの世界ですが、一句の中に置かれることによって、読者には作者のメッセージが伝わってくるのです。先にもお話ししましたように、読者としては、首部と飛躍切部との間に距離があればあるほど面白いのです。ただし、もちろん無関係ではいけません。首部と飛躍切部がぶつかりあった瞬間に、そこにあたかも切字があるごとくに、一句が完結性と二重構造性と意味性とを獲得し得ていなければなりません。首部と飛躍切部とが無関係であり続けるならば、その作品は、読者に対していかなるメッセージをも伝えることはできないのです。言ってみれば、独りよがりの作品ということになります。

右では五＋七・五と五・七＋五の二つの構造の句を見たわけですが、ほかにも、

イエスより軽く◇鮟鱇を吊りさげる　　有馬朗人
（首部　飛躍切部）

鳥雲に入る◇おほかたは常の景　　原　裕
（首部　飛躍切部）

死顔が満月になるまで◇歩く　　平井照敏
（首部　飛躍切部）

のような作品もあります。一句目、二句目の作品は中七文字の途中で切れており、三句目の作品は下五文字の途中で切れています。俳句の基本は、何回もお話ししていますように、五・七・五の十七音(文字)ですが、場合によっては右の三句のように、中七文字や下五文字の途中で切れるということもありうるわけです。例外的なことではありますが、ありう

る、ということを理解しておいていただけると、皆さんが作品を作る折に参考になると思います。有馬朗人《あきと》、原裕《ゆたか》は昭和五年（一九三〇）生まれの、平井照敏《しょうびん》は昭和六年生まれの俳人です。

以上に述べてきました飛躍切部の構造を頭の中に入れておきますと、切字をほとんど用いない皆さんにおいても、俳句を作ることに、今以上に積極的になれるのではないでしょうか。

さて、「切字」「切れ」についてのお話はこれまでです。そこで、今回は「切字」を使った作品に果敢に挑戦してみて下さい。「や」「かな」「けり」を中心に、いろいろな「切字」を使ってみて下さい。皆さんが作ってくださる作品によって、それらの「切字」が今日的な相貌《そうぼう》を見せてくれるかもしれません。大いに楽しみです。「切れ」の作品は、今回は結構です。とにかく「切字」にこだわってみて下さい。

第四講　季語の必要性

作品の講評

前回の課題は、「切字」を用いての俳句実作ということでした。皆さん「切字」についてはあまり馴染みがなかったようで、かなり苦戦をされたようですね。作品からもそれが窺《うかが》われました。皆さんがこれまでに提出して下さった「切れ」(私の言葉で言えば「飛躍切《ひやくせつ》部」ということになりますが)のある俳句に比べて、作品がやや萎縮しているのです。詠みたいことをのびのびと表現しにくかったようですね。それでも連歌、俳諧を通して「切字」が発句性を支えてきたことは間違いありませんし、使い方によっては、今日においても十分に活用することが可能と思われますので、今回のことをきっかけに、折にふれて「切字」を用いた俳句にも挑戦してみて下さい。「切字」を今日の俳句に、今日風に蘇《よみがえ》らせることによって、俳句に、「切れ」あるいは「飛躍切部」によっては表現し得ない幅の広さが生まれるように思われます。平安時代末期の歌人藤原定家の歌論書『詠歌大概《えいかのたいがい》』に

「情《こころ》は新しきを以《もつ》て先《さき》となし、詞《ことば》は旧《ふる》きを以て用《もち》ゆべし」(情以レ新為レ先、詞以レ旧可レ用)と記されていますが、「や」「かな」「けり」を中心とする「切字」を用いながらも「新しみ」を獲得している俳句を作ることは可能なのではないでしょうか。皆さんのような若い世代の人々にこそ、「切字」を使っての実験的な俳句を見せていただきたいとの思いがあります。

ところで、提出していただいた作品用紙の「質問・意見欄」に、「切れ」と、私が言うところの「飛躍切部」はどう違うのか、との質問が書かれていました。もっともな御質問と思いますので、少しく補足しておきます。具体的な作品によってお話ししたほうがわかりやすいと思いますので、第二講で、フィクション俳句に積極的に挑戦した俳人として注目した日野草城《そうじょう》(「マダム コルト」の連作、覚えていますか)の作品を左に挙げてみましょう。

研《と》ぎ上げし剃刀《かみそり》にほふ花ぐもり

この句に「切字」は用いられていません。芭蕉は「切字に用《もちふ》る時は、四十八字、皆切字也《なり》」(『去来抄』)との言葉を残しています。また「切字なくても切るる句あり」(『三冊子《さんぞうし》』)とも発言していましたね。この二つの芭蕉の言葉を重ね合わせると、どのようなことが浮び上ってくるでしょうか。芭蕉は、たしかに発句(俳句)を従来の「切字」の桎梏《しっこく》から解放しました。そして、そのことは「切字」革命とも呼べるような大変な業績であったことは間違いありません。ただし、芭蕉の言う「切れ」とは、「切字」に代わる新たな不特定多数（といっても、もちろん限られた範囲で、ということになりますが）の「切字」を認定することだったのです。「四十八字、皆切字也」とは、そのことを言っているのです。要するに、一つの文字（「切字」「切れ」）に注目しての点の論理です。右の草城句で言いますならば、

研ぎ上げし剃刀にほふ／花ぐもり

ということであり、「にほふ」の「ふ」文字を「切字」として認定し、ここで切れていると見るわけです。一句からは、「花ぐもり」という特殊な気象状況下であることも手伝ってのことでしょうか、「研ぎ上げ」た「剃刀」が鋼《はがね》の匂いをいつも以上に発散させる、そのことを面白がっている作者草城が浮び上ってくるのです。草城の研ぎ澄まされた感性が伝わってくるような作品です。「ふ」を「切字」と見做《みな》すのですから、「にほふ」の措字が一段と強調されることになります。この句の場合は、それでよいのですが、同じ草城の句でも、

乳いまだ太らぬ少女海水着

の句になりますと、「切字」に代わる文字（先ほどの「にほふ」の「ふ」のような）を探す

ことは困難なのであります。そして、今日の俳句には、このような作品が多いのです。皆さんが毎回提出される作品も、ほとんどこのような構造の作品です。それでは、この句、切れていないのかというと、きちんと切れていて、まぎれもなく俳句そのものなのです。そして、このような構造の俳句を説明するのが、私の「飛躍切部」論なのです。芭蕉の『三冊子』や『去来抄』が、代替「切字」を認定して「切れ」を明らかにする、いわば点の論であるのに対して、私の「飛躍切部」論は、五・七・五の俳句を塊《かたまり》・部分(ブロック)で捉《とら》えようというわけです。これによって現代俳句の「切れ」の構造が解明し得た、と私自身は思っているのですが、皆さんはどのように思われますか。次の作品提出時に、「質問・意見欄」に御意見をお書き下さい。ということで、右の草城句は、

乳いまだ太らぬ少女《首部》◇海水着《飛躍切部》

ということになります。一句の中で、「乳いまだ太らぬ少女」という世界と「海水着」という世界がぶつかり合って、やがて一つの世界を形成するというわけです。草城は、少女の乳房に象徴される固い肉体の持っている清潔なエロチシズムに関心を寄せたのであります。そして、そのような少女を見出したのが海水浴場であることを明かします。「海水着」姿の少女です。海水浴場ですので、成熟した肉体を持った女性たちが沢山います。しかし、草城は、少女の清潔さに惹《ひ》かれたのでありましょう。この「飛躍切部」論は、点の作品に

も援用できます。先ほどの草城句は、

研ぎ上げし剃刀にほふ《首部》◇花ぐもり《飛躍切部》

ということになります。「切字」を用いていない俳句は、「飛躍切部」論によって総て解明しうるように思われます。皆さんも五・七・五の十七音(文字)の作品ができましたら、その作品が首部プラス飛躍切部の構造になっているかどうかを確認されるとよいと思います。首部プラス飛躍切部の構造になっていれば、その作品は間違いなく俳句というわけです。「切字」を用いていない俳句を作った場合には、必ず確認することをお奨《すす》めします。

そこで、いよいよ皆さんの「切字」を使っての作品です。最初に一つ御報告。少々びっくりしたのですが、切字「し」を使った作品が一つもありませんでした。文語の形容詞の終止形を使えば必ず切れるのですから、そんな作品が何句かはあると思ったのですが、ないのです。皆さんの普段の言語生活が、いかに文語とは遠いところにあるのかがよくわかりました。文語の形容詞が皆さんの言語生活に登場することは、まずない、ということなのでありましょう。ややがっかりしましたが、がっかりしている間《ま》に手立てを示さなければいけませんね。高等学校で使っていた文語文法や古典(明治期の文章でもよいのですが)の教科書を復習するのも一つの方法ですが、指導者がいない場合、教科書を漫然と読むことはかなり苦痛であろうかと思います。一番良い方法は、やはり切字「し」を用いている作品にできるだけ多く目を通して理解するのがよいように思います。俳句作品に接する場合、切字「し」に注目してみて下さい。意外に沢山見つかるはずですよ。試みに日野草城の『草城句集』を繙《ひもと》いてみましょうか。

春暁の一水迅《はや》し窓の下
見るほどに描眉《かきまゆ》さびし春の宵
春惜む唇紅《くちびるあか》しソーダ水
露涼し裏戸竹割る音のして
帰省侘《わび》し母の白髪を抜くことも

草城の俳句世界、いかがですか。前にもお話ししましたように、『草城句集』は、草城が数え年二十七歳の時の第一句集です。いずれの作品も若々しく、皆さんの共感を呼ぶのではないでしょうか。五句中の「迅し」「さびし」「紅し」「涼し」「侘し」は、それぞれ文語の形容詞の終止形です。そして、その活用語尾である「し」が切字というわけです。ですから、「切れ」は、〈春暁の一水迅し／窓の下〉〈見るほどに描眉さびし／春の宵〉〈春惜む唇紅し／ソーダ水〉〈露涼し／裏戸竹割る音のして〉〈帰省侘し／母の白髪を抜くことも〉となります。皆さんも、是非、挑戦してみて下さい。その際、これも前に注意しましたが、

春愁を消せと賜《たま》ひしキス一つ　　草城

の「し」と混同しないことです。この「賜ひし」の「し」は、過去の助動詞「き」の連体形ですから。

さて、皆さんの「切字」への挑戦、若者らしい伸びやかさにやや欠けてはいたものの、なかなか見事でしたよ。

経営学部のA・Aさんは、

教室の椅子ひく音や寒椿

という作品を作ってくれました。いいですね。評価はA、注意事項Xはありません。俳人たちの作品の中に入れても、まったく遜色《そんしょく》がありません。「寒椿」は、早咲きの椿の総称で、冬の季語です。普通の椿は、春の季語です。「教室の椅子ひく音」とありますので、始業時か終業時でしょうね。そんな中で、作者は校庭の「寒椿」に目を止めたのだと思います。切字「や」が大変有効に使われていますね。〈教室の椅子ひく音や／寒椿〉ということになります。「や」によって、一句が完結性と二重構造性と意味性を獲得していることが確認できますね。

切字「や」を使った作品は、多かったです。使いやすいということなのでしょうか。いくつか紹介してみましょう。

秋色やひとりぼっちの水たまり
みのむしやふとんにもぐる冬間近
寄せ鍋や私の涙母の笑顔
秋雨やピストルのごとくささりけり

順にH・T君、N・K君、N・Kさんの作品です。最後の二作品がN・Kさんです。一句ずつ見ていきましょう。H・T君の〈秋色や〉は、評価はB、注意事項はX_4、すなわち「観念的」となっています。上五文字の「秋色」が、句全体を観念的にしてしまっています。小さな「水たまり」を擬人化して「ひとりぼっちの水たまり」と把握したのでしょうか、それとも「水たまり」を前に「ひとりぼっち」でいる作者自身ということでしょうか、いずれにしても、それが「秋」の「色」だというのですから、観念的であるのは否めません。次のN・K君の〈みのむしや〉は、「みのむし」を眼前にしての発想であることが、切字「や」によって明らかにされています。蓑《みの》にくるまっている「みのむし」を見ながら、もうすぐ自分も「みのむし」のように「ふとんにもぐる冬」を迎えるというのでしょう、ユーモラスな作品ですね。でも「みのむし」「ふとん」「冬」と、季語が一句の中に三つもあるのは、感心できません。ということで、評価はC、注意事項はX6（季語の用い方に問題がある）ということになります。なぜ、一句の中に季語が三つあってはいけないかについては、これから述べることになりますので、ちょっと待っていて下さい。次は、N・Kさんの一句目〈寄せ鍋や〉です。「私の涙母の笑顔」の措辞《そじ》には、物語性がありますね。「寄せ鍋」を母と子の二人っきりで囲んでいるのですね。「涙」を流して話す「私」を、「母」が「笑顔」で慰めてくれているのでしょう。読者はどんな話か気になりますね。そこがこの句の面白さです。五・七・六の破調ですが、これでいいと思います。評価はA、注意事項はありません。時にはこのように破調を恐れずに大胆に句作りすることによって、作品に力強さが漲《みなぎ》ってきます。二句目の〈秋雨や〉も面白い作品です。江戸時代の芭蕉と同じ頃の俳人鬼貫《おにつら》は、「秋の雨」を「底より淋し」（『独《ひと》ごと』）と把握していますが、N・Kさんは「ピストルのごとくささりけり」と捉えたのですね。この感性は、素晴しいです。たしかに「秋雨」に打たれると、そんな気持になりますね。問題は「秋雨や」とありながら「ささりけり」とある点です。このことについては、前に草田男の〈降る雪や明治は遠くなりにけり〉を中心にお話ししましたが、覚えていますか。去来が「二つ有《あり》とも、是《これ》を切字に用ひずばくるしからじ」（『去来抄』）と述べているように、二つの中の一つが「切字」の働きをしていなければよいのです。「や」と「けり」の場合、「や」が強いので、「けり」の役割は調子を整えることに終始することになりましょう。N・Kさんの作品も、そう考えてよいと思います。ただし、これはあくまでも例外。決して奨励できることではありません。評価はA、注意事項はX_8、すなわち「表現」――これは右の二つの「切字」の問題です。

「かな」を使った作品を見てみましょう。

大根の辛さぐらいの寒さかな

理学部のY・K君の作品です。評価はB、注意事項はX_6です。面白い作品ですね。冬のある日の「寒さ」を「大根の辛さぐらい」と捉えたのです。わかりますよね。思わず唸《うな》ってしまいます。説得力がありますね。が、残念なことに「大根」は冬の季語なのです。季語が二つ入ってしまいました。ということでX_6です。もう一句見てみましょうか。

朝露でサドルが濡れる季節かな

理学部のH・S君の作品です。評価はC、注意事項はX_8、すなわち「表現」です。どこがいけないかと言いますと、下五文字の「季節かな」の「季節」という措辞です。これで一句がすっかり説明的になってしまっていて、読者は一句から印象明瞭なイメージを得られないのです。俳句には、一般的にはこれからお話しする季語を入れることになっていますね。このH・S君の句でいえば「朝露」で、季節は秋です。ですから、わざわざ「季節かな」などと言う必要はないのです。せっかく上五中七文字で「朝露」で「濡れ」ている

「サドル」を発見したのですから、その感動を読者にストレートに伝えるためには、例えば〈朝露にサドルが濡れる軒端かな〉とでもやったほうが、イメージがしっかりと結ばれるのではないでしょうか。こんな佳句もありました。

ブランコに乗れずさまよう落葉かな

経営学部のK・Dさんの作品です。いいですね。骨格がしっかりした俳句です。K・Dさんが詠んだのは「落葉」。その「落葉」を擬人化して「ブランコに乗れずさまよう」と表現したのですね。こう表現することによって、落葉が風に吹かれている状態が目の前に浮んできます。「ブランコ」のあたりまで舞い上るのでしょうが、止《とど》まることなくどこかに吹かれていくのです。いいですね。評価はA、注意事項はありません。

「けり」も見てみましょう。

落葉踏む音にも深さありにけり

経営学部のK・Hさんの作品です。評価はA、注意事項はX_1「陳腐」です。「陳腐」といっても、作品全体が「陳腐」というのではありません。「落葉踏む音にも深さあり」との把握は素晴しいのです。「落葉」の「深さ」ではなく、「踏む音」の「深さ」に感動しているのです。この感性は注目すべきだと思います。しかし「ありにけり」が何としても

「陳腐」なのです。文法的には間違っていません。「あり」＋「に」＋「けり」です。切字「けり」は、連用形接続の助動詞ですので、これでいいのです。でも、やはり古くささは否定できません。切字「けり」を使おうとしてこうなったのだと思いますが、もうひと工夫ほしいところです。

私が新切字として注目した「て」を使った作品もありました。経営学部のS・H君の作品です。

厚着して／朝のラッシュへいざ出陣

この使い方でいいのです。評価はCで、注意事項は、X_7(詩性の不足)です。「朝のラッシュへいざ出陣」、面白いのですが、私には、やや詩性が乏しいように思われました。

珍しいところでは、前に出た〈教室の椅子ひく音や寒椿〉の作品を作ったA・Aさんに、

指に入《し》む百円玉の冷たさよ

という作品がありました。評価Aで、注意事項なしです。ここで使われている切字は「よ」で、この「よ」は「十八の切字」の一つです。例えば、少々古い例ですが、芭蕉の門弟の山店《さんてん》という俳人の句に、

蓬萊《ほうらい》に児這《ちごはひ》かかる目出《めで》たさよ

というのがあります。Aさんは、この「よ」をよく現代に蘇《よみがえ》らせましたね。びっくりしました。Aさんにとっての「百円玉」の大切さがよく表現されています。

変ったところでは、

靴ひもを強くむすべばせみの声

というのがありました。経営学部のN・F君の作品です。ひょっとしたらN・F君は、切字を使うことを諦めてこの作品を提出したのかもしれませんが、この句の「ば」、切字として作用しています。芭蕉が言うところの「切字に用《もちふ》る時は、四十八字、皆切字也《なり》」の範《はん》疇《ちゅう》の切字と見做《みな》してよいように思われますが、いかがでしょうか。「靴ひもを強くむすべば」の上五中七文字と「せみの声」の下五文字とは、直接的な関係はありませんが、「むすべば」の「ば」によって、一句は完結性と二重構造性と意味性を獲得しているように思います。評価はAで、注意事項はありません。この「ば」も、切字「て」と同様、現代の切字、新切字と認定してよいように思います。現代の俳人正木ゆう子の句集『静かな水』を繙きますと、やはり、

雪の夜の刃物を持てば若がへる
薄々と筆を下ろせば冬の海

と、N・F君と同様の「ば」を用いての作品がありました。後句の「冬の海」は、硯《すずり》の水を入れる部分と解するよりも、文字通りの「冬の海」と理解したほうが、一句として飛躍があり、面白いように思われます。正木ゆう子は専門俳人。と思えば、N・F君の作品、なかなかですよね。ということで、作品の講評を終え、今回のテーマである季語の話に入ります。

季語はなぜ必要か

寺田寅彦《とらひこ》という俳人がいます。皆さん、今、ちょっとびっくりされたのではないですか。寺田寅彦って、たしか物理学者じゃなかったかしら、と。そうですね。東京大学教授として実験物理学、気象学、地球物理学等の多方面に業績を残した物理学者ですが、また俳人でもありました。夏目漱石に俳句の手ほどきを受けています(漱石は、子規の親友で俳人なのですよ)。明治三十四年(一九〇一)五月に発行されている子規編のアンソロジー『春夏秋冬 春之部』(ほとゝぎす発行所)には、はやくも、

玄上《げんじやう》は失せて牧馬の朧月　寅日子
日当りや手桶の蜆舌を吐く　寅日子

の二句が収録されています。「玄上」は、名器と言われていた琵琶《びわ》の名でしょうか。それなら、「絃上」「玄象」とも表記します。むずかしい作品ですね。『今昔物語』の巻二十四「玄象ノ琵琶、為鬼被取語《オニノタメニトラレタルコト》」に「今ハ昔、村上《ムラカミ》天皇ノ御代《ミヨ》ニ、玄象《グエンジヤウ》ト云フ琵琶《ビハ》俄ニ失《ウセ》ニケリ」と見えます。「羅城門《ラシヤウモン》」の鬼が奪った「玄象」（玄上）を管絃の名手　源《みなもとの》　博雅《ひろまさ》が取り返す話です。寅日子《とらひこ》（寅彦の俳号）は、その話をヒントにスケールの大きなロマン的な俳句に仕立て直したものと思われます。「て」が切字として使われていますね。季語は「朧月」で、春です。次の句の季語は「蜆」で、これも春です。切字は「や」ですね。ところで、寅彦、明治十一年（一八七八）に東京で生まれていますので、この時、まだ数え年二十四歳であります。昭和十年（一九三五）没、享年五十八。

その寅彦に「天文と俳句」（『俳句講座』第七巻、改造社、昭和七年）なる文章がありますが、そこに左のごとく記されています。

季節の感じは俳句の生命であり第一要素である。此《こ》れを除去したものは最《も》早《はや》俳句ではなくて、それは川柳であるか一種のエピグラムに過ぎない。俳句の内容としての具体的な世界像の構成に要する〈時〉の要素を決定するものが、此《こ》の季題に含まれた時期の指定である。

寅彦は、季語ではなく「季題」なる言葉を用いています。この呼称の違いについては、これから説明しますが、寅彦の俳句理解にあっては「季題」(季語)が、俳句にとって絶対的に必要なものであるということがおわかりいただけると思います。「季題」(季語)は、「俳句の内容としての具体的な世界像の構成に要する〈時〉の要素を決定するもの」であり、「俳句の生命」であると言うのであります。「季題」(季語)のない五・七・五の十七音(文字)は、「川柳」か「エピグラム」(風刺詩)であると言っています。

「花鳥諷詠」を説いた虚子が「季題」(季語)を絶対視していたことは言うまでもありません。昭和六年(一九三一)に「ホトトギス」の一月号に載せた「俳句に志す人の為に」という文章の中の「季題」の項で、

俳句には季題といふものがあります。この季題といふものは、歳時記とか季寄せとかいふ書物に載つてゐます。詰《つま》り春、夏、秋、冬を現すべき時候のものであります。今頃の時候でいへば薄《すすき》とか、紫苑《しをん》とか、末枯《うらがれ》とか、秋の空とか、秋晴とか、雁とか、鶉《うづら》

とか、案山子《かがし》とか、鳴子とかいふ類であります。斯ういふものを是非読込まねばなりません。俳句は季題に重きを置く詩でありまして、畢竟《ひつきやう》季題を主題として詠ずる詩であるといつていいのであります。(傍点筆者)

と述べています。寅彦もそうでしたが、虚子も徹底していますね。虚子の中で、「季題」(季語)は、俳句に「是非読込ま」なければならないものであり、俳句という文芸は「季題を主題として詠ずる詩」ということだったのであります。

虚子や寅彦のように「季題」(季語)を「俳句の生命」と考え、俳句とは「季題を主題として詠ずる詩」と規定してしまえば、俳句にとって「季題」(季語)は必須の条件ということになるわけですが、俳句という文芸を溯《さかのぼ》って俳諧の発句、さらに連歌の発句にまで辿《たど》り着いた時、そもそも、なぜ発句に「季題」(季語)が必須の条件として求められたのでありましょうか。前にも御紹介しましたように、紹巴《じょうは》の連歌論書『連歌至宝抄』には、「四季の外《ほか》、雑《ゾウ》の発句と申《まうす》事は無二御座《ござなく》一候。俳諧も同前」と記されているのです。連歌の発句にしても、俳諧の発句にしても、「四季」を詠むべきであり、「雑」(無季)の発句などない、というのです。

紹巴は「四季」と言っていますね。単なる春・夏・秋・冬のことではありません。これが虚子や寅彦の言う「季題」でありましょう。芭蕉以前の俳諧では「四季の詞」、芭蕉は

「季の言葉」「季ことば」などと言っています。子規は「四季の題目」と言っています。なぜ発句に「季題」(季語)を入れるようになったのかを検討する前に、「季題」「季語」という呼称について説明しておきたいと思います。皆さんも「季語」派でしょうが、今日、ごく一般的な呼称は「季語」だと思います。しかし、「ホトトギス」系の俳人の方々は「季題」なる呼称を墨守しているようです。

まず「季題」です。和歌以来のテーマの意の「題」に「季」が結びついての、子規言うところの「四季の題目」が省略されての言葉でしょうが、一番最初に、やや唐突に「季題」なる言葉を用いたのは、森無黄《むこう》という俳人のようです。無黄は、元治元年(一八六四)に江戸駒込に生まれ、昭和十七年(一九四二)、数え年七十九歳で没しています。子規より三歳年長であります。秋声会《しゅうせいかい》(尾崎紅葉、角田竹冷らの俳句流派)の機関誌である俳誌「卯杖《うづえ》」の編集に携わっています。その「卯杖」の明治三十六年(一九〇三)六月刊の第六号に、無黄は、その名も「季題の用法」なる俳論を発表しています。無黄の論は、こうです。「題」(季題)を詠む場合に、「題を直用する」場合と、「題を傍用する」場合とがあり、明治二十六年(一八九三)当時は、「題を傍用する」ところの「傍用法」が盛んであったというのであります。そして「傍用法」について、

傍用法とは題其物《そのもの》を詠ぜずして、他の事物を詠じ、之《これ》に季題を取合はするなり。語を

換へて云へば、一種の他の雑題《ざふだい》の句を作るの意にて、季題は唯《た》だ季を持たする為に取合はする者なり。此《こ》の場合に於て、雑題即ち事実上の題と、季題即ち仮《かり》の題とを調和せしむるには大に巧拙あれど時、場所、人物、動作を縁故として両者を連結せしむる事なり。

と説明しています。すなわち、「季題」が一句の中心にあるのではなく、「雑題」(季以外の題)が事実上の「題」となり、「季題」は傍用されるというのです。これによって俳句作品は「陳腐」から免れるというわけです。無黄がここで用いている「季題」なる用語は、芭蕉の用いた「季の言葉」「季ことば」や、子規が用いた「四季の題目」と全く同じ概念のものであると言ってよいでありましょう。そして、この「季題」なる言葉を虚子や碧梧桐《へきごとう》、寅彦といった子規の門人たちも用いるようになったのであります。

「季題」に対して、今日ごくごく一般的に用いられている「季語」なる言葉を最初に用いたのは、大須賀乙字《おつじ》という俳人です。明治十四年(一八八一)に福島県に生まれ、大正九年(一九二〇)、数え年四十歳で東京に没しています。碧梧桐によって俳句に導かれますが、のち、俳誌「石楠《しゃくなげ》」の主宰臼田亜浪《うすだあろう》を助力しました。句作よりも俳論を得意としました。没後の昭和九年(一九三四)、門弟の志田素琴《そきん》、大森桐明《とうめい》によって、その俳論が『俳句作法』(東炎発行所)として出版されています。もともとは、大正六年(一九一七)に公にされたもの

とのことです。その中で大森桐明は、

> 「季語」といふ語は乙字先生の新造語で、その論文に於ける出初めは明治四十一年頃であるが、始めの間は「季題」といふ語と同じく用ひ、従って「季語感想」と「季題感想」と特に区別は無かつたやうである。両語が確然と区別して用ひられたのは大正六年の中頃からのやうで、恐らくここに明記してある如く本作法の此《こ》の箇所執筆の頃からであらう。

と説明しています。そこで、桐明がいうところの「本作法(『俳句作法』)の此の箇所」に注目し、直接乙字の見解を見てみることにしましょう。

> 今日まで俳句と名づけられて来た短詩形の妙味が主として如何なる点にあるかと言へば、自然現象の中に作者の感慨がうかがはれる点にある。而《しか》して其《その》自然現象に就《つ》いては俳句では季題といふ言葉を古く使つて来て居るから、其《その》言葉を踏襲して行くと其《その》句の上の働きからは全く違つた働きをする人事の季題もあるので、今改めて季題の意義を制限すると同時に、季題といふ語も更《あらた》めて季語と言はう。季題といへば題といふ語が題詠といふことに紛《まぎ》れ易《やす》く、題を課して俳句を作ることの意味にとられては困るの

である。其《その》故に以後は僕は季語といふ言葉を使ふことにする。（傍点筆者）

乙字は、このように宣言したのであります。ここから「季語」なる言葉が広がっていったのです。乙字にとって俳句とは、あくまでも「自然現象の中に作者の感慨がうかがはれる」文芸、「自然現象の気分情趣に依つて統《す》べられる」（『俳句作法』）文芸ということですので、「人事の季題」は、「季題たる働きがない」（同上）ということになるのであります。そこで、乙字は「自然現象」（気象や景物）に制限して「季語」と呼んだのであります。こう呼ぶことによって「季題」という言葉の持っている「題詠」（与えられた「題」をテーマとして歌を詠む）のイメージも払拭《ふっしょく》しうるというわけです。皆さんも御承知のように、今日の俳句は、必ずしも「題を課して」作るということではありませんからね。むしろ、そのような作り方は、まずしません。とにかく「季語」なる言葉は、このようにして誕生したのであります。ですから乙字の「季題」の概念の中には「自然現象」以外はなかったのでありますが、今日では「人事の季題」も含めて「季語」と呼ぶようになっていて、「季題」と「季語」の区別は、ないと言ってよろしいと思います。乙字は、最晩年の大正八年（一九一九）一月に発表した評論「季題象徴論」（『乙字俳論集』乙字遺稿刊行会編、大正十年十一月）の中に、一俳句の統一的情趣を作る上に最も重要な気象なり景物なりが其《その》俳句の中の季語であつて、其《その》他の語は所謂《いはゆる》季題であつても何でも其《その》句にあつては季語ではない。

と記しています。これが、本来の乙字の「季語」の概念だったのですが、今日では、先にも述べましたように、変容されて用いられているということなのです。虚子や寅彦そして乙字のように、俳句とは「季題」や「季語」を詠む文芸であるという大前提のもとにスタートしますならば、ほとんど疑問は生じないのですが、そもそも、連歌や俳諧の発句になぜ「季語」(「季題」)を入れるようになったのか、との疑問に逢着《ほうちゃく》しますと、プロの俳人の方々でも、なかなか説明しにくい問題のようであります。

この問題を解決するには、発句という文芸形式が発生した連歌について記されている連歌論書を繙《ひもと》くのがよいようです。

本格的な連歌論は、南北朝時代の二条良基からスタートしますが(金子金治郎『連歌論の研究』、桜楓社、昭和五十九年六月)、その良基の連歌論書『連理秘抄』の中に左の記述が見えます。『連理秘抄』は、貞和五年(一三四九)頃の成立とされています。

発句は、最《もつとも》大事の物也《なり》。(中略)只《ただ》あさあさと、中々当座の体《てい》なども見るやうにするも一《ひとつ》の体《てい》也。しかあれども如何《いか》にも発句は力入て一《ひと》かど、その詮のあるがよき也。又当座の景気もげにと覚ゆるやうにすべし。

「当座」は、連歌が行われる、その席です。この論からは、「当座」性ともいうべきものが、浮上してきます。発句を通して、連歌興行《こうぎょう》の場が読者に伝わるのがよいというのです。その場の「景気」(景色)が説得力を持って読者に迫る発句を目指すべきだというのです。それを示すのが「時節の景物」、すなわち季語(季題)だというわけです。良基は、別の箇所で「発句に時節の景物背《そむ》きたるは返々《かへすがへす》口惜しき事也《なり》。殊《こと》に覚悟すべし。景物の宗《むね》と(きちんと)あるがよきなり」とも言っています。

この良基の考えをより積極的に表明したのが宗祇《そうぎ》のようです。宗祇の著作とされている『宗祇初心抄』(寛正三年奥書本、他)の中に左のように記されています。

発句などの事、当座にてさす事ままあり。さ様の時は力及《およば》ず発句をする事にて候。それは、其処《そのところ》の当座の体《てい》、又天気の風情など見つくろひ、安々とすべし。さ様に候へば、当座出来《いでき》たる発句と聞《きこ》えておもしろく候。巧《たくみ》たる発句は、古句案じたる心ばへ見え候て其《その》興なく候。

論旨は、先の良基の『連理秘抄』と同様ですが、一歩踏み込んだところで発句の「当座」(連歌の興行される場)性が肯定されています。良基は発句の理想的な体として「あさあさ」ということを求めていましたが、右の宗祇の「安々」も同様の体でありましょう。「巧たる発句」に対するものです。そんな発句は「当座」性に意を配ることによって生まれるというのです。良基の『連理秘抄』にも見えていた「当座の体」は、「時節の景物」に焦点を合せての連歌の座の様子ということでありましょう。発句は、「其処の当座の体、又天気の風情など見つくろひ、安々とすべし」というわけですが、なぜこのようなことが求められたかを宗祇は明らかにしてくれています。「さ様に候へば、当座出来たる発句と聞えておもしろく候」というわけです。その場における「時節の景物」や「天気の風情」を詠み込むことによって、その発句が、まぎれもなくその場で作られた証明になり、それが面白いというのであります。すなわち即興性への関心が示されているのであります。「安々」に対する「巧たる発句」は、即興性に対する疑惑を生むというわけです。

宗祇を敬愛した宗牧《そうぼく》は、この点についてさらに明確な発言をしています。天文十一年(一五四二)成立の連歌論書『当風連歌秘事』の中で左のように述べています。

発句は前に案じ侍るべきか、又時に望て仕《つかまつり》候《さうらふ》歟《か》、如何《いかが》。答云、平句《ひらく》は兼而《かねて》作置《つくりおき》、前句に随《したがひ》て付行《つけゆく》物にて候が、発句は当意の気色の撰様《えらびやう》、座中の体《てい》、庭前の有様、色々様々の景気共侍れば、更兼《さらにかね》て難叶《かなひがたし》。只《ただ》当意則《(即)》妙を可本《もとすべき》にや。

発句は、「当意」(その場)の「気色」(景色)、「座中の体」「庭前の有様」によって作られるべきものなので、前もって作ることは不可能だというのです。宗牧は、ずばり「当意則《即》妙を可本にや」と言っています。「当意則《即》妙」とは、即興性のことであります。季語(季題)は、「当意則《即》妙」性、即興性の証《あかし》としての重要な位置を占めていたということなのです。

すでに皆さんは第一講で実際の連歌作品を見ておられるのでおわかりでしょうが、連歌は三、四人から五、六人の仲間(連衆《れんじゅう》)が集まり、それらの人々によって作られます。発句は、普通、一座の中の賓客《ひんきゃく》(主客)が詠むことになっています(脇《わき》が亭主)。そこで、賓客は、その座に招かれた感謝の気持を込めて発句を作ります。挨拶句です。その感謝の気持は、その場における「時節の景物」、すなわち季語(季題)を称讃することによって示されます。そこにおいて「当意則《即》妙」性が求められるというわけです。季語(季題)は、作りたての発句であるとの、鮮度の証明としての大きな役割を担っていたということなのであります。これで、なぜ発句に季語(季題)を入れるのかがおわかりいただけたことと思います。このような状況のなかから、紹巴の『連歌至宝抄』に見える「四季の外、雑の発句と申事は無二御座一候」との見解が生まれたということなのであります。そして、この見解は、俳諧の発句にも踏襲され、さらに俳諧(連句)の発句としてだけではなく、単独に作られた発句(地《じ》発句《ほっく》)においても、そして俳句においても受け継がれ、今日に至っているというわけです。

竪題季語とは何か

季語には「竪題」と「横題」の区別があります。このことを積極的に論じているのは、芭蕉の門人の許六《きょりく》であります。元禄十五年(一七〇二)刊の俳論書『宇陀法師《うだのほうし》』の中に左のごとく記されています。

題に竪横《たてよこ》の差別有《ある》べし。近年、大根引《だいこひき》のたぐひを菊、紅葉一列に書《かき》ならべ出《いだ》する、覚《おぼ》束《つか》なき事也《なり》。先師『炭俵』に、「大根引といふ事を」と詞書《ことばがき》にかけり。面白《おもしろき》事也。

「題」は、「題詠」とのかかわりから生まれた和歌用語を踏襲した言葉ですが、その「題」は、原則的には「時節の景物」の「題」、すなわち、森無黄が用いたところの「季題」であります。許六は、その「題」に「竪題」と「横題」の区別があるというのです。右の記述だけではちょっとわかりづらいのですが、「菊」「紅葉」等、和歌以来の「題」が「竪題《たてだい》」であり、「大根引」のように俳諧において認定された「題」が「横題《よこだい》」であります。そのあたりを詳しく語っているのが、これも芭蕉の門人其角《きかく》が元禄七年(一六九四)に出版した『句兄弟《くきょうだい》』という「等類《とうるい》」(類句、すなわち兄弟のように似ている句)に関する本の中においてであります。次のように記されています。

縦《タテ》はヘ花ヘ時鳥ヘ月ヘ雪ヘ柳ヘ桜の、折にふれて詩歌連俳ともに通用の本題也《なり》。横はヘ万歳ヘやぶ入《いり》の春めく事より初めて、ヘ火燵《こたつ》ヘ餅つきヘ煤払《すすはらひ》ヘ鬼うつ豆の数々なる俳諧題をさしていふなれば、縦の題には古詩、古歌の本意《ほんい》をとり、連歌の式例を守りて、文章の力をかり、私の詞《ことば》なく、一句の風流を専一にすべし。横の題にては、洒落《しやれ》にもいかにも、我《わが》思ふ事を自由に云《いひ》とるべし。

これによって皆さんも、かなりはっきりと理解できたのではないかと思います。先の許六よりもはやい時期の発言ですので、「竪題」(縦題)「横題」ということは、ひとり許六のみならず、蕉門の人々のあいだでは、しばしば話題になっていたものと思われます。

其角は「竪題」(「縦」と表記していますが、混乱を避けるために「竪」で統一します)を「本題」と言い、「横題」を「俳諧題」と言っています。この「竪題」は「詩歌連俳」に通用する「題」だとも言っています。「詩歌連俳」とは、土芳《どほう》が『三冊子《さんぞうし》』で「詩歌連俳は、ともに風雅也《なり》。上三《うへさん》(詩歌連)のものには余す所も、その余す処《ところ》迄俳はいたらずと云《いふ》所なし」と述べるところの「詩歌連俳」でして、漢詩、和歌、連歌、俳諧の四つの文芸を指します。其角のこの理解でいいと思います。「竪題」は、前にも申し上げましたように、和歌以来の「季題」ですが(連歌において増補されました)、漢詩や連歌においてはもちろんのこと、庶民詩俳諧においても、それを「季題」として取り込んでいるのです。具体的には、其角が例示している「花」「時鳥」「月」「雪」「柳」「桜」といった「季題」であります。これらの「季題」には、これも其角が指摘しているように「本意」というものが纏綿《てんめん》しているのですが、この点についてはは、もう少しあとでお話ししましょう。対する「横題」の例としては「万歳」「やぶ入」「火燵」「餅つき」「煤払」「鬼うつ豆」等が挙げられています。其俳諧において認定された「季題」ですので、「本意」の桎梏《しっこく》から自由なのであります。其角が「洒落にもいかにも、我思ふ事を自由に云とるべし」と言っているのは、そのことであります。

「竪題」「横題」について、大体おわかりいただけたことと思います。許六は、別に「和歌の題」「俳諧の題」なる言葉も用いています(『篇突《へんつき》』)。念のため許六の門人孟遠《もうえん》の俳論書『秘蘊集《ひうんしゅう》』を見ておくことにしましょう。延享四年(一七四七)の識語があります。許六の俳論を祖述したものです。

題に竪横といふことあり。先《ま》づ月、雪、花、時鳥、雁《かり》、鶯、鹿、紅葉の類、みなみな竪題なり。是《こ》れ、本《もと》歌の題なればなり。歌、連歌にせぬ題は、みな俳諧の題なり。踊、角力、ゐびす講の類、是《これ》をば横とはいふなり。近年、世上みだりに題ならぬものを句作り、芭蕉流の発句とていたす人あり。是《こ》れ以《もつ》ての外《ほか》の事なり。惣《そう》じて題は、翁の時、荒増極《あらましきはま》りあり。

許六の見解に自説を加えたものと思われます。先の其角の挙げたものに入っていない「季題」がいくつか見られます。「竪題」では「雁」「鶯」「鹿」「紅葉」、「横題」では「踊」「角力」「ゐびす講」。注目すべきは「横題」の無制限な増加傾向に対して苦言を呈している点です。「題ならぬものを句作り」との一節です。なんでもかんでも「季題」にしてしまって、それで句を作ってはいけないというのです。孟遠は「題は、翁の時、荒増極りあり」と述べています。「横題」も、芭蕉の時代に大体出尽したというわけでありましょう。ただし、孟遠の見解とは別に、「季題」は、その後もどんどん増え続け、今日に至っています。

これで「竪題」「横題」の区別については終えたいと思いますが、ここで私は一つの提案をしたいと思います。先にも述べましたように、今日では、「季題」という言葉よりも「季語」という言葉のほうが一般的であります。そんな状況下で「竪題」「横題」との言葉は、皆さんにとってやや違和感があるのではないでしょうか。そこで私は、この二つを「竪題季語」「横題季語」と呼びたいと思うのですが、いかがでしょうか。皆さんも、この

「竪題季語」「横題季語」なる言葉に是非馴染《なじ》んで下さい。二つの季語の違いをしっかりと認識することは、俳句を作る上で大切なことだと思われます。

二つの季語の違いを認識することがなぜ大切なのでしょうか。それを「竪題季語」から説明してみたいと思います。「竪題季語」には、其角が指摘していたように、和歌以来の「本意」(「本意」は「ほい」または「ほんい」と訓《よ》みます。本書では「ほんい」で統一します)と呼ばれる美的イメージが纏綿しているのです。別の言葉で言えば、ある季語に対しての共通認識であります。この「本意」によって五・七・五のたった十七音(文字)の俳句世界は、イメージの広がりを獲得しうるわけです。また作者と読者が、作品(俳句)を介して的確な交信をしうるわけです。「本意」なる言葉は歌論にまで溯《さかのぼ》ることができますが、関心が高まったのは連歌論においてであります。連歌という後続の文芸において和歌世界が客観視され得たことによるのではないでしょうか。和歌において言うところの「題の心」が、連歌や俳諧における「本意」にきわめて近いように思われます。建暦元年(一二一二)以降の成立とされている鴨長明の歌論書『無名抄《むみょうしょう》』の冒頭は「題心事《だいのこころのこと》」ですが、そこには、

> 歌は題の心をよく心得べきなり。(中略)仮令《たとひ》郭公《ほととぎす》などは、山野を尋ね歩きて聞《きく》心をよむ。鶯ごときは待《まつ》心をばよめども、尋ねて聞由《きくよし》をばいとよまず。又鹿の音《ね》などは聞《きく》にもの心細《ぼそ》く哀《あはれ》なる由《よし》をばよめども、待由《まつよし》をばいといはず。

との記述が見えます。これは、まさしく連歌論や俳論に見えるところの「本意」なのであります。許六も、右の『無名抄』の一条に関心を示し、みずからの著作『宇陀法師《うだのほうし》』にアレンジしてそっくり収めています。このことによっても「本意」(長明言うところの「題の心」)が、俳人たちにとって必須の知識であったことが窺《うかが》われます。

そこで、この「本意」について明確に語っている紹巴《じょうは》の『連歌至宝抄』に注目してみることにします。この書、これまでにもしばしば繙《ひもと》いてきましたので、皆さんにもお馴染みですね。江戸時代の俳人たちにとっても必読の本であったと思われます。次のように書きはじめられています。

連歌に本意と申事候《まうす》。たとひ春も大風吹《おほかぜふき》、大雨降共《おほあめふるとも》、雨も風も物静《しづか》なるやうに仕《つかまつり》候事、本意にて御座候。

まずは「春風」「春雨」という具体的な二つの「竪題季語」によって「本意」が語られています。以下、四季の主要な「竪題季語」について、その「本意」が簡明に記されていますが、とりあえず「春風」「春雨」の二つの季語に注目してみることにしましょう。「本意」とは何であるかがよくおわかりいただけると思います。自然現象としては、春でも

「大風」が吹いたり、「大雨」が降るということ、それは自然とともに生活をしている我々には実感として理解できるわけですね。皆さんだってそうですよね。春に「大風」が吹いたり、「大雨」が降ったりすることは、何度となく体験してきたことと思います。連歌師や俳人たちも、そのことは十分に承知していたのであります。でも、彼らにとって「春風」といえば、そよそよと静かに吹く風であり、「春雨」といえば、しとしとと静かに降る雨だったのです。そのような風や雨をイメージしなければならないのです。これが「本意」なのです。そのようにイメージしなければ、作者と読者の交信ができないのです。このような「本意」は、どのようにして成立したのでしょうか。試みに『古今和歌集』を繙いてみますと、

谷風にとくる氷のひまごとに打ちいづる波や春の初花　源当純《みなもとのまさずみ》

花の香を風のたよりにたぐへてぞ鶯さそふしるべにはやる　紀《きの》友則《とものり》

といった歌が目に入ります。このような歌からイメージされる「春風」は、やはり「大風」ではありませんね。「物静な」風でありましょう。今度は、『新古今和歌集』を繙いてみましょう。

春雨の降りそめしより青柳の糸の緑ぞ色まさりける　凡河内躬恒《おほしかふちのみつね》
春雨のそぼ降る空のをやみせず落つる涙に花ぞ散りける　源《みなもとのしげゆき》　重之

といった歌があります。この二首で詠まれている「春雨」も、決して「大雨」ではなく、「物静な」雨であることは、おわかりいただけると思います。このような和歌作品が集積して「春風」や「春雨」の美的イメージが出来上ったのであります。日本人にとって、その物(「時節の景物」)が一番美しく感じられる状態が「本意」であります。日本人の美意識のエッセンスと言ってもよいでありましょう。歌人や連歌師や俳人たちにおいては、「春風」といえば、そよそよと吹く風であり、「春雨」といえば、しとしとと降る雨である、という共通認識があったのであります。それゆえに、例えば、芭蕉と同時代の俳人鬼貫《おにつら》が、

春風や三穂の松原清見寺
春雨のけふばかりとて降《ふり》にけり

と詠んだ時に、読者である我々は、鬼貫の感動を共有できるのであります。「三穂の松原」(三保の松原)は問題ありませんね。静岡県清水市にある美しい松原です。羽衣の松で有名ですね。「清見寺」は、今の清水市興津《おきつ》にある臨済宗妙心寺派の名刹《めいさつ》です。境内からは

「三穂の松原」が展望できます。そこで右の二句です。もしこの「春風」が「大風」であったり、「春雨」が「大雨」だったりしたらどうでしょうか。我々は、鬼貫の感動をまったく理解し得ないことになってしまうのです。「春風」が「物静な」風であるからこそ、その「春風」に吹かれながら絶景を楽しむ鬼貫の感動が理解できるのですし、「春雨」が「物静な」雨であるからこそ、春の最後の一日(「三月尽《さんがつじん》」といいます)をしみじみと過す鬼貫の感動を理解できるのです。「春風」と「春雨」のたった二つの「竪題季語」からだけでも俳句における「本意」の有効性がおわかりいただけたことと思います。

念のためもう一つ、鴨長明が『無名抄』で「郭公などは、山野を尋ね歩きて聞心をよむ」と記していた「郭公」に注目してみましょうか。「郭公」の漢字表記は沢山あります。「時鳥」「杜鵑」「子規」「不如帰」、皆「ほととぎす」です。夏の鳥。この「郭公」の「本意」について、紹巴の『連歌至宝抄』は、

時鳥は、かしましき程《ほど》鳴き候へども、希《マレ》にきき、珍しく鳴《なき》、待《まち》かぬるやうに詠《よ》みならはし候。

と記しています。「春風」や「春雨」と同じですね。実際には喧《やかま》しいほど鳴くということもあるのですが、歌人や連歌師や俳人にとっては「希にきき、珍しく鳴、待かぬるやうに

詠」むことになっていたのですね。「郭公」(「時鳥」)の美的イメージは、めったに聞くことのできない鳴き声にあったのです。鳴き声が珍重される鳥、それが「郭公」(「時鳥」)だったのです。ですから、芭蕉の『おくのほそ道』中の、

野を横に馬牽《ひき》むけよほととぎす

の句も、「ほととぎす」(「時鳥」)の「本意」の理解なしには、本当の意味での芭蕉の感動を理解できないのであります。この句は、ただ単に、馬子《まご》に対して「ほととぎす」が鳴いたから、その方向に馬の向きを変えてくれ、と頼んだのではないのです。この句、栃木県の那須野での作品です。その那須野を殺生石《せっしょうせき》(那須温泉の山腹に今でもある、金毛九尾の妖狐が化したとされている石)に向っていると、突然、あの、めったに鳴き声を聞くことのできない鳥である「ほととぎす」の鳴き声が聞こえたのでありましょう。その感動を詠んだのが〈野を横に〉の一句だったのです。「竪題季語」における「本意」の理解の大切さ、おわかりいただけると思います。虚子門下の俳人で、のちに破門された杉田久女《ひさじょ》に、

谺《こだま》して山ほととぎすほしいまま

がありますが、この句における久女の感動も、やはり、「ほととぎす」がめったに鳴かない鳥、その鳴き声が珍重される鳥であるとの「本意」の理解が前提になっているものと思

われます。この句、福岡県と大分県の県境にある標高千二百メートルの英彦山《ひこさん》での作ですが、「ほととぎす」の鳴き声を存分に聞くことのできた感動を「谺して」あるいは「ほしいまま」の措辞《そじ》で表現しているのです。芭蕉の〈野を横に〉の句を鑑賞した皆さんには、久女の感動がおわかりいただけると思います。

ところで、皆さんは気がつかれましたか。正岡子規の「子規」は「ほととぎす」のことですね。子規は、明治二十一年(一八八八)五月十日、数え年二十二歳ではじめて喀血《かっけつ》し、翌二十二年にも喀血、肺病と診断されます。その折、〈卯の花をめがけてきたか時鳥《ほととぎす》〉〈卯の花の散るまで鳴くか子規《ほととぎす》〉等、「ほととぎす」の句四、五十句を作って、以後「子規」と号することになったのです。その子規に「ほととぎす」に関しての面白いエピソードが伝わっています。エピソードを伝えるのは河東碧梧桐《へきごとう》です。明治三十五年(一九〇二)十月十九日に発表した「俳話断片」という文章の中に見えます(「京華週報」掲載)。次のごときものです。

子規子《しきし》は兼々《かねがね》「自分が五、六月頃《ごろ》に死んだらば方々《はうばう》から追悼句などと言ふて、時鳥《ほととぎす》の句を沢山よこすであらうが、それはいやでたまらない。それがいやだから成《な》るべく夏の間《あひだ》に死にたくはない」などと話して居《を》つたが、何故《なぜ》子規の名にちなんだ時鳥の句を嫌ふかといふと、時鳥の句といふのは、古来より発句中でも沢山《たくさん》句のある題で、已《すで》に仕方のない程陳腐な題である。其《その》陳腐な題では到底よい句は今日得られないといふてもよい位であるに、まして追悼といふやうな更《さら》に作句のむつかしい条件をつけては、更によい句の出来やうがない。その悪句が沢山出来るといふ事が子規子のいやで堪《たま》らないと言ふた所以《ゆゑん》であつたのである。

子規が、生前、自分の追悼句（死者の生前を思い出し、その死を悲しんで作る句で、最近では「弔句」などとも呼ばれる）について語っているのです。五、六月ごろ、すなわち夏ですね、その頃に死んだら「時鳥」の追悼句が山のように届けられるであろうから、夏には死にたくないと言っていたというのです。なぜなら、「時鳥」という「季題」は、陳腐であるというのです。それはそうですよね。すでに見てきたように和歌以来の「竪題季語」ですから、和歌、連歌、俳諧を通して「希にきき、珍しく鳴、待かぬるやうに詠みならはし」てきたわけです。固定化されたイメージのもとでの作歌であり、作句ですね。子規が「発句中でも沢山句のある題」と言っていますように、初期俳諧の一大アンソロジーであります宗臣《むねしげ》編『詞林金玉集《しりんきんぎょくしゅう》』（延宝七年自序）を繙きましても、

小耳にはきかせぬ沙汰《さた》か郭公《ほととぎす》　元林
ききたしや名歌名香《めいかうほととぎす》郭公　貞徳

声はたてで名ばかり立《たつ》や郭公《ほととぎす》　冬寒
なかぬ間は夜があけぬ也《なり》郭公《ほととぎす》　伊安
郭公《ほととぎす》なかずばかへれ娑婆《しゃば》ふさげ　友納

と、「本意」通りの「時鳥」(「郭公」)の句がずらりと並んでいるのです。子規に至るまでとなると、大変な数の句でありましょう。子規が言っているように「陳腐」にならざるを得ませんね。芭蕉が、俳諧の発句で目指したのが「新しみ」であったように、子規は俳句に「新奇」を求めました。「新奇」も「新しみ」のことです。その反対が「陳腐」です。ところが、子規が指摘していますように「竪題季語」には「本意」が纏《まつ》わっていますので、「竪題季語」の作品は、「陳腐」になる危険性が大変大きいのです。「竪題季語」を用いて作品を作る場合には、そのことに十分留意しなければなりません。

要するに「竪題季語」に纏わっている「本意」は、作者と読者の交信をスムーズにする上ですこぶる有効な装置であるとともに、作品を「陳腐」化させる要因ともなるということなのです。「本意」は、俳句にとっては、功罪相半《なか》ばする両刃《もろは》の刃《やいば》ということですね。それでは、先の芭蕉の〈野を横に馬牽むけよほととぎす〉の句の「新しみ」は、いったいどこにあるのかということ、皆さん大いに気になるところだろうと思います。そこで、左の歌に注目して下さい。

鳴く方《かた》にまづあこがれて郭公《ほととぎす》こゆる山路の末《すゑ》もいそがず　平　時藤《ときふじ》

『新後撰和歌集』中の歌で「羇中郭公」との前書《まえがき》があります。「羇《き》」は「旅」のことです。旅の途中の山路で「郭公」が鳴いたので、急ぎの旅でもないゆえ、その方角へ行ってみようというのでしょう。どこやら芭蕉句と似ていますね。芭蕉句も、普通でしたら、この時藤の歌のように〈鳴く方《かた》に馬牽むけよほととぎす〉とするところですよね。ところが、芭蕉は、「鳴く方に」ではなく、「野を横に」と表現したのです。なんという大胆な表現でしょうか。こんな表現は誰も思いつきませんよね。この表現によって一句は「新しみ」を獲得し得ているというわけです。さすがは芭蕉ですね。

「竪題季語」の「新しみ」に関して、もう一つ、鴨長明が『無名抄』で「鹿の音《ね》などは聞《きく》にもの心細《ぼそ》く哀《あはれ》なる由《よし》をばよめども、待由《まつよし》をばいとはいはず」と記していた「鹿」に注目してみることにします。「鶯」が「待心《まつ》」を詠むのに対して、「鹿」は、待つのではなく、「音」を聞いたのちに「心細さ」「哀」を感じるというのですね。この「鹿」、芭蕉句に、

びいと啼尻声《なくしりごゑ》悲し夜《よ》ルの鹿

があります。元禄七年(一六九四)、芭蕉が五十一歳の時の作品です。七月八日に奈良の猿沢の池のほとりで作ったものです。「尻声」は、この句の場合、鹿の鳴き声があとに長く

引く様子をいったものでありましょう。人間の声にもいわれます。この句に対して、許六は、その著『篇突《へんつき》』(元禄十一年刊)の中で、

鹿と云物《いふ》も歌の題にて、誹諧《はいかい》のかたち少《すくな》し。びいとなく尻声《しりごゑ》の悲しさは、歌にも及《および》がたくや侍らん。

と述べています。許六は、一句の中の「びいと啼」の表現に感嘆しているのです。不思議な擬声語ですよね。芭蕉によって創られた擬声語でありましょう。この擬声語によって一句は「新しみ」を獲得しているのですね。「竪題季語」(許六は、ここでは「歌の題」と言っていますね)が、この擬声語によって俳諧の世界に蘇《よみがえ》ったのです。芭蕉が「竪題季語」に挑戦する場合には、このように、常に「新しみ」ということを心掛けていたように思います。もちろん、いつの場合でも「新しみは俳諧の花」(『三冊子』〈赤雙紙〉)であるわけですが、「竪題季語」の場合には、そのことへの配慮がとくに要求されるように思われます。

ところで、皆さんが、今、一番気になっていること、当ててみましょうか。「竪題季語」についてては大体理解できたけれど、そもそも「竪題季語」にはどんなものがあるの、ということだと思います。その疑問には、重頼編の『毛吹草《けふきぐさ》』(正保二年刊)を繙かれるのがよいと思います。この書、岩波文庫の中に入っていますので、比較的容易に御覧になることが

できると思います。その中に「連歌四季之詞」の項があり、季語が「初春」「中春」「末春」のように月別に分類されています。この項が「竪題季語」です。例えば「初春」(一月)を見てみますと、皆さんに馴染みの「去年今年《こぞことし》」(虚子の〈去年今年貫《つらぬ》く棒の如きもの〉の句、聞いたことありませんか)「屠蘇《とそ》」「門松」「初夢」「鶯」「霞」「芹《せり》」「梅」「柳」「水ぬるむ」「温《あたたか》」「長閑《のどか》」「冴《さえ》かへる」「東風《こち》」といった季語が見えます。これらは「竪題季語」です。ただここでちょっと注意していただきたいのは、「竪題季語」の中でも、和歌以来の「竪題季語」と、連歌になって新たに生まれた「竪題季語」とがあるということです。俳諧の書である『毛吹草』は、それらをひとまとめにして「連歌四季之詞」として収めているのです。私がお話ししました「本意」について言えば、和歌以来の「竪題季語」により深くかかわっている(連歌において新たに認定された「竪題季語」には、「本意」が希薄である)ということであります。なお、いちいちの「竪題季語」の「本意」については、拙著『芭蕉歳時記——竪題季語はかく味わうべし』(講談社選書メチエ)が、多少御参考になるのではないかと思います。

横題季語の活用

「横題季語」がどのようなものであるかは、皆さんすでに御承知ですね。「俳諧題」(「俳諧の題」)、すなわち、江戸時代の俳諧という文芸において認定された季語でしたね。和歌や連歌の世界では顧みられなかった季語ということです。庶民の眼《め》が庶民生活の中に発見した季語といってもいいかもしれませんね。すでに出ている「横題季語」は、「大根引《だいこひき》」「万歳」「やぶ入《いり》」「火燵《こたつ》」「餅つき」「煤払《すすはらひ》」「鬼うつ豆」「踊」「角力」「ゑびす講」等ですね。この「横題季語」についても、先の『毛吹草』を繙《ひもと》くことによって解決します。『毛吹草』中の「誹諧四季之詞」の項に「正月」「二月」「三月」と月別に分類、収録されているのが「横題季語」です。ちなみに「正月」の「横題季語」の中から、今日でも馴染みの深い季語を列挙してみますならば、「年玉」「書初」「鏡餅」「数子《かづのこ》」「白梅」「ふきのたう」「あをのり」「ひじき」「白魚」「目ざし」と、いくらでも挙げることができます。いかにも庶民生活に密着した季語ですね。

許六《きよりく》は『宇陀法師《うだのほうし》』で、

　先師『炭俵』に、「大根引といふ事を」と詞書《ことばがき》にかけり。面白事《おもしろき》也。

と書いていましたね。このことについて、門人の孟遠《もうえん》は『秘蘊集《ひうんしゅう》』の中に、もう少し詳しく書き止めていますので、それを見てみることにしましょう。

『炭俵集』に「大根引といふ事を」と前書《まへがき》して、

くら壺に小坊主乗るや大根ひき　　翁

此《この》前書は、大根引といふこと、題になきゆへ、後世の嘲《あざけ》りを恐れたまふて也《なり》。是《これ》より大根引は題に用ふ。

とあります。たしかに芭蕉七部集(俳諧七部集)の第六番目の撰集『炭俵』(元禄七年刊)を繙くと、下巻「冬之部」に、

大根引といふ事を

鞍壺《くらつぼ》に小坊主《こぼうず》乗るや大根引《だいこひき》　　芭蕉

と見え、続けて『炭俵』の撰者の一人、野坡《やば》の句が、

鉢まきをとれば若衆《わかしゅ》ぞ大根引　　野坡

と見えます。『秘蘊集』は、許六の教えを孟遠が祖述したものですので、おそらく許六の見解と思われますが、右のごとき芭蕉の前書と句に対して「大根引といふこと、題になきゆへ、後世の嘲りを恐れたまふて也」と説明しています。これによりますと、この句の成立した元禄六年(一六九三)の時点では、「大根引」が冬の「横題」として認定されていなか

った、ということになります。そうなりますと無季(雑《ぞう》)の句ということになってしまいますので、そんな批判を恐れて、芭蕉はわざわざ「大根引といふ事を」との前書を付したのだというのです。ところが「大根引」という季語、はやくは、すでに寛永十八年(一六四一)刊の俳論書、徳元編『誹諧初学抄《はいかいしょがくしょう》』の「四季の詞」の「初冬」(十月)の項に「大根引」と出ているのです。これは「だいこひく」という動詞かもしれませんが、とにかく収録されているのです。『毛吹草』の「誹諧四季之詞」の「十月」の項にも「大根引」として収録されています。芭蕉以前に「横題」(「俳諧題」)として認定されていたことは確かな事実であります。その点では「題になきゆへ」との『秘蘊集』の記述は誤りです。が、芭蕉以前には「大根引」という季語を実際に使った作品が見当らないのです。そのことを言っての「題になきゆへ」なら、この記述でもいいことになります。芭蕉としては、いまだ作品に用いられたことのない「横題」に挑戦しての実験的作品ということであったのではないでしょうか。そのことが、一見言わずもがな、と思われる前書「大根引といふ事を」を書かしめたものと思われます。去来は、『去来抄』において、この句を画に譬《たと》え、「珍らしく雅ナル図」と見て、

大根引の傍《かたはら》、草はむ馬の首うちさげたらん、鞍坪に小坊主のちよつこりと乗たる図あらば、古からんや、拙《つた》なからんや。

と述べています。「大根引」という庶民的な季語を用いながらも「雅」の雰囲気を湛《たた》えて「新しみ」を獲得しているというのでありましょう。「鞍壺」（「鞍坪」）は、馬の鞍の人がまたがる部分です。一句の意味は、繋《つな》がれている馬の鞍壺に少年が乗っかっているよ、地に伏すように作業をする大根引のかたわらで、ということになりましょうか。『秘蘊集』に「是より大根引は題に用ふ」とありますように、芭蕉の一句によって季語（題）として定着し、多くの「大根引」の句が作られ、今日に至っているのであります。野坡も芭蕉の挑戦に関心を示し、喝采を送った一人だったのでしょう。その感興が〈鉢まきをとれば若衆ぞ大根引〉の句を作らしめたのでありましょう。「竪題季語」においてもそうでしたが、この「横題季語」においても「新しみ」を目指して五・七・五の十七音（文字）の文芸に挑戦する芭蕉が髣髴《ほうふつ》とします。この姿勢は見習わなければなりませんね。

芭蕉が、「横題季語」の成立に間接的にかかわったエピソードが伝わっています。天明四年（一七八四）刊、一路編『許六拾遺抄』という本の中に見えます。左のごときものです。

予「夏座敷といふ事、題に成《なる》べきや」と翁に問《とふ》。曰《いはく》、「秋座敷、冬座敷といはねば」と答玉《こたへたま》ふ。是《これ》にて冬籠、題となしたる事、春籠、夏籠のなきに発明せり。

「予」は、許六です。「夏座敷」が「横題季語」として定着する過程でのエピソードですね。許六は、「夏座敷」について、芭蕉に確認しているのです。芭蕉の「秋座敷、冬座敷といはねば」との説明を受けて、許六は、同時に、「冬籠」という「題」についても納得したというのです。ただし、実際には「夏籠《げごもり》」という「横題季語」がありますし（『毛吹草』等では「夏こもる」）、『許六拾遺抄』が後代の資料であることからくる不安がないこともありません。が、このエピソードとほぼ同内容のエピソードが、先にも触れました許六の門人孟遠の『秘蘊集』にも見えますので、信頼してよいようであります。「新題を撰み出す事」の項に次のように記されています。

許六曰く「夏座敷といふ事、題になること慥《たしか》なり。いかにといふに、春座敷とも、秋座敷ともいはぬ也《なり》。又、冬籠は題にて、春籠とも、秋籠ともなきことなり。されば、冬ごもりのうらなれば、是《こ》れ題に極《きはま》りたる」といへり。
　とんぼうのついと通るや夏座敷　　許六
惣じて、達人は如此《かくのごとく》吟味して、自得発明の上、はいかいを極《きは》む。よくよく准《じゅん》じて知るべきなり。

エピソードから芭蕉は消えています。孟遠の許六からの聞き書です。文言《もんごん》が微妙に違っていますが、『秘蘊集』の記述のほうが辻褄《つじつま》が合っているように思います。「竪題季語」(『毛吹草』の「連歌四季之詞」)である「冬籠」と対《つい》をなす「横題季語」(「冬ごもりのうら」)が「夏座敷」ということであるというのです。許六は、『許六拾遺抄』に見えるように、芭蕉のアドバイスをきっかけにして「自得発明」したのでありましょう。

そこで許六が問題にしている「横題季語」の「夏座敷」です。孟遠は許六句〈とんぼうのついと通るや夏座敷〉を紹介していますが、この句、ほかの俳書(撰集・俳論書)には見えません。孟遠が許六から直接聞いたのでしょうか。句中の「とんぼう」(蜻蛉)は、初秋(七月)の「横題季語」です。「横題季語」と「横題季語」を「取合《とりあわ》せ」ているのです(「取合せ」については、第五講でお話しします)。一句の中では、「とんぼうのついと通るや」と切字「や」がありますので、「とんぼう」が主、「夏座敷」が従ということになりますが、季語から見ますと、「夏座敷」が主の位置を占めています。季節の変りめです。晩夏の「夏座敷」を、秋がすぐそこまで来ていることを知らせるかのように「とんぼう」が過《よぎ》っていったというのでありましょう。天保五年(一八三四)刊、山陰編『五老井発句集《ごろうせいほっくしゅう》』(「五老井」は許六の別号)には、許六のもう一つの「夏座敷」の句が見えます。

天井《てんじやう》も井の字で涼し夏ざしき　許六

「新宅賀」の前書があります。許六が引越しをした時の作品のようです。「井の字」は、天井の井桁《いげた》の紋様を指すのでありましょう。許六は、彦根藩士。彦根藩の紋所は井桁。許六の別号は「五老井」。「天井も井の字で涼し」の「涼し」には、それらのことに対する許六の気持も込められているのでしょう。「涼し」の「し」は切字でしたね。ここで切れます。新居に寝転んで、井桁の天井を見ながら、いい気持になっているのでありましょう。これぞ「夏ざしき」といったところでしょうね。この句も季語が二つあります。「涼し」は、夏の「竪題季語」、そして「横題季語」の「夏ざしき」。この句においても、許六が読者にアピールしたいのは「天井も井の字で涼し」の部分でしょうが、季語としては「夏ざしき」が強いですね。

芭蕉にも「夏座敷」の句があります。

秋鴉《しゅうあ》主人の佳景に対す

山も庭にうごき入るるや夏ざしき　　芭蕉

という作品です。元禄二年(一六八九)、芭蕉が四十六歳の時のものです。この句の季語は「夏ざしき」だけですね。前書中の「秋鴉主人」は、『おくのほそ道』の旅の途中で立ち寄った黒羽《くろばね》の館代《かんだい》浄法寺高勝(俳号、桃雪)のことです。「夏ざしき」に座って庭を見ていると、山が借景として完全に庭の一部になっているように思われる、その感動を詠んだものでありましょう。秋鴉主人への挨拶句ですね。芭蕉の愛読書である木下長嘯子《ちょうしょうし》の『挙白集』中の「さが衣」という歌文の中に譬喩《ひゆ》として「山もさらにうごきいでたらんごとし」との表現があるのですが、ひょっとしたら、この表現が気になっていて、応用したのかもしれませんね。それはともかく、芭蕉も「横題季語」に積極的に挑戦しているのです。この「夏座敷」、先の『許六拾遺抄』や『秘蘊集』によりますと、許六が「横題季語」とすべく努めているように見えますね。事実、許六の著作(許六の門人孟遠の著作との説もあります)、宝永三年(一七〇六)成立の『俳諧雅楽抄』(天理図書館本)には、

夏座敷ト云ハ、予ガ撰也《なり》。師翁ニ談ジテ、題ニ極《きは》メタリ。

と記されています。すなわち、「夏座敷」を「題」(「横題季語」)としたのは、許六であると明言しているのです。『去来抄』には、芭蕉の言葉「季節の一つも探《さぐ》り出《いだ》したらんは、後世によき賜《たまもの》」が見えますが、許六も「夏座敷」を見出したということなのでしょうか。ただ、ちょっと注意しなければいけないのは、「題」(「横題季語」)として認知されるのは、なかなか大変なことだったようです。この「夏座敷」にしても、許六以前に季語外の季語として用いられてはいるのです。延宝二年(一六七四)成立の玖也《きゅうや》編のアンソロジー『桜川《さくらがわ》』の「雑夏」の部(すなわち季語外の季語で、夏の季語の最後に付されているのです)に、

家に余慶《よけい》かならず有《ある》や夏座敷　日野好元

庵に西行の像を《(ママ)》きて上人の歌の言葉をとり
発句所望に
古畑のそばや友よぶ夏座しき　神野忠知

新宅の会
来《こ》ぬ秋のいづくれえんや夏座敷　江口塵言

と、すでに見えるのです。一句目の「余慶」は、吉事、余光、余薫の意です。夏の「竪題季語」である「風薫る」、あるいは、いわゆる「余計」などが意識されているのかもしれません。二句目は、西行歌の本歌取りだというのです。西行の〈ふるはたのそばのたつきにゐるはとの友よぶこゑのすごき夕暮〉(『山家集』)の歌によっています。「そばのたつき」は、岨の立つ木。本歌で「友よぶ」のは鳩ですが、忠知句では「夏座しき」にいる人間です。三句目の「いづくれえん」は、何処《いづく》と榑縁《くれえん》(縁側)が掛けてあります。三句目は季重なりですね。が、「夏座敷」が季語として用いられていることが確認し得たと思います。もう一つのアンソロジー、延宝七年(一六七九)成立(序)の宗臣《むねしげ》編『詞林金玉集』においてもまったく同じで、「雑夏」の部に季語外の季語として、

戸障子や佐野の舟橋夏座敷　幽山
夏座敷破れ障子を馳走哉《かな》　一勝

と見えます。二句目は問題ないでしょうが、一句目がむずかしいですね。「佐野の舟橋」とは、群馬県高崎市佐野の烏川の舟橋(舟を横に並べ、板をわたしたもの)です。すでに『万葉集』に見えます。謡曲「鉢木《はちのき》」(盆栽の木のこと)における佐野の民家の夫婦の貧しさを「夏座敷」のようだ、と詠んだのではないかとも思いますが、あるいは、単に「夏座敷」の「戸障子」が、「佐野の舟橋」を視野に入れて、風通しがよいと言っているだけなのかもしれません。とにかく、二句とも「夏座敷」が季語ですね。でも、許六は「題」(「横題季語」)としての「夏座敷」にこだわっているのです。何とか正式な「題」(「横題季語」)として認知させたかったのでしょうね。

許六の努力にもかかわらず、「夏座敷」が季語(「横題季語」)として歳時記に正式に採録されたのは、ずっとあと、嘉永元年(一八四八)刊、千艸園著『季寄新題集』においてであります。「六月」の季語として採録されています。なお、明治になると定着したようで、明治四十一年(一九〇八)十二月刊、今井柏浦編『俳諧例句新撰歳事記』(博文館)には、

夏座敷　海楼。水亭。

千曲川犀川かけて夏座敷　　等栽

と見えます。ただし「海楼」「水亭」と並記されていますので、許六が言うところの「冬籠」に対する「夏座敷」とはニュアンスが違いますね。先の幽山の〈戸障子や佐野の舟橋夏座敷〉などは、「水亭」を詠んだものかもしれません。「等栽」は、旧派の宗匠佳峰園等《とう》栽《さい》(明治二十三年没。八十八歳)。「犀川《さいかわ》」は「千曲川」の支流です。この句も「水亭」(水上、または水ぎわにあるあずまや)を詠んだものですね。

以上、芭蕉の「大根引」と許六の「夏座敷」の例を見てきたのですが、二人に限らず、はやくから、江戸時代の俳人たちは、このようにして庶民生活の中に「竪題季語」以外の季語を少しずつ発掘していったのでありましょう。それが「横題季語」です。庶民感覚の季語と言ってもよいでありましょう。土芳《どほう》の『三冊子《さんぞうし》』に「詩歌連俳は、ともに風雅也《なり》。上三《うへさん》のものには余す所も、その余す処《ところ》迄俳はいたらずと云《いふ》所なし」とありましたように、芭蕉は、漢詩や和歌や連歌が捨てて顧みなかった季語に果敢に挑戦したのであります。「上三のものには余す所」とは、季語のみに限らず、俳言《はいごん》と呼ばれる俗語も含まれていると思われますが、季感を有する素材ということで、季語が大きな位置を占めていると考えていいでしょう。「竪題季語」はもちろんのこと、「横題季語」をも取り込んだことで、芭蕉俳諧の世界は、「新しみ」への可能性を一段と増したのであります。

参考までに「横題季語」を用いた芭蕉の作品を五句ほど挙げておきます。

うき我をさびしがらせよかんこどり
鎌倉を生《いき》て出《いで》けむ初鰹《ガツヲ》
寒菊や粉糠《コヌカ》のかかる臼の端《はた》
清滝の水くませてやところてん
家はみな杖にしら髪の墓参《まゐり》

「かんこどり」(夏)、「初鰹」(夏)、「寒菊」(冬)、「ところてん」(夏)、「墓参」(秋)が、それぞれ「横題季語」であります。「横題季語」を用いながらも、文芸性豊かな作品として形象化されていることがおわかりいただけると思います。ちなみに「墓参」については、許六の『俳諧雅楽抄』に「新題ヲ撰ブト云《いふ》コト有《あり》。是《これ》、上手、名人ノ沙汰也。墓マイリ、大根引ノ類《たぐひ》、師翁ノ撰也」と見えます。「墓参」も「大根引」と同じく、芭蕉が見出した季語というわけです。ただし、これは許六の思い違いのようです。すでに寛文七年(一六六七)刊、季吟編の歳時記(季寄せ)『増山井《ぞうやまのい》』には秋の季語として「墓まいり」が採録されていて「七月初、先祖の墓にまうづる、これもうらぼんの心ばへとかや」と説明されています。し、実際の作品についても、玖也の『桜川』の「墓参」の季語の項に、

時しもあれ秋には人の墓参り　浅香研思
見る時ぞ秋はかなしき墓参り　須田東竹

等、全十句の「墓参」句が掲出されています。十句の中には、

まづしければする業《わざ》もなし墓参り　佐野広重

のごとく、「墓参り」が単独で季語として用いられている例もあります。「大根引」の句とは、別のように思います(『桜川』には「大根引」の項があり、四句ほど作品が掲出されていますが、「大根引」なる言葉そのものは用いられていません)。もちろん「墓参」が「横題季語」であることは間違いありませんが。

新時代と新季語

季語を集めたものを「季寄せ」といったり「歳時記」(歳事記)といったりします。これまでにもすでに当然のことのようにお話ししてきましたので、皆さんの中には、やや戸惑われておられた方もいたかもしれませんね。すでに見てきましたように、発句には必ず季

語を入れましたね。その発句という文芸がスタートしたのが連歌。そこで、連歌において、季語を四季別に分類して集めた「季寄せ」「歳時記」が誕生したのです。最初は、季語のみを分類収集したものでしたので、今日的な感覚からいえば「季寄せ」といったほうがよいかもしれません。今日の歳時記は、季語の解説もさることながら、必ずその季語を用いた例句が示されていますね。そんな歳時記のルーツは、正保五年(一六四八)刊、季吟著『山之井《やまのい》』であります。これには例句が示されています。『山之井』以前にも連歌の季寄せを踏襲しての俳諧の季寄せが誕生しています。その嚆矢《こうし》は、寛永十三年(一六三六)刊の立圃著『はなひ草』であります。この『はなひ草』に収録されている季語は、宇田久著『季の問題』(三省堂、昭和十二年十月)によりますと、六百四十九季語ということであります。そして、江戸時代後期の代表的な歳時記である享和三年(一八〇三)刊、馬琴著『俳諧歳時記』(今日的な意味において「歳時記」なる言葉をはじめて書名に用いた本です)には、二千六百一季語が収録されているということであります。飛躍的な季語の増加ですね。この二つの季寄せ、歳時記のあいだにも、当然、いくつかの季寄せ、歳時記が誕生しています。今日の全五巻本の大きな歳時記では、一万七、八千の季語が収録されているようです。びっくりしますね。我々の周りには、そんなに沢山の季節の言葉があるのですね。孟遠《もうえん》は『秘藴集《ひうんしゅう》』の中で「惣《そう》じて題は、翁の時、荒増極《あらましきはま》りあり」と述べていましたが、孟遠の意に反して、どんどんと増え続けたということでありましょう。芭蕉は確かに「季節の一つも探《さぐ》り出《いだ》したらんは、後世によき賜《たまもの》」(『去来抄』)との言葉を残しているのですが、芭蕉に続く俳人たちが、芭蕉のこの言葉を遵守して、季語の探索に励んだということなのでしょうか。私などは、季語が無制限に増えるということに対しては、やや疑義があるのですが(季語が単に季節を示すだけの言葉になってしまい、「本意」に準ずるある種の美的イメージを包摂し得ていないように思われるからです)、時代とのかかわりの中で、認定していかざるを得ない新季語が存在しているであろうことも、否定できない気もしています。むずかしい問題です。

今日という時代も大きく揺れ動いていますが、明治時代も、外国文明の移入の中で、江戸時代とはまったく異なる世相が展開したのですから、俳人たちの間にも、当然のことながら大きな動きがあったのです。そのことを確認してみたいと思います。

はやくに明治の「新季語」に積極的な関心を示した俳人に、新派秋声会《しゅうせいかい》の森無黄《むこう》がいます。皆さん、先ほど私がお話ししたこと覚えておられますか。そう、無黄は、「季題」なる言葉をはじめて用いた人物でしたね。その無黄が秋声会の機関誌「秋の声」(万巻堂)の明治二十九年(一八九六)十二月発行の第二号に掲載した評論「今日の俳諧」の中で左のように述べています。

月並調を離れて真の俳諧を起さんと欲《ほっ》せば、意匠の巧を求むべきことなり。然《しか》れども題寄せ、季寄の古臭き書に拠《よ》りて、徒《いたづ》らに今にありもせぬ古き儀式、古き道具などを題詠する間は、とても古人の言尽したる後《あと》に於《おい》て、其《それ》より旨《うま》きことの考《かんがへ》付くべき筈なし。之《これ》を避くるにはアイスクリーム、焼芋、招魂祭、耶蘇祭など近世の物事を季寄の中に編入して、其《そ》の範囲を拡張せざるべからず。（中略）秋声会にして、月並調に陥《おちい》らんと心掛る者ならば格別、最早《もはや》の目的の如く明治の俳諧を振興せんと欲《ほっ》するものならば、文明の新事物を題にして、意匠新らしき句を詠み出《い》で、天下をして之《これ》に傾かしむるの意気（ママ）なるべからず。

無黄が明治の「新季語」にすこぶる積極的な姿勢を示していることが窺《うかが》われましょう。「月並調」とは、正岡子規が旧派の俳人たちの作風に対して名づけた批判的な用語ですが、その第一声は、明治二十六年（一八九三）に公刊されている『獺祭書屋俳話《だっさいしょおくはいわ》』の中に「月並流」として見ることができます。無黄も、子規に倣《なら》って、旧派の俳人の作風を「月並調」と呼んでいるのです。

ここで、子規の言葉によって「月並調」の俳句とは、どのようなものであるかを確認しておくことにしましょう。明治三十四年（一九〇一）十二月刊の『俳句問答 上』（俳書堂。明治二十九年に新聞「日本」に連載）の中に見えます。それによると「月並俳句」（「月並調」、「月並流」の俳句ということでしょう）とは、知識に訴える俳句、「意匠」（発想）の「陳腐」な俳句、言語表現に「懈弛《たるみ》」の見られる俳句、外来語等の新しい言葉に消極的な俳句、権威主義的な俳句、ということになります。無論、こんな俳句は、今日でも高い評価は得られません。無黄は、「月並調」を脱皮するには、「意匠」の「新しみ」(子規は「新奇」といいます)を目指すとともに、「新季語」にも意を配れ、と言っています。秋声会のメンバーの一人尾崎紅葉は、明治二十九年(一八九六)十一月三日発行の「秋の声」第一号の「発刊之文」において「明治の俳諧を興《おこ》さむ」と言っています。これが秋声会の人々の合言葉だったのです。そのためには、「文明の新事物を題にして、意匠新らしき句を詠」むべきである、と無黄は主張しているのです。無黄が「季寄《きよせ》」なる言葉をすでに使っているのは、はやい例として注目していいと思います。江戸時代にもすでにあった言葉ですが(明和元年筆写の俳論書『岡崎日記』による)、この頃から頻繁に用いられるようになったようです。「題寄せ」という言葉もあったのですね。「季寄せ」と同意でしょうが、今日では用いられていません。

無黄が明治の「新季語」候補として挙げているのは「アイスクリーム」「焼芋」「招魂祭」「耶蘇祭」です。ところが、東京の靖国神社で四月二十一日より二十三日まで行われた祭典である「招魂祭」(今日では「靖国祭」)やクリスマスを指すところの「耶蘇祭《やそまつり》」は、今日の歳時記からは消えてゆきつつあります。自然の風物中心の「竪題季語」は、時代とかかわりなく詠み継がれて今日に至っていますが、人事とのかかわりの深い「横題季語」や

「新季語」は、きわめて消長が激しいのであります。そんな中で、「アイスクリーム」と「焼芋」は、今日まで生き残っていますね。この二つの「新季語」、旧派の宗匠である春秋庵幹雄(三森幹雄)の編んだ、明治十五年(一八八二)三月刊の『新撰《しんせん》俳諧《はいかい》明治歳時記栞艸』には、もちろん採録されていません。「アイスクリーム」は、明治二年(一八六九)に横浜の馬車道通りではじめて販売されましたが、一般的に普及したのは、明治三十二年(一八九九)に東京銀座の資生堂が発売してからです(『日本大百科全書』による)。無黄は、いちはやく「文明の新事物」に関心を示したというわけです。「焼芋」のほうは、江戸時代からありますが、季語として認定され、定着したのは明治になってからのようです。子規グループの最初のアンソロジー、明治三十一年(一八九八)三月刊の『新俳句』(民友社)には、すでに冬の季語として「焼芋」が立項されていて、

焼いもとしるく風呂敷に烟《けむり》立つ　子規
焼薯《やきいも》の水気《みづけ》多きを場末かな　同
十銭の焼いもは余り多かりし　虚子
焼いもに天下を談ず書生かな　繞石
焼いもを買ひに隣の下女も来し　愚哉

の五つの例句が掲出されています。『新俳句』の中に「アイスクリーム」はありません。明治四十二年(一九〇九)六月刊の中谷無涯編『新修歳時記 夏之部』(俳書堂)には「アイスクリーム」が立項されていて、その詳しい製造法の解説のあとに、

一匙のアイスクリームや蘇る　　子規

の例句が掲出されています。この句、明治三十二年(一八九九)八月二十三日付高浜虚子宛の手紙に「アイスクリームは近日の好味、早速貪《むさぼ》り申候《まうし》」との言葉とともに記されている二句の中の一句です。虚子から届けられた「アイスクリーム」への御礼の気持を込めての二句です(この二句については、先に俳句の「挨拶」性のところでも触れましたね。私言うところの「褻《け》」の句です)。

一匕《ひとさじ》のアイスクリムや蘇る
持ち来るアイスクリムや簟《たかむしろ》

子規は、俳句では「アイスクリム」と表記しています。「簟」は、籐《とう》や竹で編んだ夏用の敷物です。明治三十二年(一八九九)は、病状が悪化しています。実際に「一匕のアイスクリム」で蘇るような気分を味わったのでありましょう。虚子の配慮があったとはいえ、

無黄以上に子規も「文明の新事物」に敏感であったことがわかりますね。すぐに俳句にしてしまうのですから。子規も、無黄の「新季語」の「拡張」論に異論はなかったのではないでしょうか。

子規の「新季語」への関心の高さを伝えるのは河東碧梧桐《へきごとう》であります。明治四十年（一九〇七）十月刊の『新俳句研究談』（大学館）の中の「新事物の諷詠」の章に述べられています。

碧梧桐は、まず、

> 写生を主とする上からいふと、時代の変遷に伴なふ新事物を詩材に捕へるといふことは更に疑を挟むべき問題ではない。吾々の平生見聞する多くの事物が直《ただ》ちに詩となつて現れる以上、単《ひと》り其《その》時代に始めて出来た新事物が詩材とならぬ理由はない。ただそれを詠ずる適不適又は長所短所はあるにしても、新事物を詩化することの出来ぬやうな技倆で果して詩人といふ事が出来るであらうか。

と述べています。碧梧桐も、また「詩材」としての「新事物」（無黄言うところの「文明の新事物」ということでありましょう）に対してすこぶる積極的な姿勢を示しているのであります。「新事物を詩化」し得てこその「詩人」だというのです。また「新事物を詩材に捕へる」ことは、子規の唱えた「写生」にもかなっているとの理解を示しています。それゆえ、当然、子規も「新事物」に対して積極的であったというわけです。そして、その一つとして、子規が「新事物」の中に「詩材」として発見し、作品化したものの一つ「夏帽」について次のように語っています。

　明治の新事物も沢山あるが中に、殆《ほとん》ど人の詩材として顧みなかつた「夏帽」を題に上《のぼ》したのは子規子であつた。時は明治二十九年の夏である。其《その》達腕に一度夏帽が救はれて以来、明治の新題といふことに著《(着)》目するものが多くなつて、夏の海水浴、冬の手袋、吾妻コート迄が詩題となるに至つたが、其《その》第一著《(着)》の標準を示したのは子規子の夏帽である。子規子の事業多きが中にも、一些事《さじ》のやうで忘るべからざるものは、この新題を捕へた点である。

先の無黄の評論「今日の俳諧」が発表されたのが明治二十九年(一八九六)十二月でしたが、碧梧桐によれば、「明治の新事物」に最初に関心を示したのは、子規であるというのです。「新事物」(具体的には「夏帽」ですが)を「詩材」とした最初の人物が子規であり、子規が先鞭《せんべん》をつけたことによって、「明治の新事物」に着目(「著目」)する者が多くなったというのです。無黄も、その中の一人であるというわけでありましょう。

「夏帽」については、実は、子規自身が明治二十九年(一八九六)八月二十四日付の新聞「日本」に掲載のエッセイ「松蘿玉液《しょうらぎょくえき》」の中で次のように語っているのです。

新題をものするも一興ならんと独り筆を取りて夏帽十句を試みたる中に、

夏帽の白きをかぶり八字髯《ひげ》

夏帽の人見送るや蜑《あま》が子等

潮あびる裸の上の藁帽子

夏帽の対《つい》なるをかぶり二三人

夏帽子人帰省すべきでたちかな

夏帽の古きをもつて漢方医

夏帽も取りあへぬ辞誼《じぎ》の車上かな

もとよりつまらぬが多かれど、これこそは古来誰一人詠まざりし新題なれば、陳套《ちんたう》を脱せしこと自《みづか》ら保証しても可なるべし。呵々。(傍点筆者)

子規も、みずからが「夏帽」という「新事物」を「詩材」として作句する最初の俳人であることを自覚していたのであります。それゆえ、それだけでもはや「陳套」(陳腐)に陥る心配はないというのです。この点については、碧梧桐も、先の評論の別の箇所で「新事物の材料には古人がない。例句がない。吾《われ》始めて其《その》趣味を発見するのである、吾《われ》始めてそを美化するのである。一方に無趣味に終る患《うれ》ひはあるにしても、陳腐に陥る累《わづら》ひはない」と述べています。

ところで、子規は、「詩材」としての「明治の新事物」を「新題」と言っています。碧梧桐も子規に倣《なら》っています。「竪題」「横題」に対しての明治の「新題」ということでありましょう。そこで、私は、「竪題」を「竪題季語」、「横題」を「横題季語」と呼んだ関係で、この「新題」を「新季語」と呼ぶことを皆さんに提唱したいのであります。「新題季語」でもいいのですが、もう少し短く「新季語」と呼んでみようというわけです。いかがでしょうか。

この「新季語」なる用語の提案はともかくとしまして、ここまで季語についてお話ししてきましたなかで、皆さんが一つだけ気になっていることがあるのではないかと思うのです。それは、一句の中に季語が二つ入っている作品が時々あったが、それは許容されるのか、ということではないかと思います。気になりますよね。今見たばかりの、

潮あびる裸の上の藁帽子

もそうですよね。「藁帽子」は、子規発見の「夏帽」のバリエーションとしての「新季語」であるとして(碧梧桐は「夏帽子」「藁帽」「麦藁帽子」等を「夏帽」に準じるとしていま

す)、「潮あび」や「裸」も夏の季語のような気がしますね。熱心な方は歳時記で確かめられたのではないですか。どうですか。ありましたか。皆さんが繙《ひもと》かれた歳時記の規模にもよるのですが、今日のごく一般的な歳時記には、「潮あび」(「潮浴」。「海水浴」の関連季語として)も「裸」も採録されていますので、皆さんもきっと確認し得たと思います。となると、子規の〈潮あびる〉の句には、季語が三つも入っていることになりますね。ただし、この句の場合、ちょっと注意する必要があります。「潮あび」も「裸」も、子規の時代には、季語としてはまだ認定されていなかったのです。認定される直前といってもよいかもしれません。明治四十一年(一九〇八)十二月刊の今井柏浦編『俳諧例句新撰歳事記』には、「汐浴《しほあび》」も「裸」も採録されていて、それぞれ、

汐を浴びて底鳴る耳や蟬の声　　波空
斧振つて肉《シシムラ》動く裸かな　　癖三酔

の例句が挙げられています。微妙なのです。その微妙さを承知して〈潮あびる〉句中の季語を数えますと、やはり三つということになります。ちなみに渡辺波空は碧梧桐門の、岡本癖三酔《へきさんすい》は子規門の俳人です。もう一つ、

持ち来るアイスクリムや簟《たかむしろ》

の子規句はどうでしょうか。「簟莚《たかむしろ》」は、すでに紹巴《じょうは》の『連歌至宝抄』に見え、「水草、浮草などを紋に織りたる莚にて候。涼しく見えんため敷申《しきまうし》候」との説明が記されています。正真正銘、夏(「末の夏」)の季語(「竪題季語」)であります。それゆえ、一句の中には「アイスクリム」と「簟」の二つの季語が入っているというわけです。

このように一句の中に季語が二つ以上入っている場合を、「季重なり」といいましたね。これは芭蕉の時代から問題になっていました。『去来抄』〈同門評〉に次の一条があります。

風国曰《いはく》「彦根のほ句、一句に季節を二つ入《いる》る手曲有《てくせあり》。尤《もつとも》難ずべし」。去来曰「一句に季節二三有《ふたつみつあり》とも難なかるべし。もとより好む事にもあらず」。許六曰「一句に季節を二つ用ゆる事、初心の成《なり》がたき事也《なり》。季と季のかよふ処《ところ》あり」。去来曰「一句に同季を二用《ふたつもちふ》る事は、功者、初心によるべからず。されど、許六の季と季のかよふ処《ところ》に習《ならひ》ありといへるは、予がいまだしらざる事也」。

「彦根」とは、許六を中心とする彦根地方の俳人のグループのことです。すでに名前の出ている孟遠《もうえん》も、そのメンバーの一人です。風国《ふうこく》は、去来と親しい蕉門の俳人です。その風国が、彦根グループの人々が一句に「季節」――季語のことですね、その季語を二つ入れる傾向があるのを批難しているのです。それに対して、去来は、積極的に肯定すべきことではないが、二つ入っても、三つ入ってもいいではないかと言っています。芭蕉には、「季重なり」の句、多いのですよ。いくつか挙げてみましょうか。

一家に遊女も寝たり萩と月
秋すずし手毎にむけや瓜茄子《なすび》
うぐひすの笠おとしたる椿哉《かな》
牛部屋に蚊の声闇《くら》き残暑哉《かな》
秋風や桐に動いてつたの霜

まだまだいくらもありますが、とりあえずこの五句で見ておきましょう。〈一家に〉には、「萩」(秋)、「月」(秋)、〈秋すずし〉には、「秋」(秋)、「すずし」(夏)、「瓜」(夏)、「茄子」(夏)、〈うぐひすの〉には、「うぐひす」(春)、「椿」(春)、〈牛部屋に〉には、「蚊」(夏)、「残暑」(秋)、〈秋風や〉には、「秋風」(秋)、「桐」(秋)、「つた」(秋)、「霜」(冬)、といった具合です。びっくりされたでしょう。許六は、「季重なり」は「功者」すなわちベテランの作者に限ると言っていますが、去来は、「初心」者でも「功者」でも関係ないと言っています。前にも申し上げましたが、私は、一句に季語は一つ、と考えたほうがよいと思います。その理由は、これからお話しします。許六の言う「季と季のかよふ処」とは、「取合せ《とりあわ》」のことを言っているのだと思いますが、これは第五講でお話しします。

そこで、私が今申し上げました、一句に季語は一つということですが、このことは、私が言ったのではなく、子規の年長の門人の内藤鳴雪が言っているのです。そして、私も鳴雪の考えでよいと思います。鳴雪の見解が見えますのは、明治三十六年(一九〇三)十二月発行の『俳句独習』(大学館)です。「四季の題」の章に見えます(鳴雪は、季語のことを「四季の題」と言っています。子規は「四季の題目」でしたね)。

俳題に就《つ》いて尚《な》ほ一言を要するのは、二重題或《あ》るひは三重題とか言つて同季の景物を二ツ以上一句中に入れるといふ事である。月並宗匠などは多く此《こ》の二重三重の題を嫌つて、斯様《かやう》な事は普通作句上に禁物だとしてゐる。

と書きはじめています。ここでは、「季重なり」のことを「二重題」「三重題」と言っていますね。ところが、同じ鳴雪が、明治四十二年(一九〇九)三月刊の『俳句作法』(博文館)の中では「季重なりのこと」の章を設けて論じているのです。「季重なり」なる言葉、少なくとも明治四十二年には生まれていたのですね。それはさておき、「季重なり」をやかましく禁止したのは「月並宗匠」だというのです。鳴雪は、決して「季重なり」を否定していません。「情致《じゃうち》(風情、情緒)が統一すればよい場合には尚《な》ほ更《さ》ら二、三を以つて趣を表すのも亦《ま》た却つて妙であらう」と柔軟な姿勢を示しています。しかし、「季重なり」の危険性もきちんと説明しています。「初心者」に対してのアドバイスです。

> 同季の景物二、三を入れると、其《そ》の各個の景物に各個別様の感じがある為め、其《そ》の感じの集まる所が二、三に分かれて、為《た》めに一句中に数個の中心点を生じて、一句中に現したる思想の統一を欠くといふ患《わづらひ》があるから、其《そ》の統一を容易ならしめ、中心点を二、三に散在せしめないといふ必要から斯《か》く嫌つたわけであらう。（傍点筆者）

と、「月並宗匠」の見解を、大変好意的に忖度《そんたく》していますが、これは、「季重なり」に対する鳴雪の基本的な考えの披瀝《ひれき》と見てよいでありましょう。先に触れました「季重なりのこと」の中でも「季《き》一《ひと》つにして作ることは易《やす》く、重ねて作ることは難いものであるから（中略）先《ま》づ試《こころ》みぬ方《はう》がよからう」と述べています。そして、私も、鳴雪のこの考えにまったく賛成です。季語は「竪題季語」に限らず、「横題季語」でも「新季語」でも、それぞれのイメージを内包しているインパクトの強い言葉ですので、一句の中に二つ、三つ入っていますと、焦点が暈《ぼ》けてしまうのです。そうなりますと、作者の感動が的確に読者に伝わらないということになります。

時代の産物である季語は、今日でも生まれたり、消えたりしているのですよ。現代俳句協会という大きな俳句の団体が編みました『現代俳句歳時記』(現代俳句協会、平成十一年六月)には、夏の季語として「サーフィン」が採録されていて、

サーフィンの踊り出《い》でたる波間かな　堀内紗知
ウィンドサーフィンと云う光をなぞるもの　山田哲男
サーフィンの浜にレイ編《あ》む皺深く　吉岡靖子

が例句として挙げられています。〈サーフィンの浜に〉の句、いいですね。ハワイでしょうか。若者たちがサーフィンに夢中になっている浜で、老婆が「レイ」を編んでいる光景ですね。人間そのものの営みへの洞察が見事だと思いませんか。

残り時間が少なくなってしまいましたね。お話ししたいことが沢山あるので、ついつい長くなってしまいます。今回の実作課題ですが、「竪題季語」で作ってみて下さい。五句は無理でも、できるだけ作ってみて下さい。まだ二十分以上ありますので、なんとか頑張って下さい。誰ですか、「竪題季語」って何だったっけ、などと言っている人は。

第五講　俳句作りのコツ

作品の講評

今回は、まず、プリントを配布します。前回提出していただいた作品用紙の「質問・意見欄」に、何人かの皆さんが、「竪題季語」「横題季語」「新季語」の区別についてはよくわかったが、具体的にどの季語が「竪題季語」で、どの季語が「横題季語」「新季語」かがよくわからない、との意見を寄せて下さっていました。皆さんの中の何人かの方は、歳時記を持って授業に臨まれていますね。大いに結構です。私のところに、どの歳時記がいいのかと、直接相談に来られた方もいました。私は、歳時記の命は例句の質にあると思っていますので、評価の定まった俳人の作品が数多く収められている歳時記をお薦めすることにしています。皆さん、前にもお話ししましたが、英語やドイツ語やフランス語の授業を受ける時には、必ず辞書を用意しますよね。俳句を作る上での歳時記は、ちょうど語学の授業の辞書のようなものですので、コーヒー代を倹約してでも、是非用意して下さい。

ハンディーなもので結構です。ただし、今日の歳時記、季寄せ類は、まだ「竪題季語」「横題季語」「新季語」の区別が記されていません。そこで、当面、多少は皆さんのお役に立つのではないかと作りましたのが、皆さんに今、お配りしましたプリント「主要季語一覧」です(本書巻末に掲出)。私が選んだ基本季語五百を四季別に分類し、「竪題季語」「横題季語」「新季語」の区別をしてあります。五百季語は、皆さんに馴染みの深いものであるということを考慮して選定しました。いずれも皆さんの生活に密接にかかわりのある季語だと思います。この「主要季語一覧」と歳時記とを併用していただければ、かなり作品が作りやすくなるのではないでしょうか。皆さん、複雑な顔をしていますね。これは便利だという顔と、もっとはやく渡してくれればよかったのにといった気持が入り交じったような顔です。

さて、皆さんの「竪題季語」の句の講評をする前に、少しだけ前回の講義の補足をしておきます。皆さん、覚えていますか。正岡子規が、自分の俳号の由来となった夏の鳥「時鳥《ほととぎす》」(子規)に対して、「陳腐」な作品に繋《つな》がる季語ということで、あまりいい印象を持っていなかったようである、ということをお話ししましたね。「時鳥」は、「かしましき程《ほど》鳴き候へども、希《マレ》にきき、珍しく鳴《なき》、待《まち》かぬるやうに詠《よ》みならはし候」(『連歌至宝抄』)との内容を「本意」とする「竪題季語」ですので、俳人たちがこの「本意」にがんじがらめになってしまい、同じような作品を量産することになっていた状況への反撥だったわけです。ただ、皆さんが誤解して、子規が「本意」に対してまったく否定的であった、というように理解されるとちょっと困りますので、補足しておきたいのです。子規は、「本意」による美の固定化は嫌っていましたが(作品の「陳腐」化傾向を促しますからね)、季語の内包する美的イメージに対しては、俳句という文芸に不可欠なもの、という考え方をしていたのです。子規は、その著、明治三十二年(一八九九)一月刊の『俳諧大要』の中で「四季の題目を見れば、即《すなは》ち其《その》時候の連想を起す可《べ》し」「連想ありて始めて十七字の天地に無限の趣味を生ず」と明言しているのです。「四季の題目」とは、季語のことでしたね。季語は「時候の連想を起す」というのです。「時候の連想」とは、「本意」であり、美的イメージであります。子規もまた季語に纏《まつ》わる「本意」や美的イメージが、作品に対してプラス、マイナス両面の作用をする両刃《もろは》の刃《やいば》であることを十分に認識していたのだと思います。子規は、「時鳥」のエピソードにも窺《うかが》えたように、「本意」や美的イメージ(子規の言葉で言えば「連想」)が固定化した時の危険性を十分に知悉《ちしつ》していたということなのです。それゆえ、子規においての「連想」は、「本意」のように「かくあるべし」(ゾルレン)との「連想」ではなく、「ありのまま」(ザイン)の、ごくごく自然の「連想」ということであったように思われます(もっとも自然の「連想」も、人々の共通認識を必要としますので、やがては固定化し、「本意」化の道を辿《たど》ることになるのですが)。子規は、具体例として、連歌の時代にはっきりと認定されたところの「竪題季語」である「蝶」について、左のように述べています。

> 蝶といへば、翩々《へんぺん》たる小羽虫《せううちゆう》の飛び去り、飛び来る一個の小景を現はすのみならず、春暖漸《やうや》く催《もよほ》し、草木僅《わづ》かに萌芽を放ち、菜黄麦緑《さいくわうばくりよく》の間に三々五々士女《しぢよ》の嬉遊《きいう》するが如き光景をも連想せしむるものなり。

子規は、俳句における季語としての「蝶」が、単に「四枚の大きな羽でひらひらと昼間飛ぶ昆虫」(『新明解国語辞典』)ではないことを強調しています。「蝶」という言葉を耳にしただけで、人々は、黄色の菜の花畑、緑色の麦畑、そしてそれらの春の景色を見て、楽しみ遊びながらそぞろ歩く男女が「連想」しうるというのです。皆さんもそうではないですか。ですから、子規もまた季語の内包する美的イメージの、俳句にとっての重要性ということに対しては、人一倍関心を持っていたのだと思います。ただ、矛盾するようですが、「本意」のように美的イメージが固定化してしまい、俳人たちがそれに振り回されるのはいやだったのでしょうね。

そんなわけで、子規の俳句において季語の占める位置は、「連想」とのかかわりで大変大きかったのです。ここのところ、誤解しないで下さいね。子規は「四季の連想を解せざる者は、終《つひ》に俳句を解せざる者なり」とまで言っているのです。ですから無季の句(雑《ぞう》の句)に対しても、当然否定的です。「雑の句は、四季の連想無きを以て其《その》意味浅薄にして吟誦に堪《た》へざる者多し」との見解を示しています。

ここで、ほんの少しだけ「無季の句」(雑の句)についてお話ししておきましょう。紹巴《じょうは》は大変厳しく、その著『連歌至宝抄』の中で「四季の外《ほか》、雑《ゾウ》の発句と申《まうす》事は無二御座《ござなく》一候。俳諧も同前」と述べています。この紹巴の見解に対して、芭蕉は疑義を呈しています。『去来抄』〈故実〉に芭蕉の言葉「発句も四季のみならず、恋・旅・名所・離別等、無季の句ありたきもの也《なり》。されど、如何《いか》なる故ありて四季のみとは定め置《おか》れけん。其《その》事をしらざれば、暫《しばら》く黙止《もだし》侍る」が見えます。今日、無季俳句を積極的に推進しようとしている人々にとっては、まさに金科玉条のごとき言葉です。紹巴が「雑の発句と申事は無二御座一候」と言ったのに対して、芭蕉は「如何なる故ありて四季のみとは定め置れけん」と、真っ向から対決する姿勢を示しています。ただし、その理由を明らかにし得なかったようですね。皆さんは、おわかりですね。連歌の発句において、句中に季語を入れたのは、「当意即妙」性、すなわち即興性の証《あかし》だったのですね。その発句が、たしかにその場で作られたことを証明するものが季語だったのですよね。覚えていますか。芭蕉は、そのことを明らかにし得なかったこともあるのでしょうが、発句に必ず季語を入れることに対して、何か釈然としないものを感じていたのだと思います。「切字」に対してもそうでしたが、芭蕉は柔軟ですね。「無季の句」があってもいいではないかとの考えを示しているのです。でも、こここで注意していただきたいのは、芭蕉が唱えた「無季の句」には条件がついているということなのです。「恋・旅・名所・離別等、無季の句ありたきもの也」と言っているのです(去来の『旅寝論』では、芭蕉の言葉が「神祇《じんぎ》・釈教《しやくけう》・賀《が》・哀傷・無常・述懐・離別・恋・旅・名所等の句は無季の格有度《ありたき》物なり」となっています)。無条件で無季俳句がいいと言っているのではないのです。「恋」にしても「旅」にしても「名所」にしても「離別」にしても、あるいは『旅寝論』に見えるその他の「神祇」「釈教」「賀」「哀傷」「無常」「述懐」等にしても、テーマ性がはっきりしていますね。テーマ性がはっきりしているということは、目的もはっきりしているというわけです。作者の意図を的確に相手(読者)に伝える必要があるのです。そんな作品においては、「本意」や美的イメージ、あるいは「連想」を内包している季語を用いることは、時に的確な伝達性を阻害することになりかねません。そこで芭蕉は、それらの作品に限っては「無季の句ありたきもの也」と言ったのだと思います。決して、無季俳句を無条件で奨励しているのではないと思います。ですから、子規の「雑の句は、四季の連想無きを以て其意味浅薄にして吟誦に堪へざる者多し」との言葉と、芭蕉の「恋・旅・名所・離別等、無季の句ありたきもの也」との言葉との距離は、そんなに遠いものではない、ということなのかもしれません。芭蕉の言葉は、今まで、必要以上に無季俳句に引き寄せたところで理解されていたように思われます。一方、子規も無季俳句が絶対にいけないと言っているのではありません。明治三十四年(一九〇二年十二月刊の『俳句問答 上』では、左のように述べています。

雑の句は、古来作例甚だ少く、一向《いつかう》に面白しと思ふ者無し。たまたまに面白しと思ふものは表面に季無くとも、自《おのづか》ら季を含みたる者なり。即《すなは》ち其《その》句を吟じて自《おのづか》ら夏とか秋とか感ぜらるる句なり。故に雑の句なる者は、価値甚だ低し。然《しか》れども雑の句の出来たる場合には、其《それ》を捨つるにも及ばざるべし。（傍点筆者）

子規は「表面に季無くとも、自ら季を含みたる」句の存在に言及していますが、このことは、はやく『去来抄』〈故実〉においても「詞《ことば》に季なしといへども、一句に季と見る所有《あり》て、或《あるい》は歳旦とも名月とも定《さだま》るあり」と見えるところであります。季語がなくても、季節感のある句、ということでありましょう。右のような見解を示している子規ですので、当然のことながら無季俳句にもきちんと目配りをしています。その成果である子規の偉業『俳句分類』中の「雑」の部に掲出されている芭蕉の「雑の句」を見てみましょうか。

歩行《かち》ならば杖つき坂を落馬哉《かな》
清滝や波に散込《ちりこむ》青松葉
かたられぬゆどのにぬらす袂《たもと》かな

あさよさを誰《たれ》まつしまぞ片ごころ
月花もなくて酒のむひとり哉《かな》
世にふるもさらに宗祇のやどり哉《かな》

この六句が掲出されています。子規の判断によって「雑の句」(無季俳句)とされたものです。先の芭蕉自身の分類によれば〈歩行ならば〉〈清滝や〉が「旅」、〈かたられぬ〉〈あさよさを〉が「恋」、〈月花も〉〈世にふるも〉が「述懐」ということになりましょうか。この中で〈清滝や〉の句は、無季の句でありながら、夏の季節感のある作品、子規の言葉で言えば「自ら季を含みたる」句と言えるのではないでしょうか。京の清滝川の激流に散り込む青松葉が、清冽《せいれつ》さを演出しているように思われませんか。いい句ですね。元禄七年(一六九四)、芭蕉が五十一歳の時の作品です。〈かたられぬ〉については、「湯殿詣」が季語で、夏の句とする説がありますが(『桜川』)、ポピュラリティーの点で「雑の句」と見たほうがよいように思えます。『おくのほそ道』所収句で、湯殿山にての句です。〈月花も〉の句、「月」は秋、「花」は春ですが、「月花」となりますと「雑」になります。〈世にふるも〉の句は、連歌師宗祇《そうぎ》の〈よにふるもさらに時雨《しぐれ》の宿りかな〉を踏まえての作品ですので、一句からは、当然「時雨」がイメージされることになります。子規ではありませんが、〈清滝や〉といい、〈世にふるも〉といい、「季を含みたる」作品は「面白」いですね。しかし、子規は、最終的には「雑の句なる者は、価値甚だ低し」との判断をしています。子規が、それだけ俳句における季語の「連想」を重視していたということでありましょう。ただし、「雑の句の出来たる場合には、其を捨つるにも及ばざるべし」とも言っていますね。皆さんも作品を作って、もし季語が入っていなくても、ポイと捨ててしまわないことです。「無季の句」(雑の句)でも、作品としてすぐれているものは少なくありません(もちろん、多くはありませんが)。現代俳句について見てみましょう。

しんしんと肺碧《あを》きまで海のたび　篠原鳳作
木馬《もくば》木馬われにやさしき母ありたり　安住　敦
かもめ来よ天金の書をひらくたび　三橋敏雄
遺品あり岩波文庫「阿部一族」　鈴木六林男《むりお》
銀行員等《ら》朝より蛍光す烏賊《いか》のごとく　金子兜太《とうた》

いずれも無季俳句として評価の定まった作品ですが、迫力がありますね。芭蕉が言っているところの「恋」「旅」「名所」「離別」等の範疇《はんちゅう》を越えたところで、このような無季俳句の佳句が作られていることは、認識しておいて下さい。

少しだけ補足するつもりがすっかり長くなってしまいました。早速、皆さんの「竪題季語」作品をいくつか見てみたいと思います。「無季の句」(雑の句)のことはひとまず忘れて下さいね。ひとつ作ってやろう、季語がなければ簡単だ、などと思ってはいけませんよ。子規が言っているように「無季の句」(雑の句)の佳句などめったに生まれないのですから。皆さんは、五・七・五の十七音(文字)に「切れ」(切字)を一つ入れること、季語を一つ入れることを心がけて下さい。

さあ、少し急ぎましょう。

ザクザクと枯野を歩く悲しさと

経営学部のM・M君の作品です。質問者が、このM・M君であったかどうかはっきりしませんが、芭蕉に〈旅に病《やん》で夢は枯野をかけ廻《めぐ》る〉という句の「枯野」は「竪題季語」ですか、との質問がありました。そこで、私は、その通りとお答えして、連歌師宗祇の、

なごりなき枯野はゆめの千種《ちぐさ》かな　　宗祇

という『大発句帳《だいほっくちょう》』所収の作品を紹介しました。皆さんの大部分は、俳句作りに夢中になっていたので、耳に入らなかったかもしれませんね。一句の意味は、秋には多くの草花の咲き乱れていた「花野《はなの》」(秋の「竪題季語」です)ではあったが、今は、そのことが夢であったかのように冬枯れの野となっている——が、私には美しい「花野」を幻の中に見るこ

とができる、というのでありましょう。芭蕉の「夢は枯野を」の措辞《そじ》に影響を与えているように思われます。宗祇句は「枯野」に「花野」の美を幻視しているのですが、芭蕉句は「枯野」そのものに美を見出しているのですね。この「枯野」の「本意」ですが、「本意」を記して詳しい、芭蕉とほぼ同時代の歌人有賀長伯《あるがちょうはく》の『初学和歌式』を繙《ひもと》いてみますと、「あはれあさからず、そぞろさむき体《てい》」と見えます。これは、今日、私たちが「枯野」という言葉からイメージするところのものと、そんなに違っていないと思います。——ということで、M・M君の作品ですが、私の評価はA、注意事項Xはありません。「悲しさと」というストレートな感情表現語が使われていますが、この句の場合は、この表現で一句が面白くなっていますので、これでいいと思います(一般的には、感情表現語は避けて下さいね。前にもお話ししましたように作者みずからが答を出してしまう表現ですので、一句から余意、余情が消えてしまうのです。俳句は名詞、名詞で、あくまでも名詞にこだわって表現することです)。一句の「切れ」は、〈ザクザクと枯野を歩く◇悲しさと〉となります。「ザクザクと枯野を歩く」の部分が、私が言うところの「首部」、「悲しさと」が「飛躍切部」です。悲しみの中を、悲しみに耐えて「枯野」を歩くことをうまく表現しましたね。「ザクザクと」の擬声語も効果的です。

「枯野」には、ほかに、

野良猫の声だけ響く枯野哉《かな》

という句もありました。理学部のS・Iさんの作品です。切字「かな」が的確に使われていますね、しかも漢字表記ですから、かえってレトロな感じがして面白いですね。「枯野」は「冬がれてさびしき景気《けいき》(景色)」(有賀長伯『浜のまさご』)です。そこに「野良猫の声」を配したのです。どこからか「声」だけが聞こえてきたのでしょうね。「声だけ響く」の表現が一句に力を与えています。この句もA、そして注意事項Xはありません。

蟬時雨《せみしぐれ》この世に独りと想《おも》う時

経営学部のR・K君の作品です。評価はB(ちょっと厳しいかもしれませんが)、そして注意事項はX4、すなわち「観念的」です。「蟬」は確かに「竪題季語」です。長伯は『初学和歌式』に「せみの声は、あつきやうにもよみ、涼しきやうにもよめり」と記しています。芭蕉の〈閑《しづか》さや岩にしみ入《いる》蟬の声〉の句などを想起しますと、「涼しきやうにもよめり」との「本意」が納得されますね。私がR・K君の作品をBとしたのは、ひとえに、あまりにも観念的であると思われたからです。「この世に独りと想う時」は、R・K君の実感かもしれませんが、やはり観念的であることは否めません。そして観念的であればあるほど、読者に「陳腐」との印象を与えてしまいます。「切れ」は〈蟬時雨◇この世に独りと想う時〉となります。「蟬時雨」に対して、ややミスマッチと思える「この世に独りと想う時」との内面世界をぶつけたところには、R・K君のセンスのよさが窺《うかが》えますが、私には、やはり観念臭が気になりましたので、評価はBに止《とど》まりました。「蟬」には、ほかに、

主無き空蟬揺れる祖父の部屋

との句がありました。理学部のK・K君の作品です。「主」は「あるじ」と訓《よ》むのでしょうね。「空蟬」は「うつせみ」と訓みます。蟬の脱《ぬ》け殻《がら》のことです。「主無き空蟬」の表現がやや問題ですね。おそらく作者の「祖父」が散歩の途中ででも見つけて、持って帰り、棚の上か、本箱の上にでも置いておいたものでしょう。長伯の『初学和歌式』には「うつせみの世といふは、せみのぬけがらに世中《よのなか》をたとへたり」と記されています。「空蟬の世」とは、はかない世ということです。一句は、亡くなってしまった祖父の「部屋」で、祖父の遺品ともいうべき「空蟬」だけが風に「揺れ」ているというのでしょう。「主無き」は「主亡き」にしたいところですが、「空蟬」に掛かりますのでこのままにしておきましょう。評価はA、注意事項はX8「表現」です。上五文字の「主無き」の表現を、もう少し工夫してみましょうか。「空蟬揺れる祖父の部屋」は、具体的でいいと思います。私なら〈主の無き空蟬揺れる祖父の部屋〉とします。「主」は「持主《もちぬし》」の意です。どうです、大分すっきりしましたでしょ。「切れ」は〈主無き(主の無き)空蟬揺れる◇祖父の部屋〉となります。

もう一句紹介しておきましょう。子規が嫌った「時鳥《ほととぎす》」(郭公)に挑戦した作品です。

郭公《ほととぎす》ビニール傘さす帰り道

経営学部のR・M君の句です。評価はA、注意事項Xはありません。ありそうでない、ユニークな作品世界なのです。この句を知ったら、芭蕉も子規もびっくりするでしょうね。要は、「帰り道」に「郭公」を聞いた、というだけの内容なのですが、「ビニール傘さす」の中七文字が素晴しいのです。ただの「傘」ではいけません。安物の「ビニール傘」だから面白いのです。「ビニール傘」によって現代という時代が活写されています。これからお話しする「取合せ《とりあわ》」の句の範疇にも入ります。「郭公」の「雅」と「ビニール傘」の「俗」との「取合せ」です。「竪題季語」中の「竪題季語」である「郭公」が、R・M君によって見事に現代に蘇《よみがえ》ったのです。皆さんには、「横題季語」や「新季語」による句作りのほうが興味があるかもしれませんが、時には和歌以来の「竪題季語」に挑戦して、R・M君のような「新しみ」のある作品を作ってみて下さい。

俳句作りのコツ

今、私は、R・M君の作品を「取合せ」という言葉を使って説明しましたが、もし、俳句上達の近道があるとすれば、作句の方法としての「取合せ」をマスターすることだと思います。「取合せ」によって、作品が締まり、活《い》き活《い》きしてくるのです。

もちろん、すでにお話ししましたように、俳句を作る上で一番大切なのは、間違いなく皆さんの「感動」ですよ。芭蕉の門人去来が、越中(富山県)井波《いなみ》の瑞泉寺《ずいせんじ》の住職浪化《ろうか》(この人も芭蕉の門人です)に送った手紙(元禄七年五月十三日付)の中に左の一節があります。

拙意を以て仕立《したて》候句ども、ただ虚談のみにて、終《つひ》に人を感動いたさせ候句にいたり候事は無二御座《ござなく》一候。

「拙意」は、この場合は「私意」のことでありましょう。すなわち、自分の頭の中の主観的な考えです。観念によって作り上げた句は、作りものの俳句だから、読者を感動させることはできない、と言っているのですね。芭蕉グループの人々が求めていたのが「感動」の俳句であることが確認できると思います。子規が『俳句問答 上』の中で、自分の目指す「新俳句」(「新派俳句」)と「月並俳句」を比較して「我は直接に感情に訴へんと欲し、彼は往々《わうわう》智識に訴へんと欲す」と述べているのも同じですね。頭の中で考えて作る「智識」の俳句を否定して、「感情」の俳句を目指しているというのですが、この場合の「感情」は、「感動」と同意でありましょう。というわけで、俳句という文芸にとって一番大切なのが、作者の「感動」であることは、言うまでもありません。「見るに有《あり》、聞《きく》に有《あり》、作者感《かんず》るや句と成《な》る所は、即《すなはち》俳諧の誠也《なり》」（『三冊子《さんぞうし》』）であります。皆さんの周りにある様々な自然の風物に、あるいは四季の生活の事象に「感る」ことが、俳句作りの第一歩なのです。それは間違いありません。「感る」とは、「感動」することです。漫然と日々を過すのではなく、小さな小さな出来事に「感動」して下さい。「感動」しうる心を養って下さい。子規は、俳句を「簡単なる思想」（『俳諧大要』）を表す文芸であると言っています。皆さんも、これまでの実作で、五・七・五の十七音（文字）で「簡単なる思想」を表現することの素晴しさを、ある程度実感し得ていることと思います。

しかし、そうは言っても、むずかしいんだよな、「感動」を五・七・五の十七音（文字）にまとめるのは、というのが、皆さんの本音かと思います。本当にそうですよね。私自身もそうですから、よくわかります。四苦八苦しているのです。皆さんと同じです。楽しいことは楽しいのですが、大変ですよね。「感動」したとしても、それを五・七・五の十七音（文字）で表現するのは、並大抵のことではありませんね。

そのことは、毎年の「全国高校生俳句大賞」の審査をしていても、よくわかります。高校生諸君も「感動」の形象化に苦心しています。平成十四年には、全国百八十一の高等学校より一万一千九百九十八通、三万五千九百九十四句の応募がありましたが、それらの作品に目を通していて、気がついたことが一つありました。それは、指導をされておられる先生方のちょっとしたアドバイスで、俳句がぐんと上手になるということです。それがこれからお話ししようと思っている「取合せ」の方法です。たった十七音(文字)しかありませんので、いくら「感動」したからといって、その「感動」をむやみやたらに詰め込もうとしても、なかなかうまくいくものではありません。応募して下さった大部分の高校生諸君は、何の手掛りもないまま、「感動」を十七音(文字)に押し込めようと格闘していることがよくわかります。十七音と季語と「切字」「切れ」(「切字」「切れ」の指導をきちんと受けている高校生がどれぐらいの割合でいるのかは、はっきりしませんが)を念頭に置いての格闘かと思います。そんな中で、審査委員(金子兜太《とうた》、川崎展宏《てんこう》、宇多喜代子、大串章の諸氏に私)をびっくりさせてくれるような作品も生まれるのではありますが(皆さんにも、すでにいくつかの作品を御紹介しましたね)、方法としての「取合せ」を知っていたら、もっともっと沢山の面白い作品が生まれていたように思います。「感動」が大切なことは言うまでもありませんが、その「感動」を的確に読者に伝えるには、一つのきわめて有効な方法があるということなのです。そう、それが「取合せ」なのです。

沖縄県の高等学校の国語教諭で、三浦加代子先生という方がいらっしゃいます。昨年まては、開邦高校で教鞭をとっておられましたが、今年から泊《とまり》高校で教えておられます。先生は生徒に、俳句は「取合せ」によって面白さを獲得しうるのだということを、きちんと指導しておられるように思われるのです。先生が俳句の指導をされておられた開邦高校は、昨年、今年と続けて団体優秀賞を受賞しています。そして、それらの作品には「取合せ」の作品が多いのです。高校生諸君が「取合せ」効果をしっかりと理解、認識しているのだと思います。すなわち「取合せ」によって、俳句が一段と面白くなるということを、です。具体的な作品を少し紹介してみましょうか。『17音の青春2002』(NHK出版)を繙《ひもと》いてみることにします。

沖縄忌ゆがんで走る白チョーク　池原真由美
七夕や床にころがる電話帳　伊地那津子
台風や玄関に置く金魚鉢　石野梨奈
うりずんやミットが乾いた音をだす　祖根克弥

いずれも開邦高校生の作品です。もちろん開邦高校生の作品がすべて「取合せ」によって作られているのではありませんよ。

プリントの端破りたる夏期講座　鹿川　信

などは「取合せ」の作品ではありませんが、素晴しい作品です。しかし、先の四句、面白いと思いませんか。信君の〈プリントの〉のような作品は、ここまでにまとめるのにかなり苦心したと思います。そして開邦高校の皆さんの作品も、ほとんどがこの種の作品なのです。ここまですっきりとまとめられると、見事な俳句作品になるのですが、なかなかこうはいきませんよね。どうしても表現がモタモタしてしまい、作者が思っているほどには「感動」が読者に伝わらないのです。皆さんの作品のなかでD評価を受けた作品は、おそらくそんな作品だと思います。それに対して「取合せ」による句作りは、そのコツを飲み込めば、佳句の誕生につながる可能性がすこぶる高いということなのです。

詩人の西脇順三郎は、俳句における「一見遠いものが連結されている」魅力、「二つの相反するものの融合」の実態を指摘しましたが(『芭蕉・シェイクスピア・エリオット』恒文社、平成元年五月)、「取合せ」とは、まさにそのようなものです。右の開邦高校生諸君の作品を見てみましょうか。真由美さんの〈沖縄忌〉における「沖縄忌」と「白チョーク」、那津子さんの〈七夕や〉における「七夕」と「電話帳」、梨奈さんの〈台風や〉における「台風」と「金魚鉢」、克弥君の〈うりずんや〉(「うりずん」は、沖縄の方言で、初夏の曇の日々ということです。季節は「うりずん」から「若夏」へと移ります)における「うりずん」と「ミット」、これらは、直接には相互に関係のないものです。ところが、作者の「感動」によって、二つのものは、作者の中で必然性を持つものとして把握されるのです。そして、そのことは作品解釈のヒントとして十七音(文字)の中に示されます(このヒントを俳論用語では「とりはやし」といいますが、あとで説明します)。そのヒントをそれぞれの作品に見ていきますならば、〈沖縄忌〉における「ゆがんで走る」、〈七夕や〉における「床にころがる」、〈台風や〉における「玄関に置く」、〈うりずんや〉における「乾いた音をだす」ということになります。これらのヒント(表現)によって、関係のなかった二つのものは「融合」し、読者に迫ってくるのです。そして、読者は、作者の「感動」を理解することになります。真由美さんの作品は歪んで伝えられている「沖縄忌」に対する憤りを詠んでいるのです。那津子さんの作品は、恋の悩みを伝えたいのでしょうね。梨奈さんの作品は、大切な「金魚」への愛情を詠んだのだと思います。克弥君の作品は、クラブ活動への熱い思いを詠んだものでしょう。四人の高校生の青春が伝わってきますね。私にも、遠く過ぎ去った青春の日々が、これらの作品を通して蘇《よみがえ》ってきますので、若い皆さんにはなおのこと共感を覚える作品ではないかと思います。

私の身近な人にも「取合せ」の俳句に夢中になっている方がいます。そして、めきめき上達しています。「取合せ」の効果に気がついたのでしょうね。E・Nさんという五十代のエレクトーンの先生です。

短日や塩味のする粉薬
白菊や絵付師の手に灸の跡
十薬や渡り廊下のスニーカー

こんな作品です。高校生諸君の作品に目を通されたばかりの皆さんには、大人の作品だな、との感想が聞かれそうですが、「取合せ」の効果は、理解していただけると思います。一句一句の説明は省略します。三句目の「十薬《じゅうやく》」は、蕺菜《どくだみ》のことで、夏の「横題季語」です。この三句はいいとしまして、同じ作者の、

羽抜け鳥ぱちんと閉じるコンパクト

の句はどうでしょうか。「羽抜け鳥」は、夏の「竪題季語」です。「羽抜け鳥」と「コンパクト」の「取合せ」の句であることはわかりますね。この「二つの相反するもの」を「ぱちんと閉じる」のヒント(表現)で「融合」させて、作者の「感動」(この句の場合、「感情」といったほうがいいかもしれません)を読者に伝えようとしているのでしょうが、ちょっと無理がありますね。おそらく作者は、「羽抜け鳥」に対する不快感を表現したかったのでしょうが、この表現では弱いのではないでしょうか。「取合せ」は、大変効果的な作句方法であり、皆さんにも是非マスターしていただきたいのですが、一つ間違えれば、独りよがりの作品になってしまいますので、十分注意して下さい。

「取合せ」とは何か

いきなり具体的な作品から入りましたので、皆さんの中には、やや戸惑っている方もおありかもしれません。そこで、「取合せ」とは何なのかを、俳論資料に即してお話ししてみたいと思います。

高浜虚子は、大正十四年(一九二五)の「ホトトギス」十月号に掲載の評論「客観写生も主観の領域」の中で、「技巧といふと兎《と》に角《かく》皮相の事として貶《けな》したがる傾きがあるが、私は技巧を除いて其処《そのところ》に詩があるかと問ひ度《た》くなるのである」との衝撃的な発言をしています。あの「花鳥諷詠」を唱えた虚子が「技巧を除いて其処に詩があるか」と言っているのですから、驚きですよね。でも、皆さんがいつも悩むのは、「感動」をどのようにして五・七・五の十七音(文字)で表現するかということだと思います。そこにおいては、「技巧」は絶対に無視し得ないのです。そして、俳句における必須の「技巧」が「取合せ」というわけです。

この俳句における「取合せ」の「技巧」に最初に気づいたのは、芭蕉でありました。談《だん》林《りん》俳諧(芭蕉以前の俳諧)でも「取合せ」が問題になっていますが、俳句(発句)の「技巧」として明確に意識したのは、芭蕉です。許六《きょりく》の著した俳論書『宇陀法師《うだのほうし》』の中に芭蕉の言葉「惣別《そうべつ》(総じて)、発句は取合《とりあはせ》物と知るべし」が見えます。芭蕉は、本当に偉大ですね。

この芭蕉発見の「技巧」である「取合せ」に強い関心を示したのが許六でした。機会あるごとにいろいろなところで「取合せ」について論じています。「取合せ」は、「かけ合せ」(「懸合」「掛合せ」)とも呼ばれています。同じ意味です。許六がしばしば述べるところの「取合せ」論の中で、皆さんがスッと納得できるのは、元禄十一年(一六九八)成立の『俳諧問答』中の「自得発明弁《じとくはつめいべん》」という部門の冒頭の一節でありましょう。俳論といいますと、皆さんすぐにめんどくさいことが書かれているのではないかと思われるでしょうが、皆さんが挑戦している俳句にストレートに結びつくと思われますので、注目して下さい。役に立つ「技巧」論です。少し長い引用になりますが、途中で投げ出さずにゆっくりと文意を辿《たど》ってみて下さい。意外に面白い内容なのですから。

師ノ云《いはく》「発句案《あんず》る事、諸門弟、題号の中より案じ出《いだ》す、是《これ》なきもの也《なり》。余所《よそ》より尋来《たづねきた》れば、扨々《さてさて》沢山成《なる》事也」といへり。予が云「我《われ》『あら野』『さるみの』にて此《この》事見出《いだ》したり。予が案じ様《やう》は、たとへば題を箱に入《いれ》、其《その》箱の上ニ上《のぼり》て、箱をふまへ立《たち》あがつて、乾坤《けんこん》を尋《たづね》る」といへり。師の云「これ也。されば社《こそ》、

寒菊の隣もありやいけ大根《だいこ》

といふ句は出《いづ》る也」といへり。予が発明ニ云、題号の中より尋《たづね》て、新敷《あたらしき》事なきはしれ

たり。万一残りたるもの、たまたま一ッあり共《とも》、隣家の人、同日ニ同じ題を案ずる時、同じ曲輪《くるわ》を案じ侍れば、ひしと其《その》残りたる物ニさがしあて（つ）べし。道筋同じ所なれば、尋来《たづねきた》ル事うたがひなし。まして遠国《をんごく》遠里の人、我《わ》がしらぬ中《うち》ニいくばくか仕出《しいだ》し侍らん。曲輪《くるわ》を飛出《とびいで》案じたらんニは、子は親の案じ所と違ひ、親は子の作意と各別成《なる》物也。師ノ云《いは》ク「発句は畢竟取合《ひつきやうとりあはせ》物とおもひ侍るべし。二ッ取合《とりあはせ》て、よくとりはやすを上手と云也《いふなり》」といへり。

どうですか。想像していたよりもわかりやすいのではないかと思います。最初にむずかしい言葉について解決しておきましょう。「題号」は、ここでは「題」と同じ意味で使われています。「季題」（季語）のことです。『あら野』は、芭蕉の門人荷兮《かけい》が編んだ俳諧撰集《はいかいせんじゆう》で、芭蕉七部集の第三番目、元禄二年（一六八九）の刊行。『さるみの』（『猿蓑』）は、去来・凡兆の編で、芭蕉七部集の第五番目の俳諧撰集、元禄四年（一六九一）に刊行されています。「曲輪」は、俳諧の言葉で、「季題」から演繹《えんえき》される発想の範囲の内側のことです。「とりはやす」もむずかしいですね。「取合せ」をより効果的にするための言葉遣い（言葉の選択）のことです。「題号」にしても、「曲輪」にしても、「とりはやす」にしても、俳諧独自の意味で使われている言葉で、俳論用語といわれるものです。皆さんには、右の一節を理解する上で、当面どうしても必要な知識なのですが、あまり神経質にならなくても結構です。忘れてしまったならば忘れてしまったで、気にすることはありません。

右の一節では、もっと大切なことをしっかりと理解して下さい。それは、「発句」は「取合せ」物だということです。そして、「俳句」もまた、「取合せ」だということです。皆さんは、すでに実際の作品によって、そのことを確認してきているわけですけれども、これからは、芭蕉や許六の言葉によって、そのことを論理的に理解しようというわけです。

まず、芭蕉の言葉が紹介されています。「発句案る事、諸門弟、題号の中より案じ出す、是なきもの也。余所より尋来れば、扨々沢山成事也」です。これが「取合せ」の考えです。「題号」は、先に解説しましたように「季題」「季語」ということでいいと思います。これも許六の俳論書である宝永三年(一七〇六)成立の『俳諧雅楽抄』という本の中に「発句案《あん》様《じやう》は、或《あるひは》題花、題月と、何にても其《その》題にて是《これ》を案ずる時、先其《まづその》題はのけて置《おい》て、其《その》題の心なる、物縁のあるものを、我《わが》こころのうちより捜し出し、探りあたる物を、かの題と一ツに取合せて、継目《つなぎめ》を幽玄《いうげん》の手爾於葉《てにおは》、切字を以《もつて》、理屈なきよふ(ママ)に句作る事なり」と見えるからです。「幽玄」などというむずかしい言葉が見えますが、気にしないで下さい。「幽玄の手爾於葉《てにおは》(名詞、用言以外の言葉。助詞、助動詞)」と言っていますので、美しい響き(韻律)のことを言っているのでありましょう。その部分はさておいて、「取合せ」が「題花」「題月」を例として語られていますので、許六においても「題号」は、「季題」「季語」ということで理解されていたと思います。芭蕉は、句作りをするに当って、「題号の中」(季題、季語に密着した範囲)で考えるから「なきもの也」と言っています。「なきもの也」とは、「新しみ」のある句を作ることができないということを言っているのでしょう。「余所より尋来れば」(季題、季語からすぐに連想されるところを離れて、意想外のところから関係のあるものを持ってきたならば)、「新しみ」のある句が沢山できるというのです。わかりますか。許六の『俳諧雅楽抄』も、芭蕉のこの言葉を祖述したものであることがわかりますね。許六は「題の心」と「物縁のあるもの」を「我こころのうち」から「捜し出」す、と言っていますね。つまり、季題、季語とまったく無関係なものを「取合せ」てもだめなので、作者の感性(「我こころ」)が二つの関係を発見しなければならないというのです。面白くなってきましたね。皆さん、何か閃《ひらめ》きませんか。どうやったら「新しみ」のある句、すなわちオリジナリティーのある句が作れるか、ということです。一つ具体例を挙げてみましょうか。

芭蕉の句に、

鶯や餅《もち》に糞《ふん》する縁のさき

という句があります。元禄五年(一六九二)、芭蕉が四十九歳の時の作品です。この句について、許六の門人孟遠《もうえん》が、先にも触れたことのある『秘蘊集《ひうんしゅう》』の中で、大変興味深い指摘をしています。芭蕉の一句中の「鶯」は「竪題季語」でしたね。長伯《ちょうはく》の『初学和歌式』(この本、覚えていますか)には、「鶯」の「本意」が「いくたびも鳴音《なくね》のどかなる心相応也《なり》」

と記されています。春の鳥の代表である「鶯」の「鳴音」は、何回聞いても、聞く者をして「のどか」な気分に誘《いざな》ってくれるというのですね。人々は、ひたすら「鶯」が鳴く日を待ちこがれ、その声を聞くことによって本格的な春の到来を確信したのです。「餅」は、今日では冬の季語ですが(「鏡餅」となると新年の季語です)、芭蕉の時代には季語ではありません。

そこで孟遠の見解です。まず、

大方《おほかた》、世上の鶯の句は、啼《な》く事をいろいろにいひかへ、題賞翫とのみいひ立《たて》て、少しも新らしき所をしらず。

と指摘します。『古今和歌集』の貫之《つらゆき》の序文に「花に鳴く鶯」と記されて以来、長伯がその「鳴音」ののどかさが「本意」であると明らかにしていたように、芭蕉登場以前の俳諧(発句)は、ひたすら「本意」の範疇《はんちゅう》で作られていたので、「新しみ」のある作品はないというのです。そして、

昔より、俳諧ばかりも数万句、此《この》鳥の題にていたす事なれば、もはや噂《うはさ》は尽ぬべし。翁、四海《しかい》に独歩して、一風を起さるるに、噂を句作りては、全く古し。さるによつて、

理屈、噂をはなれ、懸合《かけあはせ》、一種の建立なり。

と説明しています。ここで孟遠が「噂」と言っているのが、先の芭蕉が言っていた「題号の中」のことですね。「本意」とのかかわりにおける句作りです。俳諧の世界だけでも数万句は詠まれているわけですから(決してオーバーな数字ではないと思いますよ)、いやでも「陳腐」な作品になってしまうのです。アンソロジー『詞林金玉集《しりんきんぎょくしゅう》』を繙《ひもと》きますと、

鶯や梅にたぐへば鳥の兄　　元好
鶯や梅とは花鳥ふうふかな　　政直
鶯と梅とは比翼連理かな　　一井
鶯やげに木の母の懐子《ふところご》　　重直
鶯の歌もや梅の花麗体　　友之
梅や先《まづ》鶯のよむ歌の題　　維舟
鶯は梅のつぼみや歌袋　　貞徳

等々、「花(梅の花)に鳴く鶯」の句がずらりと並んでいます。これでは「新しみ」など、とても望めませんね。「噂」「題号の中」での句作りで「新しみ」のある作品を作ることは、

芭蕉といえども不可能な状況だったのです。そこで芭蕉が考えついたのが「懸合」(「掛合せ」「かけ合せ」)という方法だったというのです。「取合せ」ですね。孟遠は「翁、四海(日本国中)に独歩して、一風を起さる」と言っていますが、この「取合せ」は、俳風というよりも、作句方法、「技巧」と解すべきだと思います(師の許六も「案じ様」と言っていましたね)。だからこそ、皆さんにも参考になるというわけです。それでは、芭蕉の〈鶯や〉の句の「懸合」(「取合せ」)の構造は、どのようになっているのでしょうか。孟遠は、

餅に糞するの句は、もちに鶯と懸合《かけあは》せたるものなり。梅に鶯は、古き懸合《かけあはせ》なり。此《この》餅こそ新しけれ。全体はいかいなり。

と説明しています。「鶯」に「梅」も「取合せ」ではあるのですが、「本意」の範疇、「題号の中」での「取合せ」で、右の『詞林金玉集』の例でもおわかりいただけるように、多くの俳人が一様に「鶯」に「梅」を「取合せ」ての句を作っているのです。ところが「鶯」に「餅」の句など、ないのですね。これは、芭蕉が「余所より尋来」ったものだからです。そのことによって、芭蕉は「鶯」に纏《まつ》わる「鳴音《なくね》」や「梅」の桎梏《しっこく》から解放され、「新しみ」のある句、オリジナリティーのある句を獲得し得たのです。

そこで、許六の「自得発明弁」の説に戻りましょう。許六は「案じ様」、すなわち作句

方法である「取合せ」を、「題を箱に入、其箱の上ニ上て、箱をふまへ立あがつて、乾坤を尋る」と説明しています。これです。まずは、季語の桎梏から解放されることです。「題号の中」で、ああでもない、こうでもないとやっていても、必ず同じような句になってしまうのです。「同じ曲輪」の中で句作りをしていたのでは、限りがあるということです。そこで「曲輪」を飛び出して発想せよ、と許六は言うのです。皆さんも、無意識にやっていたかもしれませんよ。これからは、作句方法として意識的にやってみて下さい。まず季語を箱の中に入れるのです。これで季語へのこだわりから解放されます。そして、その箱の上に登って、箱の上に立つのです。この動作は、季語を意識するということです。何でもかんでも「取合せ」ればいいということではないのですよ。そんなことをしたら、読者には、まったく理解できないような作品になってしまいますからね。

もう一度、許六の『俳諧雅楽抄』の言葉「先其題はのけて置て、其題の心なる、物縁のあるものを、我こころのうちより捜し出し、探りあたる物を、かの題と一ツに取合せて、継目を幽玄の手爾於葉、切字を以、理屈なきよふに句作る事なり」を思い出して下さい。「取合せ」で発揮されるのは、皆さんの「感性」(「我こころ」)なのです。皆さんの「感性」が季語と「物縁のあるもの」を見出すのですね。「物縁のあるもの」は、必ずや「乾坤」(天地)の間に存在するのです。それが、すなわち「取合せ」が見つかった場合には、感動するでしょうね。自分で自分の「感性」にほれぼれして、快哉《かいさい》を叫ぶことになると思いますよ。「ヤッター」というわけです。「取合せ」を発見したら、その二つの関係(二つの関係は、離れていればいるほど面白いのです。西脇順三郎の言う「二つの相反するもの」ですね)を、読者に理解しうるように提示しなければなりません。そうです「とりはやす」のです(許六は「自得発明弁」の別の箇所で、芭蕉の〈木隠《こがくれ》て茶つみも聞《きく》や時鳥《ほととぎす》〉の句に対して、この句は「時鳥」と「茶つみ」の「取合せ」の句であり、「木隠て」によって「とりはやし」ていると説明しています)。

以上の許六の「取合せ」論を、先の芭蕉句〈鶯や餅に糞する縁のさき〉で確認してみましょうか。季語は「鶯」ですね。しかし、この「鶯」にこだわり過ぎると、和歌以来の「陳腐」な発想の句しか出来ません。そこで「鶯」を一度、箱の中に入れてしまうのです。そして、その箱の上に立って、どこかでかすかに「鶯」を意識しつつ、「鶯」と接点のある物を探すのです。そうやって見つけたのが「餅」というわけです。「鶯」と「餅」の関係、今まで誰も句に詠んだことのない「取合せ」です。そこで二つの関係を「とりはや」して、読者に作者の感動を伝えなければなりません。それが「糞する縁のさき」なる措辞《そじ》というわけです。どうです、「取合せ」ということ、おわかりいただけたのではないですか。ちなみに、土芳《どほう》は『三冊子《さんぞうし》』〈白雙紙〉で、この句に対して「見るに有《あり》、聞《きく》に有《あり》。作者感《かんず》るや句と成《な》る所、即《すなはち》俳諧の誠也《なり》」と述べています。あくまでも感動の所産というわけです。「取合せ」は、作句方法、「技巧」の問題ですが、その根幹に作者の感動があることは言うまでもありません。二つの関係の「取合せ」を頭の中でこねくり回すのではなく、「乾坤」の間をしっかりと観察することによって、二つの関係を発見することが要請されていることはもちろんです。

芭蕉は、右に見てきた許六の「箱」の方法を「これ也」と認め、「されば社、〈寒菊の隣もありやいけ大根〉といふ句は出る也」と称讃しています。許六の〈寒菊の〉の句は、芭蕉御墨付きの「取合せ」の句ということなのです。ちょうど、去来の〈花守《はなもり》や白きかしらをつき合せ〉の句が「さび」の美を形象化している作品として、芭蕉から「さび色よくあらわ《(は)》れ悦《よろこび》候」(『去来抄』〈修行〉)と誉められたような、そんな作品ということです。許六は、うれしかったでしょうね。許六の代表句の一つと言ってよいでしょう。先にもちらっと御紹介しましたが、「自得発明弁」には、左の一条があります。

　木《こ》がくれて茶つみもきくやほととぎす

是《これ》、時鳥に茶つみ、季と季のとり合《あはせ》といへ共《ども》、「木がくれて」トとりはやし給ふゆへ《(ゑ)》に、名句になれり。

許六の〈寒菊の〉の句は、この芭蕉の〈木がくれて〉の句と同じ構造の句と言えます。芭蕉句の場合には「竪題季語」である「ほととぎす」と「横題季語」である「茶つみ」の「取合せ」の作品でしたが、許六句の場合は、「寒菊」も「いけ大根」も「横題季語」です(普通の「菊」は、秋の「竪題季語」)。「いけ大根」は「生大根」で、畑から引き抜いた大根を地中に埋めて、折にふれて食用にしたものです。今日でもやりますね。――でも、同じ「横題季語」同士でも、「寒菊」には、「菊」同様、やはり「雅」のイメージが強いですね。そして「いけ大根」は「俗」。普通、「寒菊」と「いけ大根」を結びつけて詠もうなどとは思いませんね。でも、許六の感性は、「寒菊」と「いけ大根」の関係を発見して感動しているのです。一句は、元禄五年(一六九二)の冬に、許六が深川の芭蕉庵を訪問した時の作品です。芭蕉は四十九歳、許六は三十七歳です。許六が芭蕉に入門したのは同年の八月九日のことですので、入門直後の句ということになります。芭蕉にとっても、許六にとっても思い出に残る作品であったことでしょう。

そこでこの句を、芭蕉が賛同した許六の「箱」の方法によって考えてみましょう。冬の芭蕉庵で許六がまず心動かされたのは「寒菊」であります。『詞林金玉集』を繙いてみますと、

寒菊をうへし上にや霜覆ひ　玄賀
寒菊の淵を瀬となす霜夜哉　正弥
寒菊や霜の袴の紋どころ　雨車

などと、「寒菊」の「寒」から発想しての、「寒菊」と「霜」を詠んだ句が目に入ってきます。「寒菊」の桎梏から解放されていませんね。許六は、こんな作品は作りたくなかったのでしょう。そこで「寒菊」をひとまず箱の中に入れます。これで「寒菊」のイメージから解放されます。そのあとで、その箱の上にのぼって、意識下で「寒菊」を思いつつ「乾坤」の間を探してみます。そしたら、あったのですね。「いけ大根」が首の部分をのぞかせて。片や「雅」、片や「俗」ですが、その二つのものが小さな庭に無造作に共存しているところが、いかにも芭蕉の生活ぶりを象徴しているように、許六には思われたのではないでしょうか。寓目《ぐうもく》したことによっての「取合せ」の発見ですから、「とりはやす」ことには、さほどエネルギーを消耗しなかったのではないでしょうか。「隣もありや」は、スッと出てきた言葉だったと思います。ということで、「雅」「俗」兼備の芭蕉の生活ぶりを讃美しての「取合せ」の挨拶句、

寒菊の隣もありやいけ大根

が誕生したのでありましょう。入門後間もない許六の、芭蕉の生活ぶりに対する憧れが叙景を通して読者に伝わってきますね。

「取合せ」ということ、大分はっきりされたのではないでしょうか。皆さんの中には、

目から鱗《うろこ》が落ちたような思いの方もいらっしゃるのではないでしょうか。「取合せ」が理解できると、五・七・五の十七音(文字)で、何とか自分の気持を一気に表現しようと格闘していたのが信じられないくらいに面白い作品が次から次へと生まれてくると思いますよ。先に見た開邦高校の生徒諸君やE・Nさんなど、おそらく、そんな気分になっているのではないでしょうか。

俳句革新者正岡子規も、この「取合せ」をしっかりと視野の中に入れています。そのことが窺《うかが》えるのが先にも触れた明治三十二年(一八九九)一月に出版されている『俳諧大要』です。その中で、子規は、私たちが今見てきた許六の『俳諧問答』中の「自得発明弁」にも触れています。子規は、間違いなく許六の「取合せ」論を読んで、関心を示しているのです。子規が見事なまでに「取合せ」を理解していたことを窺うには、左の一節に目を通すだけで十分でしょう。

時鳥《ほととぎす》鳴くや蓴菜《ぬなは》の薄加減　暁台《けうたい》

蓴菜は、俗にいふじゆんさいにして、此処《このところ》にてはぬなは、と読む。薄加減はじゆん菜の料理のことにして、塩の利《き》かぬ様にする事ならん。さて、時鳥と蓴菜との関係は如何《いかが》と云《いふ》に、関係と云程《いふほど》のもの無く、只《ただ》時候の取り合せと見て可なり。必ずしも蓴菜を喰ひ居る時に時鳥の啼き過ぎたる者とするにも及ばず。只《ただ》蓴菜の薄加減に出来し時と、時鳥のなく時と略々《ほぼ》同じ時候なるを以て此《この》二物により此《この》時候を現はしたるなり。しかも二物とも夏にして、時鳥の音《ね》の清らなる、蓴菜の味の澹泊なる処《ところ》、能《よ》く夏の始の清涼なる候《こう》を想像せしむるに足る。此等《これら》の句は、取り合せの巧拙によりて略々《ほぼ》其《その》句の品格を定む。（傍点筆者）

暁台《きょうたい》は、享保十七年（一七三二）に生まれ、寛政四年（一七九二）、六十一歳で没している蕪村と同時代の俳人です。子規は、暁台の一句を「時鳥」と「蓴菜」の「取合せ」の句と見ています。「時鳥」は「竪題季語」。「蓴菜」は、『万葉集』や『古今和歌集』にも見える食用とする植物ですが、多用されるようになったのは俳諧であり、夏の「横題季語」と見てよいでありましょう。「雅」と「俗」の「取合せ」ということになります。子規は、この二つの物に「関係と云程のもの」がないと言っています。だから面白いのですね。「蓴菜を喰ひ居る時に時鳥の啼き過ぎた」ということではないのです。その関係のない二つの物が、暁台の感性によって結びつけられたのです。二つの間の接点は、子規が指摘しているように「時鳥の音の清らなる、蓴菜の味の澹泊なる処、能く夏の始の清涼なる候を想像せしむるに足る」ということでありましょう。「時鳥」と「蓴菜」――「季と季のとり合」ですね。そして「薄加減」で「とりはやし」ているのです。皆さんは、ここで、許六の「箱」の方法で、暁台の〈時鳥〉の句の「取合せ」を確認してみて下さい。

「雅」「俗」の「取合せ」

土芳《どほう》の『三冊子《さんぞうし》』〈赤雙紙〉に、

高く心を悟《さと》りて俗に帰るべし、との教也《なり》。つねに風雅の誠を責《せめ》悟りて、今なすところの俳諧にかへるべし、と云《いへ》る也。

との一節があります。皆さん、ちょっとびっくりされるのではありませんか。芭蕉が「俗」を奨励しているのですから、当然です。もちろん、その前段階として「高く心を悟る」ることや、「風雅の誠を責悟」ることが要請されてはいるのですが、最終的には「俗に帰るべし」「今なすところの俳諧にかへるべし」と言っているのです。この「俗に帰るべし」と「今なすところの俳諧にかへるべし」とを重ねると、「俳諧」イコール「俗」という図式が浮び上ってきますね。皆さんにも、このことをしっかりと認識していただきたいのです。俳句のルーツである俳諧は、「俗」文芸、庶民詩として誕生したということなのです。そして、芭蕉も、そのことをしっかりと意識しつつ作句していたのです。〈鶯や餅《もち》に糞《ふん》する縁のさき〉の句でも〈木《こ》がくれて茶つみもきくやほととぎす〉の句でも、庶民感覚に溢《あふ》れていますよね。今見た暁台の句〈時鳥《ほととぎす》鳴くや蓴菜《ぬなは》の薄加減〉にしてもそうですね。少しも気取ったところがありません。それでいながら、子規言うところの「品格」は保持されているのです。ですから親しみやすいのですね。——そうです。「取合せ」の作句方法は、芭蕉が理想とした「高く心を悟りて俗に帰る」句作り、「つねに風雅の誠を責悟りて、今なすところの俳諧にかへる」句作りには、ぴったりなのです。

「取合せ」の作句方法を力説した許六は、元禄十一年(一六九八)刊の『篇突《へんつき》』という本の中で左のように述べています。

秋のくれ肥たる男通りけり　　尚白奴　与三

此《この》句、さして秀《ひいで》たるにはあらね共《ども》、誹諧《はいかい》の国をよくしれり。惣別《そうべつ》、歌の国、詩の国、誹諧の国ありて、道具は異《こと》なれ共《ども》、相当の位《くらゐ》はかはらず。浦の苫《とま》やの夕間ぐれ、真木たつ山の秋の暮と、淋しからぬ事を淋しきとはよめり。是《これ》皆歌の国の道具也《なり》。又、肥たる男とさびしからぬものニ、秋のくれのあはれをむすびて淋しがらするは誹諧の国の道具にて、相当の位は少《すこし》もかはらず。

ここで許六が言う「歌の国」(「詩の国」)が「雅」であり、「誹諧の国」が「俗」ということになります。許六は、『新古今和歌集』中の二つの和歌を紹介しています。一つは、定家の〈見わたせば花も紅葉もなかりけり浦の苫屋《とまや》の秋の夕暮〉の歌で、もう一つは、寂蓮法師の〈寂しさはその色としもなかりけり槙《まき》立つ山の秋の夕暮〉の歌です。許六は、この二つの歌を、それぞれ定家、寂蓮法師が発見した「さびしさ」の世界と理解しているのです。「浦の苫やの夕間ぐれ」も「真木たつ山の秋の暮」も、客観的な存在としては、単なる実景であり、「淋しからぬ事」であったのです。が、定家や寂蓮法師の感性は、それらの客観的な存在を「淋しき」ものと把握し、歌語(「歌の国の道具」)によって一首に形象化していった、というのであります。ですから「歌の国」の作品ということになります。対する与《よ》三《ぞう》の作品〈秋のくれ肥たる男通りけり〉はどうでしょうか。「秋のくれ」なる言葉は、定家や寂蓮法師の歌に代表される沢山の歌群によって、すっかり「あはれ」(「寂しさ」)のイメージが定着したかたちで俳諧に手渡された、歌語としての季語であります。それをいかにして俳諧化、すなわち「俗」化させるかです。そこで、許六は、芭蕉の門人で大津の町医者尚白《しょうはく》の下僕(「奴」)である与三なる人物の、

　秋のくれ肥たる男通りけり

の句を紹介しています。そして「此句、さして秀たるにはあらね共、誹諧の国をよくしれり」と評しています。作者与三は、俳諧が「俗」文芸であることをよく理解しているということでありましょう。一句は「秋のくれ」(許六は「秋の暮《くれ》を暮秋と心得たる作者多し。

秋の暮は、古来、秋の夕間暮《ゆふまぐれ》と云事《いふ》にて、中秋の部には入《いれ》たり」との理解を示しています)の「雅」に対して、「肥たる男」の「俗」を「取合せ」、「通りけり」なる言葉で「とりはやし」ているのですね。芭蕉と同時代の浮世草子作家西鶴《さいかく》は、人の世の悲喜劇を「哀《あは》れにも又をかし」(『世間胸算用』)と評していますが、一句は、そんな作品ですね。人が「あはれ」や「寂しさ」を感じるとされている「秋のくれ」に、一見、何の悩みもなさそうに見える(実際には沢山の悩みを抱えているのでしょうが)「肥たる男」の存在は、ただ歩いているだけで(「通りけり」)、不思議と、読者をして人の世の「淋しさ」を感じせしめますね。これぞ「誹諧の国」の特色がはっきりと窺《うかが》える作品ということでありましょう。この与三の句の例は極端ですが、「雅」「俗」を「取合せ」ることによって俳諧独特の思わぬ効果が生まれるのです。「意外性」の面白さと言ってもよいかもしれません。そして、そのことは、皆さんが作っておられる今日の俳句についても言えることですので、工夫してみて下さい。

「雅」「俗」の「取合せ」を、芭蕉の一句によって確認しておくことにしましょう。

手鼻かむをとさへ梅の盛哉《さかりかな》

元禄元年(一六八八)、芭蕉が四十五歳の時の作品です。この句に対して江戸時代の俳人杜哉《とさい》(寛保二年生、文化六年没。六十八歳)は、芭蕉俳句の注釈書『芭蕉翁発句集蒙引』(寛政十二年成立)の中で左のように述べています。

手鼻かむ音さへをかしとは、梅を称するの意也《なり》。雅俗の懸合《かけあはせ》、誠に俳諧《はいかい》といふべし。猶《なほ》、余寒のふぜいあり。

杜哉は、はっきりと「雅俗の懸合」と言っています。「懸合」(「かけ合」)なる言葉は、「取合せ」と同じ意味の俳論用語でしたね。言うまでもなく、「雅」が「梅」で、「俗」が「手鼻」です。「手鼻」は、皆さんのような若い世代には、わからないかもしれませんね。指先で鼻の片一方を塞いで、強い鼻息で鼻汁を外に飛ばして、鼻を擤《か》むことです。まあ、そんなに眉をひそめないで下さい。たしかに上品な行為ではありませんね。でも「俗」であることが納得できたでしょう。杜哉が「余寒のふぜい(風情)あり」と言っていますように、春浅く、寒いから、「手鼻」を擤む「をと」が、どこからか聞こえてきたということなのでしょう。そんな野卑な行為をする人でも、「梅」を愛《め》でる気持はあるのです。それを芭蕉は、ちょっと面白がっているのでしょう。「竪題季語」である「梅」の「本意」を、長伯《ちょうはく》の『初学和歌式』では「にほひを専《もはら》によめり」と説明しています。姿形ではなく、「にほひ」を愛でたのですね。ですから、鼻が詰まっていたのでは、せっかくの「梅の盛」も台無しですから、ついつい「手鼻かむ」という行為にでたのでしょう。そんな音を聞きながら、芭蕉は「梅の盛」を満喫しているのです。「手鼻」よし、「梅」よし、です。杜哉が言っているように「梅を称」している句に間違いありません。「竪題季語」を用いた場合、特に「雅」「俗」の「取合せ」が有効に働きます。「竪題季語」は、よく言えば「雅」ということなのですが、どうしても古色蒼然といった感じを読者に与えることは否めません。そこに「俗」なる物を「取合せ」ることによって、作品が活き活《い》き《い》としてくるのです。〈手鼻かむ〉の芭蕉句もそうですね。杜哉が「誠に俳諧といふべし」と言っているのは、このところを言っているのです。これは、今日の俳句においても、まったく同じですので、よく覚えておいて下さい。

最後に「取合せ」の句を作る場合の注意事項を言っておきます。決して二つの関係を説明してはいけないということです。「取合せ」た二つの関係を説明してしまったとたんに、一句は、面白くもなんともない「理屈」の句になってしまうのです。そのことを子規の門人の内藤鳴雪が丁寧に説明していますので、それを紹介して、今回の講義を終えたいと思います。明治三十六年(一九〇三)十二月に出版されている『俳句独習』という本の中に見えます。「事物の関係」という項です。

甲と乙との二ッの事物を句中に持来《もち》つて、甲乙二ツの間の関係を、或《あ》ひは涼しいとか、或は清いとか、淋しいとか、悲しいとか言つて、両者の関係を説明する者がある。其《そ》の清いとか、涼しいとか、淋しいとか、悲しいなりの感じは、既に甲乙を並べたのみで、別段に説明せずとも、大抵、常感のある人は、之《こ》れを想像し得るに係《かかは》らず、其の関係を説明し、其の感じを言ひ顕《あらは》すのは、全くの蛇《だ》足《そく》と言ふ可《べ》きである。然《しか》るに初心者は、往々《わうわう》にして、或《ある》ひは両者の関係や感じが表現せないかと心配して、得《え》て此《こ》の説明をしたがるものであるが、若《も》し其の甲乙にして撰び方《かた》が好適であるならば、其《その》間の関係は説明せずとも、之れを見る人は善《よ》く察して呉れるので、少しも心配に及ばないのみならず、却つて余韻を生ずる。

いいですね。「取合せ」のコツは、説明をしない、してはだめだということです。説明と「とりはやす」こととは違うこと、皆さんはおわかりですね。「とりはやす」って、何だっけ、と思った方は、今すぐ、前に戻って確認して下さい。俳句は、できるだけよけいなことを言わないところに醍醐味《だいごみ》がある文芸なのです。形容詞や副詞を可能な限り削《そ》ぎ落して、感動した事実そのものだけを五・七・五の十七音(文字)で表現するように努めて下さい。必ずや面白い俳句ができると思います。この講義も、あと一回でおしまいです。最終回は、作句の基礎である「写生」についてお話ししたいと思います。

今日は、時間にゆとりがありますので、ゆっくり作業をして下さい。今日の課題は、もうおわかりですね。「取合せ」の句を五句提出して下さい。家でノートに俳句を作って書いてきた皆さんは、その中から「取合せ」の作品だと思われるものを選んで、規定の用紙に写して下さい。面白い句を見せて下さいね。

第六講　「写生」を学ぶ

作品の講評

　いよいよ最後の講義です。また、前回の補足をしておきます。前回は作句方法としての「取合せ」についてお話ししました。俳句を作る上での役に立つ「技巧」です。「取合せ」ということを知っているかいないかで、上達に格段の開きがでてくると思います。芭蕉の句で言いますならば、

　鶯や餅《もち》に糞《ふん》する縁のさき
　木《こ》がくれて茶つみもきくやほととぎす
　手鼻かむをとさへ梅の盛哉《さかりかな》

といった作品が「取合せ」によって作られたものであることをお話ししましたね。

やまざとはまんざい遅し梅花《うめのはな》
鞍壺《くらつぼ》に小《こ》坊主《ばうず》乗るや大根《だいこ》引《ひき》
寒菊や粉《コ》糠《ヌカ》のかかる臼の端《はた》

等も「取合せ」の句です。「鶯」や「ほととぎす」(時鳥)や「梅」は「竪題季語」ですが、「大根引」や「寒菊」は「横題季語」です。これによって、「取合せ」の方法が、「竪題季語」のみならず「横題季語」においても有効であることがわかりますね。

潮あびる裸の上の藁帽子　子規
焼いもとしるく風呂敷に烟《けむり》立つ　子規

これも「取合せ」の句ですね。「藁帽子」(夏)や「焼いも」(冬)は、明治時代になって誕生、認定された「新季語」です。ですから、「新季語」の場合にも「取合せ」の方法は有効というわけです。一方、

びいと啼尻声《なくしりごゑ》悲し夜《よ》ルの鹿　芭蕉

白菊の目にたてて見る塵もなし　　芭蕉
手袋の左許《ばか》りになりにける　　子規

といった作品はどうでしょうか。「鹿」「菊」は「竪題季語」、「手袋」は「新季語」ですが、そのことはさておいて、この三句、いずれも「鹿」であり、「白菊」であり、「手袋」でありを詠んでいて、どう見ても「取合せ」の句ではありませんね。もちろん皆さんは先刻御承知でしょうが、このように、俳句がすべて「取合せ」によって作られているということではありません。念のために。この点については、去来の『去来抄』〈修行〉の記述が、「取合せ」をも含めて参考になると思います。

先師曰《いはく》「ホ《(発)》句は頭《かしら》よりすらすらと謂《いひ》くだし来《きた》るを上品《じやうぼん》とす」。洒堂《しやだう》曰「先師、ほ《(発)》句は汝が如く二つ三つ取《とり》集め、する物にあらず。こがねを打《うち》のべたる如く成《なる》べし、と也《なり》」。

先師曰「ほ《(発)》句は物を合《あは》すれば出来《しゆつたい》せり。其能《そのよく》取合するを上手といひ、悪敷《あしき》を下手といふ」。許六曰「ホ《(発)》句は取合せ物也。先師曰、是《これ》ほど仕よきことのあるを人はしらず、と也」。

去来曰「物を取合《とりあはせ》て作する時は、句多く、吟速《すみやか》也。初学の人、是《これ》を思ふべし。功成《なる》に及《およん》では、取合《とりあはす》、あわ《(は)》ざるの論にあらず」。

面白い内容ですね。芭蕉(「先師」)は、二人の門人洒堂と許六に対して、まったく別のことを言っています。洒堂の芭蕉入門は元禄二年(一六八九)、許六の芭蕉入門は元禄五年(一六九二)ですので、洒堂のほうが先輩格です。その洒堂に対して、芭蕉は「ほ句は汝が如く二つ三つ取集め、する物にあらず」と指導したと言うのです。「取合せ」による句作りに流れる傾向にあった洒堂に警告を発しているのでしょうね。「こがねを打のべたる如く作れと言うのです。これは、「頭よりすらすらと謂くだ」すということですね。これでわかりましたね。先の芭蕉の〈びいと啼《なく》〉や〈白菊の〉は、まさしく「頭よりすらすらと謂くだ」した作品です。子規の〈手袋の〉もそうです。第五講で見た許六の『俳諧問答』(「自得発明弁」)中の言葉で言えば「題号の中」での句作りです。「題号の中」での句作りでも、作り方一つで「陳腐」を免れることができるということです。一方、許六に対して「惣別《そうべつ》、発句は取合物《とりあはせ》と知るべし」(『宇陀法師《うだのほうし》』)との指導をしたことは、すでに第五講でお話ししましたね。右の『去来抄』では、さらに「是ほど仕よきことのあるを人はしらず」と言って、「取合せ」の句作りを大いに奨励していたことが窺《うかが》われますね。でも、皆さん、ちょっとびっくりされたのではありませんか。芭蕉が、発句(俳句)に対して、一方では「二つ三つ取集め、する物にあらず」と指導し、もう一方では「取合物と知るべし」と、まったく正反対の指導をしているわけですから。これに関しては、去来が『去来抄』〈修行〉の別のところで「先師(芭蕉)は、門人に教給《おしへ》ふに、或《あるい》は大《おほい》に替《かは》りたる事あり」と指摘し、「是《これ》は、作者の気姓《(性)》と口質《くちぐせ》に寄りて也《なり》」と説明しています。門人の資質と詠みぶりに対応しての指導ということです。芭蕉は、すぐれた俳人でありましたが、一方で大変すぐれた教育者でもあったということです。右においては、去来は、評論家的な立場をとっています。「取合せ」の句作りは、「初学の人」に向いているというのです。「功成に及では」――すなわちベテランの俳人ですね、そんな人々にあっては、「取合せ」の句作りであろうが、「こがねを打のべた」ような句作りであろうが、こだわる必要はないと言っています。私もその通りだと思います。皆さんは「初学の人」なのですから、どんどん「取合せ」による句作りを試みて下さい。俳句上達への早道であること、間違いないと思います。俳句の指導者は、初心の人々に対して、この「取合せ」の句作りをしっかりと教えるべきだと思います。二つの関係を説明することなく、句中で「二物」をぶつけてみる――これが「取合せ」です。

　それでは、皆さんの「取合せ」の作品を見てみることにしましょう。

パチンコの音と別れて年の暮

　理学部のS・W君の作品です。これでいいのです。面白い作品となっています。一句の「切れ」は、皆さんがさかんに用いる現代の「切字」ともいうべき「て」の部分にあります。〈パチンコの音と別れて／年の暮〉となりますね。季語は「年の暮」、これは「竪題季語」です。長伯の『初学和歌式』を繙《ひもと》きますと、「いたづらになすことなくて、ことしもくれぬることをなげ」くことが「本意」とあります。この「年の暮」と「パチンコ」が「取合せ」ですね。そして「音と別れて」で「とりはやし」ているのです。パチンコ屋の喧噪《けんそう》、すごいですね。チンジャラジャラという玉の音、そしてボリュームいっぱいに上げた音楽、そこで夢中になって孤独な遊技に耽《ふけ》ったのでしょう。みずからの射倖心《しゃこうしん》をあおりたてながら。そんな一時《ひととき》を過して外に出ると「年の暮」の街。いやでも、今年一年のいろいろなことが頭に浮かんでくるのでしょう。皆さんのちょっと怠惰な学生生活の一齣《ひとこま》が見事に形象化されています。評価はAで、注意事項Xは、ありません。こんな作品をどんどん作って下さい。

パソコンを離れてわかる秋の音

理学部のN・K君の作品です。「切れ」は〈パソコンを離れてわかる◇秋の音〉ですね。「パソコンを離れてわかる」の部分が「首部」、「秋の音」の部分が「飛躍切部」と見ると、一句の「切れ」の構造が明らかになると思います。この句の季語も、「秋」で「竪題季語」です。この「竪題季語」である「秋」(「秋の音」)と「パソコン」とを「取合せ」たのですね。そして「離れてわかる」で「とりはやし」ているのです。先のS・W君の「音と別れて」にしても、このN・K君の「離れてわかる」にしても、あくまでも「とりはやし」ているのであって、説明でないことは明らかでありましょう。こう見ますと、「とりはやす」言葉は、「取合せ」の「連結装置」と言ってもよいかもしれませんね。「パソコン」は、皆さんにとっては、もはや必需品ですね。一句は、「パソコン」で何かを検索していたのでしょうか、それともレポートでも作成していたのでしょうか。そんな作業を終えて、「パソコン」を離れてみると、改めて、いろいろな「秋の音」に気がついたというのですね。「秋の音」がやや抽象的ですが、この句の場合、「虫の声」などとやるよりも、かえって面白いと思います。この句も、評価はA、注意事項Xはありません。

終電に間に合わなくて月笑う

経営学部のT・S君の作品です。評価はC、注意事項は、X8「表現」です。「竪題季語」の「月」と「終電」を「取合せ」て、「間に合わなくて」で「とりはやし」ているのはいいのですが、「月笑う」の表現がいけません。「擬人化」は、一句を理屈っぽく説明的にしてしまう傾向があります。作者自身が答を出すことになってしまうからです。コメディアンが、自分の演技の「笑い」の部分を自分で笑うようなものです。それでは、見物人や読者は面白くもなんともないのです。俳句の場合、意味内容にかかわる多くの部分は、読者に委《ゆだ》ねてしまったほうが、作品としてはずっと面白いのです。「切れ」は〈終電に間に合わなくて／月笑う〉でいいのですから、〈終電に間に合わなくて／天に月〉とでもやったほうが、まだ多少面白いのではないでしょうか。

もう一句、これもあまりよくない例ですが、注目して下さい。「取合せ」の句、今まであまり意識してこなかったのでしょうね。ですから作りづらかったようです。この方法は面白い、使えそうだ、と意識し過ぎるのもいけないのかもしれません。でも、慣れると、先のS・W君やN・K君のような作品を作ることができますので、とにかく沢山作ってみて下さい。子規は、俳句上達の方法として「多ク作ルコト」を奨《すす》めています。

ランドセル一緒に光るライラック

経営学部のK・N君の作品。「ライラック」は、春の植物、リラの花です。見たことありますか。「新季語」です。その「ライラック」に「ランドセル」を「取合せ」たのですね。「ライラック」は四月頃に花が咲きますので、「ランドセル」は、小学一年生の「ランドセル」と見るのがいいでしょう。皆さんは、子規の門人内藤鳴雪が「甲乙を並べたのみで、別段に説明せずとも、大抵、常感のある人は、之《こ》れを想像し得る」と言っていたのを覚えていますか。「常感」は、鳴雪の造語のようであります。普通の人が持っている美的感受性ということでありましょう。二つの物の「取合せ」は、普通の美的感受性を持った読者ならば、説明されなくても理解できるというのであります。「ランドセル」と「ライラック」(可憐な花です)、こう並べただけで、普通の読者ならば、「二物」の関係を理解できるというわけです。それを、K・N君は、わざわざ「一緒に光る」と説明してしまっているのです。評価はB、注意事項はX_8です。X_8の「表現」の問題点については、今お話しした通りです。なぜT・S君の句がC評価で、K・N君の句がB評価かと言いますと、詩性の問題です。T・S君の句は、滑稽性が強過ぎます(滑稽性がダメだと言っているのではないですよ。滑稽な俳句、大いに結構です)。そのため、せっかくの叙情性が後退してしまっているのです。

今回は、紹介した作品がいつもよりやや少なかったですが、これで切り上げて、本日のテーマである「写生」についてお話しすることにします。

正岡子規と「写生」

このことは高等学校の国語の授業で習ったのではないかと思いますが、俳句において「写生」ということを一番最初に唱えたのは、明治時代の俳人正岡子規です。なぜ子規が「写生」ということを唱えたかと言いますと、子規が登場するまでの間に量産されていた「月並《つきなみ》俳句」を打破するためです。

この講義の最終回に、なぜ私が「写生」についてお話しするかというように、「写生」こそが俳句の基礎の基礎だからであります。「取合せ」は、あくまでも作句方法、「技巧」の問題でしたが、「写生」は、基礎訓練であります。芭蕉の言葉とされているものに「格《かく》に入《いり》て、格を出《いで》ざる時は狭《せま》く、又格に入《いら》ざる時は邪路《じゃろ》にはしる。格に入《いり》、格を出《いで》てはじめて自在を得《う》べし」（「祖翁口訣《そおうくけつ》」）というのがありますが、「写生」は、まさしく「格に入」るための訓練です。この訓練をしないで、無季俳句を作ってみたり、五・七・五の十七音（文字）を外れた俳句（自由律の俳句）を作ってみたりするならば、たちまちにして独りよがりの、「邪路にはし」った俳句になってしまいます。子規の高弟河東碧梧桐《へきごとう》に〈夜も鳴く蟬の灯《ひ》あかりの地に落ちるころ〉という句がありますが、碧梧桐は、いやというほど「写生」の基礎訓練を積んでいるのです。俳句における「写生」は、絵画におけるデッサン、音楽におけるコールユーブンゲンのようなものです。デッサンやコールユーブンゲンをないがしろにしての絵画や音楽の上達は、到底望めませんね。近代俳句（まさに、今、私たちが作っている「俳句」そのものです）の創始者である子規は、そんな素晴しい訓練法を私たちに残してくれたのです。皆さんにも、是非、「写生」を試みていただきたいと思います。これから詳しくお話ししますが、「写生」とは、一言で言いますならば、頭の中で俳句を作るのではなく、対象（自然）を目で見て俳句を作るということです。芭蕉が「見とめ、聞《きき》と」める（『三冊子《さんぞうし》』〈赤雙紙〉）と言ったところの句作りにも一脈相通じます。子規自身は、「写生的の妙味」がはじめてわかったのは明治二十七年（一八九四）の秋の終りから冬のはじめにかけてだと言っていますが(『獺祭書屋俳句帖抄 上巻』所収、「獺祭書屋俳句帖抄上巻を出版するに就きて思ひつきたる所をいふ」)、明治二十五年ごろより「天然の景色を詠み込む事」に関心を持ったようであります。いずれにしても、「月並俳句」を視野においてのことでありましょう。

子規が打破、粉砕を試みた「月並俳句」とは、具体的にはどのようなものだったのでしょうか。明治三十四年(一九〇一)十二月刊『俳句問答 上』に説かれていますので、まずは、その記述を見ておくことにしましょう。子規は、そこで「月並俳句」作品を三句挙げています。

蔵建つる隣へは来ず初乙鳥《つばめ》　　鶯笠
黄鳥《うぐひす》の初音や老の耳果報　　蓬宇
日々に来て蝶の無事をも知られけり　　幹雄

の三句です。子規がマイナス評価をくだした三句というわけです。鶯笠《おうりゅう》(文政二～明治二十七年)、蓬宇《ほうう》(文化六～明治二十八年)、幹雄(文政十二～明治四十三年)、いずれも、明治時代前半を代表した(やがて子規が登場しましたからね)、子規言うところの「月並俳人」です。三句のどこが「月並」であるのか、子規は一句一句丁寧に説明しています。

まず、鶯笠の〈蔵建つる〉から。子規は、この句を「蔵建つる隣の富家には燕来らずして、蔵も無きわが草の戸(草庵、粗末な家のこと)には燕来れりとの意」と解します。そういうことですね。そして、一句の「主眼」、すなわち創作意図を「燕は富を喜ばず、貧を嫌はず、寧《むし》ろ我家に来るは貧を楽《たのし》むなりと帰納的に断定する処《ところ》にある」と説明します。要するに、読者の「知識」に訴えた作品だというのです。読者の「知識」に訴えるということは、「感動」(子規は「感情」と言います)不在の俳句ということです。子規が登場する前の明治俳壇は、こんな作品が氾濫していたのです。明治時代だけではありません。江戸時代にもすでに作られていました。

むつとして戻れば庭に柳かな　蓼太

蓼太《りょうた》(享保三〜天明七年)は、江戸時代、天明期俳壇において「業俳《ぎょうはい》」(俳諧を生業《なりわい》とした俳諧師)として活躍した俳人です。子規は、〈むつとして〉の一句の意味を、明治三十二年(一八九九)刊『俳諧大要』において「余所で腹の立つ事ありて、むつとしながら内に帰れば、庭に柳のおとなしく垂れたるを見て、此《この》柳の如く風にもさからはず、只柔《ただ》にしてこそ世の中も渡るべけれと悟りたるなり」と説いています。やはり読者の「知識」に訴えかけている作品ということが言えましょう。先の鶯笠の〈蔵建つる〉の句にしても、この蓼太の〈むつとして〉の句にしても、どこかに教訓臭がありますね。教訓臭があるということは、読者の「知識」に期待している部分があるということなのです。子規は、この句を「俗気十分にして、月並調の本色を現はせり」と評しています。皆さんも、いろいろな場で目にする俳句作品に注意してみて下さい。読者の「知識」に訴えかけている作品、結構あると思いますよ。子規は、この「知識」に訴えかける作品を「月並俳句」の最たるもの、と定めています。次の蓬宇の〈黄鳥の〉の句は、どうでしょうか。子規は、江戸時代末期の「月並」俳人梅室《ばいしつ》の〈鶯や耳の果報を数《かぞ》ふ年〉の句ほか三句の類句(発想などが似ている句)を示して、「陳腐」であると指摘しています。「陳腐」も「月並俳句」の要素の一つです。「新しみは俳諧の花」(『三冊子』〈赤雙紙〉)でして(子規は「新奇」なる言葉を使っています)、「陳腐」な作品は、俳句としての魅力に著しく欠けるのです。皆さんの作品評価の注意事項にもX1「陳腐」というのがありますね。「陳腐」と評された作品のある方は、これまでの俳句作品と同じような発想であるということなのですよ。俳句を作る場合には、どこかに「新しみ」のある作品を目指して下さい。発想の「新しみ」が無理ならば、素材の「新しみ」でも、言葉の「新しみ」でもいいのです。三句目の〈日々に来て蝶の無事をも知られけり〉の幹雄句はどうでしょう。この句は、先のT・S君のと同様「擬人化」の作品ですね。ですから、やはり理屈的、説明的になってしまっているのです。理屈的、説明的ということは、「知識」に訴える作品ということでもあります。「蝶」が毎日飛んで来るので、「無事」であることがわかる、との意味の句ですね。ただし、子規は、この句の場合には、

「無事をも」の「をも」の表現が「月並」的だと指摘しています。「をも」が指すところのものがはっきりしないというのでしょうね。子規は、この「をも」によって一句が「懈弛《たるみ》」の作品になってしまっていると言っています。「をも」は、一句において不必要な言葉である、との判断が子規に働いたのでありましょう。「懈弛」は、『俳諧大要』によりますと、一句の言語が「緩《ゆる》みてしまらぬ心地」がすることだと説明されています。理想的な作品は、子規によれば、「語々緊密にして、一字も動かすべからざる」、そんな作品ということになります。もう少し具体的には「此語《この》は不用なりとか、此語《この》は最少《もすこ》し短くしても事足りぬべきにとか、此語《この》と彼語《かの》と位置を転倒すればてにはの接続に無理を生ぜぬとか」というような作品が「懈弛」の句ということのようです。そして、子規は、左のように指導しています。これは、皆さんが俳句を作る場合にも、是非心得ておいていただきたいことですので、しっかりと理解して下さい。格別むずかしいことではありません。

虚字の多きものはたるみ易《やす》く、名詞の多き者はしまり易し。虚字とは、第一に「てには」なり、第二に「副詞」なり、第三に「動詞」なり。故に、たるみを少《すくな》くせんと思はば、成るべく「てには」を減ずるを要す。(中略)不必要なる処《ところ》に「てには」を用ゐて一句を為《な》す故に、句調たるみて、聞くべからず。又、之《これ》に次ぎて副詞はたるみを生じ、動詞も亦《また》たるみ易し。

わかりやすいでしょう。作品からできるだけ助詞、助動詞、副詞、動詞等を削れと言っているのです。私も、今から二十数年前、俳人と言われている人々に交じって俳句を作りはじめたころ、よく、一句の中に動詞を二つ入れてはいけない、ということを言われました。しかし、なぜいけないのか、との説明はありませんでした。それからしばらくして、この『俳諧大要』の「たるみ」(「懈弛」)論の一条に目を通した時に、そのことが氷解したのです。作品から緊密性(「しまり」)が消えてしまうからなのでした。先ほどの幹雄の〈日々に来て蝶の無事をも知られけり〉の「をも」など、まさしく「不必要なる処」に「用ゐ」られた「てには」だったということですね。

以上で、子規が俳句革新の旗を掲げ、激しく攻撃した「月並俳句」の実体が、具体的な作品を通して、ある程度理解していただけたと思います。一言で言いますならば、「月並俳句」とは、「知識」によって作る俳句、「理屈」によって作る俳句であり、そんな作品からは、いきおい「陳腐」や「俗気」や「懈弛」といったマイナス要素が浮び上ってくるということなのです。

そんな「月並俳句」の弊を克服する最良の方法が「写生」というわけです。

子規は、まず、『俳諧大要』の中で左のように述べています。この条をはじめて新聞「日本」に執筆したのは、明治二十八年(一八九五)十二月七日であります。子規が、後年、回顧して「写生的の妙味」がわかった、と語った、その翌年のことです。数え年二十九歳。

写実の目的を以《もっ》て天然の風光を探ること、尤《もっと》も俳句に適せり。数十日の行脚《あんぎゃ》を為《な》し得《う》べくんば、太《はなは》だ可なり。公務あるものは土曜日曜をかけて田舎廻りを為すも可なり。半日の閒《かん》を偸《ぬす》みて郊外に散歩するも可なり。已《や》むなくば晩餐後の運動に上野、墨堤《ぼくてい》（筆者注・隅田川の堤）を逍遥するも豈《あに》二、三の佳句を得るに難《かた》からんや。花晨《かしん》可なり、月夕《げっせき》可なり、午烟《ごえん》可なり、夜雨《やう》可なり。何《いづ》れの時か俳句ならざらん。山寺可なり、漁村可なり、広野可なり、渓流可なり。何《いづ》れの処《ところ》か俳句ならざらん。

これが子規の「写生」です。頭の中で俳句を考えるのではなく、「写実（写生）の目的を以て天然（自然）の風光を探る」のです。そうすることによって「月並俳句」の弊は、完全に払拭《ふっしょく》しうるのです。皆さんも、是非「写実の目的を以て天然の風光を探」って下さい。キャンパスを散策するのもいいでしょう。本学のキャンパスは、周りを大自然に囲まれていますから、俳句作りには最適です。通学のバスや電車の車窓からも、四季折々の「天然の風光」が見えるでしょう。夏休みに故郷に帰れば、故郷の山河が皆さんを待っていますね。子規が言っているように、一週間や十日、あるいは一日、二日をかけなくても、ほんの少しの時間でもいいのです。朝（「晨」）でも、夕方でも、昼（「午」）でも、夜でもいいのです。「山寺」でも「漁村」でも「広野」でも「渓流」でもいいのです。とにかく自分で歩いて、自分の目で自然を見て下さい。その時、注意することは、ただ漫然と自然を眺めるのではなく、「写実の目的を以て天然の風光を探る」のです。これが「写生」の第一歩です。そうしますと、今まで気にも止めなかった一木一草のことが気になってきませんか。そのことが大切なのです。

執筆時期ははっきりしませんが(子規が「写生」ということを唱えて以降のものであることは明らかです)、子規が熊本の俳人池松迂巷《うこう》に出した手紙の中に左の一節があります。

家の内で句を案じるより、家の外へ出《いで》て、実景に見給へ。実景は自《おのづか》ら句になりて、而《しか》も下等な句にはならぬなり。実景を見て、其時《そのすぐ》直に句の出来ぬ事多し。されども、目をとめて見て置《おい》た景色は、他日、空想の中に再現して名句となる事もあるなり。筑波《つくば》の斜照《しやせう》、霞浦《かすみがうら》の暁靄《げうあい》、荒村の末枯《うらがれ》、頽籬《たいり》の白菊、触目《しよくもく》、何物か詩境ならざらん。須《すべから》く詩眼を大にして宇宙八荒(筆者注・地上のすみずみ)を睥睨《へいげい》せよ。句に成ると成らざるとに論なく、其《その》快、言ふべからざるものあり。決して机上《きじやう》詩人の知る所にあらず。

こういうことなのです。子規は迂巷が「机上詩人」になってしまうことに対して警告を発しているのです。「机上詩人」とは、頭の中で俳句を作る人々です。すなわち、見てきたところの旧派の「月並俳人」です。「家の内で句を案じる」と、どうしても頭の中で句を作ることになります。ですから、子規は門人迂巷に呼びかけているのです、「家の外へ出《いで》て、実景に見給へ」と。「写実の目的を以て天然の風光を探ること、尤も俳句に適せり」というのと同じですね。子規の指導方針は、一貫しています。「家の外」とは、どこでもいいのです。「筑波の斜照」「霞浦の暁靄」といった名所の「風光」でもいいですし、我々のごく身近にある「荒村の末枯」とか「頽籬(こわれた垣)の白菊」といった「風光」でもいいのです。――子規は、むしろ「普通尋常の景色に無数の美を含み居《を》る事を忘るべからず。名勝、旧跡は、其《その》数少く、人多く之《これ》を識《し》るが故に陳腐になり易《やす》し」(『俳諧大要』)と言っているぐらいです。ただ、皆さん、それでは、と「家の外へ出」て、「実景」を「探」っても、なかなか「何れの処か俳句ならざらん」「何れの時か俳句ならざらん」のように、そう簡単には俳句は生まれませんよね。子規は、そのことを十分に承知していて、迂巷に「実景を見て、其時直に句の出来ぬ事多し。されども、目をとめて見て置た景色は、他日、空想の中に再現して名句となる事もあるなり」と勇気づけています。とにかく「机上詩人」になってはいけないというのです。

皆さんの中には、「家の外へ出」て、「写実の目的を以て天然の風光を探ること」の大切さはわかったが、それでは、俳句の基礎訓練としての「写生」とは、具体的には、どのように行えばよいのか、との思いが強くわき起ってきていると思います。子規は、先ほどちょっと御紹介しました「獺祭書屋俳句帖抄上巻を出版するに就きて思ひつきたる所をいふ」なる文章の中に、自身が試みた「写生」の方法を左のように記しています。

秋の終りから冬の初めにかけて、毎日の様に根岸の郊外を散歩した。其時《そのとき》は何時《いつ》でも一冊の手帳と一本の鉛筆とを携へて、得るに随《したがつ》て俳句を書《かき》つけた。

これが、子規による「写生」の方法です。「一冊の手帳」と、「一本の鉛筆」を持っての「写生」です。「物のみへ(見え)たる光、いまだ心にきへ(え)ざる中《うち》にいひとむべし」(『三冊子』〈赤雙紙〉)との芭蕉の言葉が想起されます。しかし、おそらく、皆さんは、「写生」に出かけられても、こんな思いにとらわれるのではないでしょうか。手帳と鉛筆を持って「家の外」に出たのはいいが、「風光」は、あまりにも茫漠《ぼうばく》としていて、何をどのように「写生」して、俳句に作ったらいいのかわからない、と。そうですね。口で「写生」「写生」というのは簡単ですが、実際には、手帳と鉛筆を携えて「家の外」に出ても、なかなか作品など浮かんできませんね。そんな悩みを持っている人々に対して、子規は、左のごときアドバイスをしています。これが、子規の「写生」論の中では、一番わかりやすいと思います。明治三十二年(一八九九)五月十日発行の「ホトトギス」第二巻第八号に「随問随答」として発表されたものの中の一節です。少し長いですが、大変興味深い内容です。

> 写生に往《ゆ》きたらば、そこらにある事物、大小遠近尽《ことごと》く詠み込むの覚悟なかるべからず。大きな景色に対して、二句や三句位をやうやうひねくり出すやうにては、迚《とて》も埒《らち》あかぬなり。大きな景色に持て余さば、うつ向いて足もとを見るべし。足もとに萌ゆる草、咲く花を一つ一つに詠まば、十句や二十句は立処《たちどころ》に出来るわけなり。蒲公英《たんぽぽ》あらば蒲公英を詠め。嫁菜《よめな》あらば嫁菜を詠め。麦畠あらば青麦を詠め。豆の花咲き居《を》らば、豆の花を詠め。畑打つ人を見つけたら畑打を詠め。芽をふく樹を見つけたら木の芽を詠め。霞んで居《ゐ》たら霞を詠め。うららかな天気であつたら、うららかやと遣《や》るべし。日永《ひなが》、長閑《のどか》、暮春、夏近、桃花、楊柳、摘草、踏青《たふせい》、燕、孕雀《はらみすずめ》、材料は捨てる程にぶらついて居《ゐ》るなり、そんなに沢山ある材料を等閑《なほざり》に見過し、やうやう藪の中の椿を見つけて、これより外《ほか》に善き材料は無いと思ふ事、いと狭き量見なり。

説明は、不要ですね。これが子規の「写生」です。要するに、「そこらにある事物、大小遠近尽く詠み込むの覚悟」をして「家の外へ出」るということなのです。やっと一つの物に関心を持ち、「これより外に善き材料は無いと思」って、二句か三句作って満足するようでは、「写生」の訓練、俳句の基礎訓練にはならないのです。「家の外」には、俳句にする「材料」(「天然の風光」)は「捨てる程にぶらついて居る」のです。それらをかたっぱしから五・七・五の十七音(文字)で表現するのです。子規においては、すでに見てきたところで明らかだと思いますが、「写実」と「写生」は、同じ意味で用いられています。時に「写実」と言い、時に「写生」と言っています。が、門人たちの間では「写生」に統一して用いられていたようです。内藤鳴雪は、明治四十二年(一九〇九)三月刊の『俳句作法』の中で、「写生のこと」の章を設けて、詳しく説明しています。鳴雪は「写生」を「吾人《ごじん》(われわれ)が実地《じっち》に出会つた事物や境遇《けうぐう》、その他、吾人が起すところの種々なる感情を、その時、その場合に、その儘《まま》叙写すること」と定義しています。「感情」(感動)に目配りしている点は、注意してよいと思います。「写生」の基礎訓練としては、たしかに「そこらにある事物、大小遠近尽く詠み込む」わけですが、真の「写生」、究極の「写生」は、「面白くも感ぜざる山川草木を材料として、幾千俳句をものしたりとて、俳句になり得《う》べくもあらず。山川草木の美を感じて、而《しか》して後《のち》、始めて山川草木を詠ずべし」(『俳諧大要』)ということでなければならないのは当然です。先に見た基礎訓練としての「写生」は、文字通り基礎訓練でして、「写生」の第一段階ということであります。

ところで、子規の俳句用語(短歌革新においても用いていますが)としてすっかり定着した「写生」なる言葉ですが、これは、子規自身が明治三十三年(一九〇〇)三月十三日付の「日本付録週報」に発表した「叙事文」という評論の中で「写生は、画家の語を借りたるなり」と明らかにしていますように、西洋画論の言葉を俳句に援用したものなのです。明治二十八年(一八九五)三月二十一日付で村上荘太郎に宛てた手紙の中に見える「写生」の言葉など、ごく初期の用例として注目してよいでしょう。

自《みづか》ラ多く作ラント欲セバ、天下幾多《あまた》ノ事物(殊《こと》ニ風景)ヲ実見シ、之《これ》ヲ写生シ、或《あるい》ハ之《これ》ヨリ起ル所ノ空想ニヨリテ拈出《ねんしゅつ》スベシ。

この記述、今までに見てきた子規の「写生」論のエッセンスとも言ってよいと思います。村上荘太郎、すなわち村上鬼城《きじょう》は、のちに境涯俳句の作者として大成しますが、この時点では皆さんと同じく「初学の人」です。その人に「写生」の句を沢山作りなさいと奨《すす》めているのです。

それはともかく、西洋画論の「写生」なる言葉を子規に教えたのは、右の村上荘太郎宛の手紙を書く一年前の明治二十七年(一八九四)三月に出会った洋画家中村不折《ふせつ》なのです。不折は、慶応二年(一八六六)に江戸に生まれ、昭和十八年(一九四三)に東京で没しています。洋画家としてのみならず、書家、挿絵画家としても活躍しました。子規より一歳年長で、子規とは馬が合ったようであります。晩年の随筆、明治三十四年(一九〇一)一月十六日から七月二日まで百六十四回にわたって新聞「日本」に連載した『墨汁一滴』の中で、子規は出会いの頃の人となりをなつかしそうに丁寧に回想しています。その中に左の一節があります。六月二十六日の条です。

余は、不折君に対して満たざる所あり。そは不折君が西洋画家なる事なり。当時余は頑固なる日本画崇拝者の一人にして、まさかに不折君がかける新聞の挿画を迄も排斥する程にはあらざりしも、油画につきては絶対に反対し、其《その》没趣味なるを主張してやまざりき。故に不折君に逢ふ毎《ごと》に、其《その》画談を聴きながら、時に弁難攻撃をこころみ、其度毎《そのたびごと》に発明する事少なからず。遂《つひ》には君の説く所を以《もつ》て、今迄自分の専攻したる俳句の上に比較して、其《その》一致を見るに及んでいよいよ悟る所多く、半年を経過したる後《のち》は稍《やや》画を観るの眼を具《そな》へたりと自《みづか》ら思ふ程になりぬ。

このような不折との交流の中で、子規は「写生」論をみずからのものとしていったのでありましょう。子規が没してのち、明治四十二年(一九〇九)六月、不折は『俳画法』(光華堂)なる著作を出版しています。その中に次の記述が見えます。子規生前、おそらくこんなことが不折から子規に話されたのではないでしょうか。

嘗《かつ》て、工部省に美術学校に(ママ)あつたとき、伊太利の名工ホンタネジーといふ人が画を教へて居《を》つた。其《その》時に小山先生や浅井先生等が此《この》ホンタネジー画伯から教を受けて居つたのだ。ある時ホン教授が、先生等(筆者注・小山正太郎、浅井忠等)に丸の内を写生すべく命令した。先生等はスケツチブツクを脇挟み、三三五五《さんさんごご》、各方面に向ふたが、一向写生する好場所が見当らぬ。不平たらたら下宿に戻つて、翌朝登校、大《おほい》にホン教授に向つて不平をいふた。其時《そのとき》、ホン教授は毅然として先生等にいふ。そりや君等が悪いので、場所の悪いのではない。よく活眼を以《もつ》て写生したならば、君等位の人数では、一代や二代ではかき尽すことが出来ぬだろうといふたさうだ。

一読して、どこかで読んだような気がしませんか。今までに見てきた子規の「写生」論と通底しているエピソードであることがおわかりいただけると思います。子規は、不折からこんな話を聞きながら、みずからの「写生」論を、ごく短期間で構築していったのだと思います。子規が「君(不折)の説く所を以て、今迄自分の専攻したる俳句の上に比較して、其一致を見るに及んでいよいよ悟る所多く」と述べていることが理解できますね。皆さん、不折の右の文章の中で、一つだけ気になる言葉がありませんか。「活眼」です。辞書的な意味は「物事を見抜く能力」のことです。不折は、右の文章のすぐ前に、

色々の人の著書を読んで頭に蓄へて置《おい》て、それから実地に臨んで写生をする。無意味の場所も有価の地と変ぜしむる事が出来やう。読んでは写生をし、写生をしては読み、

古人と競争する様なものだ。一草一木も化して貴重のものにして仕舞ふことが出来る。

と記しています。「活眼」とは、このようにして養われるものではないでしょうか。子規は、元来、大変な勉強家ですが、おそらくは不折から、こんな話も聞いたでありましょうから、ますます読書に励んだことと思われます。「写生」は、決して「知」を拒絶するものではないのです。不折は、逆に「知」によって「写生」のための「活眼」が養われると判断しているのだと思います。子規も「能《よ》く新陳両者の区別を知るには、多く俳書を読むに如《し》かず」(『俳諧大要』)と言っているのであります。皆さんも、どんどん読書をして、多くの俳句作品や、俳論を知ることで、自分の作品が「新陳」すなわち「新しみ」(「新」)があるのか、あるいは「陳腐」(「陳」)なのかがわかってくると思います。

子規の「写生」は主観的写生

今回はすこし早めに終える約束でしたから、最後にもう一つだけお話しして終りたいと思います。皆さん「写生」といいますと、「実際の有《あり》のままを写す」ことだと皮相的に思われているのではないでしょうか。プロの俳人の方々もそのように理解されているようです。しかし、子規は、そんなことは言っていないのです。そのことを確認しておきたいと思います。

子規は、主に新聞「日本」を評論発表の場として俳句革新をなし遂げました。ですから、子規を中心とする俳句グループを「日本」派と呼びます。そんな子規に、明治三十年（一八九七）、もう一つの活躍の場が用意されました。同年一月十五日に、子規と同い年の柳原極堂《やなぎはらきょくどう》によって、子規の故郷松山で俳句雑誌「ほとゝぎす」が創刊されたのです（翌明治三十一年十月より、発行所を東京に移しました）。そして、子規は、そこに評論「俳諧反故籠《はいかいほごかご》」の連載をはじめています。その第二回目（明治三十年二月十五日発行の第二号）に、注目すべき「写生」論を発表しています。究極の「写生」論です。

初学の人、実景を見て俳句を作らんと思ふ時、何処《どこ》をつかまえて句にせんかと惑《まど》ふ者多し。蓋《けだ》し、実景なる者は俳句の材料として製造せられたる者にあらねば、其中《そのなか》には到底俳句にならぬ者もあるべく、俳句に詠《よ》みたりとも面白からぬ者もあるべく、又、材料多くして、十七、八字の中に容《い》れ兼《か》ぬるもあるべし。美醜錯綜し、玉石混淆したる森羅万象の中より、美を撰《よ》り出《い》だし、玉を拾ひ分くるは、文学者の役目なり。無秩序に排列せられたる美を秩序的に排列し、不規則に配合せられたる玉を規則的に配合するは、俳人の手柄なり。故に、実景を詠ずる場合にも、醜なる処《ところ》を捨てて、美なる処《ところ》のみを取らざるべからず。又、時によりては少しづつ実景実物の位置を変じ、或《あるい》は主観的に外物を取り来りて、実景を修飾することさへあり。こは実景は天然の美人の如き者なれば、猶《なほ》多少の欠点を免《まぬが》れず。故に眉を直し、高眉を書き、紅粉《べに》、白粉《おしろい》を着《つ》け、綾羅錦繍《りようらきんしう》を着せて完全の美人たらしむるなり。此《こ》の如く選択し、修飾して得たる俳句は、俳句中の上乗なる者なり。

皆さんが「写生」について疑問に感じていたことが、すべて解決すると思います。私は、「写生」は、絵画のデッサンや音楽のコールユーブンゲンに匹敵するところの俳句の基礎訓練だというお話をしました。子規は、「写実の目的を以て天然の風光を探ること、尤も俳句に適せり」「家の内で句を案じるより、家の外へ出て、実景に見給へ。実景は自ら句になりて、而も下等な句にはならぬなり」「写生に往きたらば、そこらにある事物、大小遠近尽く詠み込むの覚悟なかるべからず」と述べていました。そして、私は、これまた子規の言葉を借りながら、「月並俳句」のように頭の中で作るのではなく、「実際の有のままを写」しなさい、ともお話ししました。これまでにも折に触れて「写生」「写生」と言ってきましたので、皆さんの中には「写生」の句作りに励んでおられる方もいらっしゃると思います。そんな方は、今回の私の話を聞きながら、なおさらいろいろな疑問がわいてきたと思います。その疑問を集約しますと、子規が言っているように「実景」の「何処をつかまえて句に」したらいいのか、ということだと思います。なぜならば、「実景」の中には、どう考えてみても俳句になりそうでないものもありましょうし、五・七・五の十七音(文字)で表現しても、面白くもなんともないようなものもありましょう、そして、十七音(文字)では表現しきれないものもあるでしょう。ですから、皆さんは、そんな「実景」の前で茫然としてしまうのですね。それもそのはずですね。だって「天然(自然)」は、そもそも「美醜錯綜」し、「玉石混淆」している存在ですから。そこで、そんな「天然」、そんな「実景」を前に、私たち俳句を志すものは、大英断を下さなければならないのです。子規は、それを実にあっさりと言ってのけています。「醜なる処を捨てて、美なる処のみを取」ればいいと言うのです。子規が別のところ(「明治二十九年の俳句界」)で言っている「取捨選択」の「写生」であります。「純粋の写生にも猶《なほ》多少の取捨選択あるをや」と明言しているのです。皆さんが思っていた通り、「天然の風光」「実景」を「有のまま」に写すことなど、現実問題としては不可能なことなのです。子規は「写生といひ写実といふは、実際有のままに写すに相違なけれども、固《もと》より多少の取捨選択を要す。取捨選択とは、面白い処《ところ》を取りてつまらぬ処《ところ》を捨つる事にして、必ずしも大を取りて小を捨て、長を取りて短を捨つる事にあらず」(「叙事文」)とも言っています。そして「俳諧反故籠」では、実は、もっと大胆な発言をもしているのです。「時によりては少しづつ実景実物の位置を変じ、或は主観的に外物を取り来りて、実景を修飾することさへあり」と。これは、すごいです。「主観」による「天然の風光」「実景」のアレンジです。そして、子規は、このようにして作られた作品が「俳句中の上乗なる者」であると断言しているのです。皆さんも、これですっきりされたことと思います。

実は、このような「写生」論は、子規が西洋画論を学んだ時点で、すでに子規の中に入っていたのです。子規は、明治三十一年(一八九八)十二月十日発行の「ホトトギス」第二巻第三号に載せている評論「写生、写実」の中で左のように述べています。

油画が這入つて来て、いよいよ写生が完全に出来るやうになつた。此《この》写生は、無論感情的写生(理屈的写生といふに対していふ)であつて、人が物を見て感ずる度合に従ふて画く(下略)。

子規は、当初から西洋画論の「写生」を「感情的写生」と理解していたのです。私は、子規の「写生」を「主観的写生」と呼んでいますが、子規がここで言っているように「感情的写生」と呼んでもよいと思います。

子規の「写生」の究極が、今、述べてきたところにあることを理解した上で、皆さんは「写生」の句作りに励んで下さい。「写生」は、俳句の大切な基礎訓練なのですから。そして「取合せ」の「技巧」は、この「写生」に少しも抵触《ていしょく》するものではありません。『墨汁一滴』の明治三十四年(一九〇一)四月十一日の条に次のように記されています。

虚子曰《いはく》、今迄久しく写生の話も聞くし、配合といふ事も耳にせぬでは無かつたが、此《この》頃《ごろ》話を聴いてゐる内に、始て配合といふ事に気が付いて、写生の味を解した様に思はれる。

「配合」とは、「取合せ」のことです。

主要季語一覧

＊　主要季語五百を春・夏・秋・冬・新年に分類し、さらにそれぞれを「時候」「天文」「地理」「生活」「動物」「植物」に分けて掲出しました。季語のあとに括弧で示した(竪)(横)は、それぞれ「竪題季語(和歌以来の「竪題」のみならず、連歌で新たに認定された「竪題」をも含む)」「横題季語(江戸時代に誕生した俳諧季語)」であることを表しています。括弧のない季語は、明治以降に誕生した「新季語」です。

春

〔時候〕
啓蟄《けいちつ》(横)　三月尽《さんがつじん》(竪)　長閑《のどか》(竪)　花冷《はなびえ》　彼岸(横)　蛙《かえる》の目借時《めかりどき》(横)　行く春(横)

〔天文〕
朧《おぼろ》(竪)　春風(竪)　東風《こち》(竪)　風光る(横)　春雨(竪)　冴《さえ》かへる(竪)　春雷　霞(竪)

〔地理〕
山笑《やまわら》ふ(横)　苗代(横)　春泥　薄氷《うすらい》(横)

〔生活〕
花衣(竪)　目刺《めざし》(横)　春の灯《ひ》　剪定《せんてい》　接木《つぎき》(横)　挿木《さしき》　茶摘(横)　海女《あま》　汐干狩(横)　風

車　風船　石鹸玉《しゃぼんだま》　ぶらんこ　春の風邪　春眠　春愁《しゅんしゅう》　受験　卒業　雛祭（横）　エイプリルフール　メーデー　ゴールデンウィーク　遍路　バレンタインデー　復活祭　虚子忌

〔動物〕

猫の恋（横）　蛇穴《あな》を出《い》づ（横）　蛙《かわず》（竪）　鶯（竪）　雲雀《ひばり》（竪）　燕《つばめ》（竪）　鳥帰る（竪）　雲に入《い》る鳥（竪）　鳥の囀《さえずり》（竪）　鳥交《さか》る（横）　雀の子（横）　白魚《しらうお》（横）　鱒（横）　栄螺《さざえ》　蛤（横）　桜貝（竪）　蜆（横）　田螺《たにし》（横）　蝶（竪）　蜂の巣（横）　虻《あぶ》（横）　蚕（横）

〔植物〕

梅（竪）　白梅（横）　紅梅（竪）　椿（竪）　花（竪）　辛夷《こぶし》（横）　蘇芳《すおう》（横）　花水木《はなみずき》　連翹《れんぎょう》（横）　沈丁花《じんちょうげ》（横）　海棠《かいどう》（横）　ライラック　躑躅《つつじ》（竪）　馬酔木《あしび》（横）　藤（竪）　小手毬《こでまり》（横）　山吹（竪）　桃の花（竪）　杏子《あんず》の花（横）　梨花（竪）　林檎の花（横）　柳（竪）　木瓜《ぼけ》の花（横）　からたちの花　金盞花《きんせんか》　シクラメン　フリージア　菜の花（横）　茎立《くくたち》（横）　萵苣《ちしゃ》（横）　韮《にら》（横）　山葵《わさび》（横）　青麦　菫《すみれ》（竪）　蒲公英《たんぽぽ》（横）　土筆《つくし》（横）　桜草（横）　薇《ぜんまい》　芹《せり》（横）　犬ふぐり　蕗《ふき》の薹《とう》（横）　薊《あざみ》（横）　海雲《もずく》（横）

夏

〔時候〕

麦の秋(横)　入梅《にゅうばい》(横)　短夜《みじかよ》(竪)

〔天文〕

雲の峰(竪)　風薫る(竪)　卯の花腐《くた》し降《ふる》(竪)　梅雨《つゆ》(竪)　五月雨《さみだれ》(竪)　夕立(竪)　虹
五月闇《さつきやみ》(竪)　夕焼　炎天(横)

〔地理〕

青田(竪)　泉(竪)　滝

〔生活〕

更衣《ころもがえ》(竪)　袷《あわせ》(横)　浴衣《ゆかた》　サングラス　日傘(横)　夏帽子　ハンカチ　梅干(横)　鮓《すし》
(横)　蜜豆　粽《ちまき》(横)　水羊羹《みずようかん》　心太《ところてん》(横)　ビール　アイスクリーム　甘酒(横)　新茶
(横)　夏座敷(横)　噴水　簾《すだれ》(横)　網戸　香水　花氷《はなごおり》　天瓜粉《てんかふん》　扇(竪)　団扇《うちわ》(横)　扇風
機　風鈴　走馬灯(横)　虫干(横)　田植(横)　打水《うちみず》(横)　鵜飼(竪)　ヨット　キャンプ
泳ぎ　プール　海水浴　花火(横)　水中花　裸汗　髪洗ふ　こどもの日　母の日　父の
日　原爆の日　祭(横)

〔動物〕

蛇衣《きぬ》を脱《ぬ》ぐ(横)　羽抜鳥《はぬけどり》(横)　時鳥《ほととぎす》(竪)　水鶏《くいな》(竪)　金魚　初鰹《はつがつお》(横)　鮎(横)　鱧《はも》　揚《あげ》
羽《は》蝶《ちょう》　火取虫(横)　毛虫(横)　螢(竪)　兜虫《かぶとむし》　金亀子《こがねむし》(横)　斑猫《はんみょう》　水馬《あめんぼう》　蟬(竪)　空蟬《うつせみ》
(横)　蠅(横)　蚊(横)　孑孑《ぼうふら》　ががんぼ　蚤《のみ》(横)　蟻　羽蟻(横)　蝸牛《かたつむり》(横)

〔植物〕

葉桜（横）　桜の実（横）　薔薇　紫陽花《あじさい》（竪）　牡丹（横）　石楠花《しゃくなげ》（横）　梔子《くちなし》（横）　凌霄《のうぜん》の花（横）　夾竹桃《きょうちくとう》　栗の花（横）　柿の花（横）　楊梅《やまもも》（横）　さくらんぼ　杏子《あんず》（横）　枇杷《びわ》（横）　夏木立（竪）　木下闇《こしたやみ》（横）　病葉《わくらば》（竪）　卯花（竪）　桐の花（横）　樗《おうち》の花（竪）　合歓《ねむ》の花（横）　若竹（横）　杜若《かきつばた》（竪）　あやめ（竪）　著莪《しゃが》（横）　芍薬《しゃくやく》（横）　ダリア　グラジオラス　向日葵《ひまわり》（横）　葵（竪）　罌粟《けし》の花（横）　撫子《なでしこ》（竪）　ガーベラ　睡蓮　百合（竪）　アマリリス　鉄線《てっせん》花《か》（横）　紅の花（横）　苺（横）　夕顔（竪）　筍《たけのこ》（横）　蕗《ふき》（横）　瓜（横）　茄子《なす》（横）　メロン　胡瓜　トマト　キャベツ　蓼《たで》（横）　玉葱　紫蘇　蓮《はす》（竪）　早苗（竪）　夏草（竪）　草いきれ　鈴蘭　昼顔（横）　河骨《こうほね》（横）　水芭蕉　浜木綿《はまゆう》（横）　鷺草《さぎそう》（横）　黴《かび》

秋

〔時候〕

立秋（竪）　残暑《のこるあつさ》（竪）　長夜《ながよ》（竪）　身に入《し》む（竪）　冷《ひや》やか（竪）　朝寒《あささむ》（竪）　漸寒《ややさむ》（竪）　肌寒（竪）　夜寒（竪）　冷《すさ》まじ（竪）　秋深し（竪）　秋の暮（竪）　暮の秋（竪）　九月尽（竪）

〔天文〕

鰯雲《いわしぐも》（横）　月（竪）　名月（横）　星月夜（横）　天の川（横）　秋風（竪）　野分《のわき》（竪）　稲妻（竪）　霧（竪）　露（竪）

〔地理〕
花野（竪）
〔生活〕
新米（横）　枝豆　新酒（横）　案山子《かがし》（竪）　鳴子《なるこ》（竪）　秋思《しゅうし》　運動会　終戦記念日　震災
記念日　敬老の日　文化の日　七夕（竪）　盂蘭盆《うらぼん》（横）　魂祭《たままつり》（横）　生御霊《いきみたま》（横）　送火《おくりび》（横）
踊（横）　子規忌
〔動物〕
鹿（竪）　蛇穴に入《い》る（横）　渡り鳥（横）　色鳥（竪）　鵙《もず》（竪）　椋鳥《むくどり》（横）　鶺鴒《せきれい》（横）　鶉《うずら》（竪）
雁（竪）　落鮎《おちあゆ》（竪）　鱸《すずき》（横）　秋刀魚《さんま》　鮭（横）　蜩《ひぐらし》（竪）　蜻蛉《とんぼ》（横）　虫（竪）　螽蟖《きりぎりす》（竪）
蟋蟀《こおろぎ》（横）　鈴虫（竪）　松虫（竪）　轡虫《くつわむし》（竪）　蝗《いなご》（横）　蟷螂《かまきり》（横）　蓑虫《みのむし》（横）
〔植物〕
木槿《むくげ》（横）　木犀《もくせい》（横）　桃の実（横）　柿（横）　林檎（横）　葡萄（横）　栗（横）　無花果《いちじく》（横）
石榴《ざくろ》（横）　胡桃《くるみ》（横）　柚子《ゆず》　檸檬《れもん》　榠樝《かりん》（横）　紅葉（竪）　桐一葉（竪）　柳散る（竪）　木《こ》の
実（竪）　銀杏《いちょう》（横）　通草《あけび》（横）　蔦《つた》（竪）　朝顔（竪）　蘭《らん》（横）　鶏頭《けいとう》（横）　コスモス　鳳仙花《ほうせんか》
（横）　鬼灯《ほおずき》（横）　菊（竪）　西瓜《すいか》（横）　南瓜《かぼちゃ》　糸瓜《へちま》（横）　瓢《ふくべ》（横）　芋《いも》（横）　唐辛子（横）
生姜《しょうが》　稲（竪）　玉蜀黍《とうもろこし》　蕎麦《そば》の花（横）　落花生　萩（竪）　薄《すすき》（竪）　荻（竪）　葛《くず》（竪）　藤袴《ふじばかま》
（竪）　野菊（横）　曼珠沙華《まんじゅしゃげ》（横）　桔梗《ききょう》（横）　女郎花《おみなえし》（竪）　吾亦紅《われもこう》（横）　水引《みずひき》の花（横）　烏《からす》

瓜《うり》（横）

冬

〔時候〕
初冬《はつふゆ》（竪）　小春（横）　冬ざれ（竪）　歳暮《としのくれ》（竪）　除夜（竪）　短日《たんじつ》（横）　日脚伸《ひあしの》ぶ　春近し
（横）　節分（横）
〔天文〕
凩《こがらし》（竪）　時雨《しぐれ》（竪）　霰《あられ》（竪）　霙《みぞれ》（竪）　霜（竪）　雪（竪）　吹雪（竪）
〔地理〕
枯野（竪）　霜柱（横）　氷（竪）　氷柱《つらら》（竪）
〔生活〕
セーター　冬帽子　襟巻《えりまき》　手袋　足袋《たび》（横）　毛糸編《あ》む　海鼠腸《このわた》（横）　雑炊　焼芋　熱燗
鍋焼（横）　おでん　湯豆腐　風呂吹《ふろふき》（横）　寒卵《かんたまご》　煮凝《にこごり》（横）　冬籠《ふゆごもり》（横）　隙間風《すきまかぜ》　冬の灯
懐炉《かいろ》（横）　炬燵《こたつ》（横）　大根引（横）　紙漉《かみすき》　焚火　火事　雪達磨（横）　スキー　スケート
ラグビー　湯ざめ　水洟《みずばな》（横）　胼《ひび》（横）　皸《あかぎれ》（横）　木《こ》の葉髪《はがみ》　日向《ひなた》ぼこ　七五三　煤掃《すすはき》
（横）　日記買ふ　年忘《としわすれ》（横）　年越蕎麦《としこしそば》　神楽（横）　クリスマス　芭蕉忌（横）　一茶忌
蕪村忌

〔動物〕
梟《ふくろう》　木菟《みみずく》（横）　水鳥《みずどり》（竪）　千鳥（竪）　白鳥　鱈《たら》（横）　鰤《ぶり》（横）　鮟鱇《あんこう》（横）　河豚《ふぐ》（横）　寒鯉《かんごい》
海鼠《なまこ》（横）　牡蠣《かき》（横）　凍蝶《いてちょう》（竪）　冬の蠅（横）　綿虫
〔植物〕
帰り花（横）　臘梅《ろうばい》（横）　山茶花《さざんか》（横）　茶の花（横）　八手《やつで》の花（横）　ポインセチア　千両（横）　南天《なんてん》の実（横）　蜜柑（横）　枇杷《びわ》の花（横）　落葉（竪）　寒菊《かんぎく》（横）　水仙（横）　葱（横）
人参（横）　石蕗《つわ》の花（横）

新　年

〔時候〕
去年今年《こぞことし》（竪）　初春（竪）　元日（竪）　松の内（横）
〔天文〕
御降《おさがり》（横）　淑気《しゅくき》（横）
〔地理〕
初景色
〔生活〕
数の子（横）　屠蘇《とそ》（横）　雑煮（横）　門松（竪）　鏡餅（横）　餅花（横）　初夢（竪）　年玉（横）

賀状　書初（横）　成人の日　年男（横）　七種《ななくさ》（横）　左義長《さぎちょう》（横）

〔植物〕

福寿草《ふくじゅそう》（横）

本書をさらに面白く読んでいただくための参考文献

できるだけわかりやすい記述を、と心掛けた本書ですが、折にふれて左記の書を繙《ひもと》いていただけますならば、私の記述を確認、あるいは補足していただけると思います。

辞典類

『俳諧大辞典』(明治書院、一九五七年七月刊)
小宮豊隆・麻生磯次監修、伊地知鐵男・井本農一・神田秀夫・中村俊定・宮本三郎編。俳諧・俳句にかかわる諸事項の確認には至便。中心は俳諧であるが、主要な俳句関連項目も収録されている。

『俳句辞典 近代』(桜楓社、一九七七年十一月刊)
松井利彦編。明治、大正、昭和の俳句に関する基本的諸事項は、おおむね本辞典で解決する。

『現代俳句大辞典』(明治書院、一九八〇年九月刊)
安住敦・大野林火・草間時彦・沢木欣一・村山古郷編。『俳句辞典 近代』より五百項目ほど多い。姉妹篇としての『俳諧大辞典』と相補う。

『俳文学大辞典』(角川書店、一九九五年十月刊)

加藤楸邨・大谷篤蔵・井本農一監修、尾形仂・草間時彦・島津忠夫・大岡信・森川昭編。『俳諧大辞典』『現代俳句大辞典』以降の研究成果を盛り込んだもの。俳諧と俳句の収録項目、解説等のアンバランスがやや気になる。俳諧項目は、書誌的・文献的解説が中心。

『明治大正俳句史年表大事典』(世界文庫、一九七一年九月刊)

大塚毅編著。近・現代俳句に関する人名、書名、雑誌名に関する限り、『俳文学大辞典』をはるかに凌駕《りょうが》する有難い事典。近・現代俳句の研究者は必ず座右に備えておくべきもの。ただし、時にある誤記には注意を要する。

『連句辞典』(東京堂出版、一九八六年六月刊)

東明雅・杉内徒司・大畑健治編。連句(俳諧)の用語解説に特色がある。原典をそのまま掲出してあるのがうれしい。

『現代俳句ハンドブック』(雄山閣、一九九五年八月刊)

斎藤慎爾・坪内稔典・夏石番矢・復本一郎編。子規以降の俳人、句集、俳誌、研究書、用語を、それぞれ百項目に限定して解説したもの。限られた項目ではあるが、使い勝手は悪くない。

『現代俳句大事典』(三省堂、二〇〇五年十一月刊)

稲畑汀子・大岡信・鷹羽狩行監修。俳人(評論家)、事項、句集、俳論、結社、俳句用語等に解説を施したもの。

アンソロジー類

『現代短歌集　現代俳句集』(改造社、一九二九年九月刊)
編纂者は山本三生。百七十人の俳人のアンソロジー。「明治大正俳諧史概観」を高浜虚子が執筆。旧派の俳人十七名の作品を披見しうるのは貴重。肖像写真入りであるのも特色。「俳壇諸家略年譜」を付す。「現代日本文学全集」の中の一冊。

『近代俳句』(有精堂、一九六五年十月刊)
神田秀夫・楠本憲吉校訂・注釈・解説。選集、個人句集を合わせてのアンソロジー。頭注を付す。「近代文学注釈大系」の中の一冊。

『現代俳句』(筑摩書房、一九七三年九月刊)
山本健吉解説。内藤鳴雪より荻原井泉水に至るまでの三十六名の代表句集によるアンソロジー。「現代日本文学大系」の中の一冊。

『現代俳句』(角川文庫、一九六四年五月刊)
山本健吉編著。正岡子規より永田耕衣に至るまでの四十二名の俳人の秀句を解説したもの。著者の俳句観が如実に反映されている。右の『現代俳句』とは別のもの。

『現代俳句』(角川書店、一九九〇年八月刊)
安東次男・大岡信編。正岡子規から森澄雄に至る三十七名のアンソロジーと主要句の鑑賞を中心とする。巻頭に置かれている大岡信と平井照敏の百ページを越える対談「現代俳句の時代」は、現代俳句の抱えている問題点を明らかにしている。「鑑賞日本現代文学」の中の一冊。

『日本名句集成』(学燈社、一九九一年十一月刊)
飯田龍太・大岡信・大谷篤蔵・尾形仂・川崎展宏・三好行雄・森川昭・山下一海編。中世・近世の俳人(少数の連歌師を含む)二百七名、近・現代の俳人三百八十五名の一大アンソロジー。各句に句意・鑑賞を付す。心敬より岸本尚毅まで。

『現代の俳句』(講談社学術文庫、一九九三年一月刊)
平井照敏編。高浜虚子より皆吉司に至る百七名のアンソロジー。ハンディーなのが便利。

『現代俳句集成』(立風書房、一九九六年四月刊)
宗田安正編。現在活躍中の俳人の自選を中心とするアンソロジー。六十一名。福田甲子雄より岸本尚毅まで。

『百人一句』(中公新書、一九九九年一月刊)
高橋睦郎著。『百人一首』に倣い、超通時的な視点より百句を選び、史的解説を加えたもの。倭建命より永田耕衣まで。

『女流俳句集成』(立風書房、一九九九年四月刊)

宇多喜代子・黒田杏子編。阿部みどり女から松本恭子に至る八十一名の女流俳人のアンソロジー。生存者が多数含まれているのは、今日の女流隆盛の証左。

『現代俳句』上・下(ちくま学芸文庫、二〇〇一年五月、六月刊)

川名大編。昭和時代に活躍した俳人百二十六名を俳句表現史の視点より分類し、解釈、鑑賞したもの。

『三省堂名歌名句辞典』(三省堂、二〇〇四年九月刊)

佐佐木幸綱・復本一郎編。俳句の部は、室町から現代までの俳諧・俳句二六三二句に「意味」「解説」を施したアンソロジー。

『三句索引新俳句大観』(明治書院、二〇〇六年十月刊)

明治書院編集部編。大正五年刊、佐々政一編『三句索引俳句大観』を増補改訂したアンソロジー。

歳時記類

『増補俳諧歳時記栞草』上・下(岩波文庫、二〇〇〇年八月、十月刊)

曲亭馬琴編、藍亭青藍補、堀切実校注。嘉永四年(一八五一)刊本の活字化。下巻末の

「季語索引」が有難い。

『図説俳句大歳時記』全五巻(角川書店、一九七三年四月〜十一月刊)

角川書店編。約一万七千季語を収録した大歳時記。「考証」欄が充実しているのが大きな特色。まずは、この歳時記を繙くべきであろう。

『新日本大歳時記』全五巻(講談社、一九九九年十月〜二〇〇〇年六月刊)

飯田龍太・稲畑汀子・金子兜太・沢木欣一監修、鷹羽狩行・有馬朗人・宇多喜代子・岡本眸・鍵和田秞子・広瀬直人・深見けん二・森田峠・山下一海・鷲谷七菜子編。本書も約一万七千季語を収録。季語解説が簡明なので初心者には便利。例句が玉石混淆であるのが最大の難。

『新歳時記』(三省堂、一九三四年十一月刊)

高浜虚子編。季語が月別に分類収録されているのが大きな特色。

『合本俳句歳時記 新版』(角川書店、一九七四年四月刊)

角川書店編。ハンディーで、例句の質が高いのがなにより。私が、実作の折に愛用している歳時記。

『現代俳句歳時記』(現代俳句協会、一九九九年六月刊)

現代俳句歳時記編纂委員会編集。収録季語のすべてを太陽暦によって四季別に分類し、かつ現代の季感をも加味したことが最大の特色。ユニークな試みであり、若い初心者には納得されるであろうが、一般性はまだ低い。
『早引き俳句季語辞典』(三省堂、二〇〇三年四月刊)
復本一郎編。キーワードによって四季の季語が検索し得る歳時記。例えば四季の雨の総ての呼称が即座に検索し得る、というように。
『昭和歳時記』(角川選書、一九九〇年五月刊)
山下一海著。比較的誕生の新しい季語七十一語を例句を引きながら説明したもの。
『芭蕉歳時記』(講談社選書メチエ、一九九七年十一月刊)
復本一郎著。竪題季語六十語に対して、有賀長伯著『初学和歌式』(元禄九年刊)の「本意」の部分を翻刻して示してある。
『角川俳句大歳時記』全五冊(角川書店、二〇〇六年五月〜二〇〇六年十二月)
『図説俳句大歳時記』を例句、解説等全面的に改訂し簡便化したもの。
『季の問題』(三省堂、一九三七年十月刊)
宇田久著。季題(季語)、歳時記等について史的に考察したもの。巻末に難解季語について検討を加えた「難題小註」が付されている。
『季語の研究』(古川書房、一九八一年四月刊)
井本農一著。歳時記解題と難解季語の考証を中心としたもの。
『蕉風俳諧における〈季語・季題〉の研究』(明治書院、二〇〇三年二月刊)

東聖子著。はじめての本格的な「季語」の研究書。芭蕉に焦点を合わせながら、「季語」が総合的、実証的に検討されている。

『江戸俳諧歳時記』上・下（平凡社ライブラリー、二〇〇七年八、九月）

加藤郁乎著。江戸に視点を置いての歳時記。諸文献に江戸歳事の動向を探る。

『日本人が大切にしてきた季節の言葉』（青春新書、二〇〇七年十一月刊）

復本一郎著。季節の言葉（季語）百六十語をテーマ、四季別に分類、解説を加えたもの。

『季語百話』（中公新書、二〇一一年一月刊）

高橋睦郎著。花にかかわる季語百を選び史的な解説を加えたもの。数多くの例歌、例句が示されている。

俳論に関するもの

『詩論・歌論・俳論』（角川書店、一九七三年四月刊）

俳論の担当編者は松井利彦。鶉鶉子の「漢詩和歌新体詩の相容れざる状況を叙して俳諧に及ぶ」、獺祭書屋主人（子規）の「獺祭書屋俳話」（抄）から、石田波郷の「此の刻に当りて」に至る俳論三十五篇を収めたもの。「近代文学評論大系」の中の一冊。

『俳句』（作品社、一九九三年三月刊）

金子兜太編。森鷗外「俳句と云ふもの」より金子兜太「ビジネス歳時記 抄」に至る俳論、エッセイ三十七篇を集めたもの。西脇順三郎の「先史俳諧」等、雑誌初出の貴重な俳論をこの一冊で読めるのは有難い。「日本の名随筆」別巻。

『「俳句」百年の問い』(講談社学術文庫、一九九五年十月刊)

夏石番矢編。正岡子規「「美」をめざす俳句」より夏石番矢「キーワードから展開する俳句」に至る三十二篇の俳論を集めたもの。タイトルは編者によって付されたものであるので、注意を要する。

『俳人たちの言葉』(邑書林、一九九四年十月刊)

復本一郎著。正岡子規より夏石番矢に至る近・現代の俳人五十四人の俳句本質論的な寸言を集めて解説したもの。特に虚子、秋桜子、誓子、草田男、草城、蛇笏に多くのページを費やしている。

『第二芸術論』(白日書院、一九四七年五月刊)

桑原武夫著。一九四六年十一月に「世界」に発表された「第二芸術」を含む文芸論集。桑原は、芭蕉の俳句については「第一芸術」であるとしている。

『現代俳句の為に第二芸術論への反撃』(ふもと社、一九四七年十一月刊)

孝橋謙二編著。山口誓子の「往復書簡」、中村草田男の「教授病」等、桑原の「第二芸術」論への反論十七篇を集めたもの。

関連参考書

『古典俳句を学ぶ』上・下(有斐閣選書、一九七七年十月、十二月刊)
井本農一・堀信夫編。左の『俳句のすすめ』の姉妹篇。上巻は芭蕉を中心とした諸俳人の、下巻は蕪村、一茶を中心とした諸俳人の作品鑑賞。古典俳句が通史的に理解できる。「俳話・俳論」欄も貴重。

『俳句のすすめ』(有斐閣選書、一九七六年一月刊)
井本農一・川崎展宏・堀信夫編。テーマ別の近代・現代俳句の鑑賞が中心。第4部「俳句の基礎知識」の「その一 俳句の基本」(川崎展宏・松崎豊執筆)の項は、簡明な記述の中に要諦がきちんと押えられている。

『俳句の現在』(富士見書房、一九八九年六月刊)
飯田龍太、金子兜太、森澄雄、尾形仂の四人による座談(尾形は一部参加)。実作者の関心がどこにあるかを窺うことができる。

『激論 俳句はどうなる』(愛媛新聞社、一九九五年八月刊)
篠崎圭介、高野公彦、坪内稔典、復本一郎、村上護の五名による俳諧、俳句に関する討論会を活字化したもの。篠崎、坪内が俳人、高野が歌人、復本が研究者、村上が作家と、立場を異にしたメンバーの俳諧、俳句への意見の交換が面白い。俳諧、俳句の抱える問題点がほぼ出揃っている。

『名句に学ぶ俳句の骨法』上・下(角川選書、二〇〇一年四月刊)
斎藤夏風・鍵和田秞子・大串章編。各テーマごとに出席者(俳人、歌人、詩人、俳諧研究者等)を変えての座談会を収録したもの。実作上の問題点がすべて網羅されているので有益。

『証言・昭和の俳句』上・下(角川選書、二〇〇二年三月刊)
黒田杏子が聞き手となって、桂信子、鈴木六林男、草間時彦、金子兜太、成田千空、古舘曹人、津田清子、古沢太穂、沢木欣一、佐藤鬼房、中村苑子、深見けん二、三橋敏雄の、昭和を代表する十三人の俳人から、俳壇史的なエピソードを巧みに引き出していて、文字通り貴重な証言となっている。各俳人の自選五十句と略年譜も有難い。

『国際歳時記における比較研究』(笠間書院、二〇一二年二月刊)
東聖子・藤原マリ子編。俳句が国際化されつつある中で、東アジア、欧米等の俳句における季節の言葉の扱いに注目しての一書。巻末に詳細な「季語・季題　参考文献」「歳時記　参考文献」を付す。

＊　故人、あるいは現在活躍中の俳人の評論集、研究書の類いを網羅しますと膨大な数となりますので、概《おおむ》ね割愛しました。右のものは、是非活用していただきたい、いわば副読本ということで挙げました。必ずや参考になると思います。

あとがき

一俳諧研究者、一俳句研究者の書いた俳句実作のための実験的実践講義ノートとでもいうべきものが本書です。とにかく、わかりやすく、ということを心掛けましたが、いかがだったでしょうか。この点は、これから講義を受講して下さる学生諸君や、読者の皆さんの判断に委ねたいと思います。

私の恩師の一人に栗山理一先生という俳文学者がおられました。平成元年(一九八九)八月十九日に、八十歳でお亡くなりになりました。先生の学問は、文学的資質に十二分に恵まれることにより、鋭敏な着眼、堅固な論理、精緻な実証に、さらに文学的芳香をも加えて、きわめて魅力的なものでありました。先生は、俳諧研究が、現代俳句の実作の場から乖離《かいり》することを心底危惧しておられました。学問のための学問ということへの、先生の強い批判の姿勢があってのことだったと思います。私は、先生から強い影響を受けました。研究の関心が、芭蕉、鬼貫《おにつら》を中心とする江戸時代の俳論から、子規、草城を中心とする近・現代の俳論へと移っていったのも、先生の影響によるところが少なくなかったのではないかと思います。私は、今、勤務校である神奈川大学が行っている全国高校生俳句大賞とのかかわりの中で、現代を代表する俳人である金子兜太、川崎展宏、鷹羽狩行、宇多喜代子、大串章の諸氏と御交誼をいただき、今日の俳句の動向に直接触れうる至福を味わっております。また、故郷の愛媛からは、「糸瓜」主宰の篠崎圭介氏がエールを送って下さいます。一俳諧研究者、一俳句研究者としては、またとない恵まれた環境の中で、今、自由な発言の場をいろいろなかたちで与えられていますことを、有難いことだと思っています。この『俳句実践講義』の執筆も、岩波書店編集局の吉田裕さんがもたらして下さった、そんな場の一つでした。心より御礼申し上げます。

私にとって、思い出に残る本をまた一冊書き下ろすことができました。うれしいことです。

平成十五年三月

横浜無聊庵にて

復本一郎

現代文庫版あとがき

本書の原本である岩波テキストブックス版の『俳句実践講義』の第一刷が出たのが二〇〇三年四月。大学生諸君はもちろんのこと、中高年の方々をも視野に入れて、俳諧《はいかい》、俳句の理論と実作二つながらの手引きを意図して執筆したものでした。幸い多くの方々に読んでいただけたようで二〇〇八年には、第七刷が出ています。そして、今回、岩波現代文庫として、このようなかたちで再び出版いただけること、本当に嬉しいことです。原本とはまた異なる読者の方々にお読みいただけるのではないかと、わくわくしています。今度のものは、編集部によって発句《ほっく》・俳句・書名索引を付していただけましたので、うんと使い勝手がよくなったのではないかと思われます。これも嬉しいことです。

ところで、本書をお読みいただいた方の中で、種田《たねだ》山頭火《さんとうか》や尾崎放哉《おざきほうさい》の愛読者がおいででしたら、なぜ山頭火の、

うしろすがたのしぐれてゆくか

や、放哉の、

などの句が、例句として示されていないのだろうか、との疑問を持たれたかもしれません。これらの作品は、自由律と呼ばれる俳句なのです。対して、本書が対象としたのは、連歌、俳諧以来の有季定型の発句・俳句なのです。そこで、自由律俳句には、あえて言及しなかった、ということなのです。もちろん、自由律俳句もれっきとした俳句であります。せっかくの「あとがき」ですので、自由律俳句について少しだけ述べてみたいと思います。

自由律俳句を最初に唱えたのは、荻原井泉水《おぎわらせいせんすい》という俳人です。明治十七年(一八八四)に生まれて、昭和五十一年(一九七六)に没しています。享年、数え年、九十三。近代俳句の革新者正岡子規より十七歳だけ年少ということになりますので、長寿に恵まれた俳人と言っていいでしょう。先の山頭火や放哉は、井泉水の門下生ということになります。

井泉水が、自由律俳句を唱え出したのは、大正三年(一九一四)か大正四年ころだと、自身言っています。大正三年八月に出版した『自然の扉』(東雲堂書店刊)は、その第一声ということになりましょう。井泉水、三十一歳の時の著作です。この句集の名前は、まさに自由律俳句の本質を象徴的に示しています。井泉水が目指したのは「自然」の俳句だったのです。そんな井泉水が見る従前の有季定型俳句のほとんどは「概念の遊戯」だというわけです。五・七・五の十七音に拘束されたり、季題(季語)に拘束されたりしていて、その中で「巧みに纒(ママ)められると否とで上手だとか、下手だとか云はれてゐる」ところの作品は、「遊戯」以外の何物でもない、というわけです。もちろん、井泉水が敬愛する芭蕉や鬼貫《おにつら》や子規は、「遊戯」俳句の範疇には入っていません。なぜならば、彼等の作品(発句・俳句)は、「自然」だからです。「こしらへ物を斥けてまことを標榜」しているからです。「細工を排して自然なれと唱道」しているからです。ですから、井泉水は、その限りでは、有季定型の俳句を全否定したわけではなかったのです。井泉水が目指した俳句とは、「自己の内から溢れたものを詠ずること」を主眼としたものだったのです。その点、有季定型俳句は、時に「遊戯」に流れてしまう危険性を孕んでいたということなのでありましょう。この井泉水の指摘は、ひたすら表現の巧みさを追求し続ける傾向にある今日の俳壇(私は、平成月並《つきなみ》調と呼んでいるのですが)に目を向ける時、すこぶる説得力を持つ見解のように思われるのですが、いかがでしょうか。それでも、私たちのように有季定型の俳句を目指すのであれば、その中で「自己の内から溢れたものを詠ずる」べく、芭蕉や鬼貫や子規が必死になって努力したように努力する覚悟が必要だと思われるのです。本書がそのための手引きとなり得ているならば、こんなに嬉しいことはありません。

右に見てきたような俳句、すなわち、広い意味での「自然」を重視し、「こしらへ物を斥けてまことを標榜」した俳句、を目指した井泉水ですので、俳句を鑑賞する場合にも、左のような態度を採《と》っています。これまた聞くべき見解ではないかと思われます。昭和七年(一九三二)七月刊の『新俳句提唱』(立命館出版部)の中の一節です。井泉水が四十九歳の時の著作です。

一つの句は、「真実」の味に深く参入して居れば居るだけ優秀なものであり、「真実」に触れてゐる点が浅ければ浅い程低劣な作である。云換へるならば、その作者の心が真実に動かされ、真実の心を体得しているといふ証左が強く出てゐるだけ本当のものであり、その作者の心が真実に向つて盲目であり、無感覚であるといふ印の押してあるものは、駄目なのである。

当然のことながら、井泉水の実作者としての心構と表裏をなすところに鑑賞者(読者)としての姿勢があったということが窺われると思います。

本書をお読みいただいて明らかだったことと思いますが、私は、俳句の生命線は「切れ」にある、との立場に立つものです。すでに御理解いただけたところでしょうが、いわゆる「切字」は、連歌で定められ、初期俳諧(貞門俳諧、談林俳諧)でも発句性を保証するものとして順守されてきました。例の「や」「かな」「けり」などです。しかし、本質的な意味での「切字」の機能を真剣に考えたのは、芭蕉だったのです。芭蕉は、既成の形式的「切字」論から脱却して、作用としての「切れ」の概念を確立したのでした。そして、私は、そこから出発して、「飛躍切部」論を提唱したのでした。それでは、有季定型俳句からの脱出を企図し、自由律俳句を提唱した井泉水にあって、「切れ」は、どのように考えられていたのでしょうか。当然と言えば当然、衝撃的と言えば、これほど衝撃的なことはないのですが、自由律俳句の提唱者である井泉水も、俳句が俳句たり得る、その根幹に「切れ」を据えているのであります。井泉水は、「句切り」と呼んでいます。昭和十五年（一九四〇）七月刊の『新俳句入門』（実業之日本社）の中に左のごとく記しています。井泉水が五十七歳の時の著作です。

> 若し句切りがないならば、棒を呑んだやうなものになつて、俳句のリズムが出ない。それは俳句ではなく散文（昔の俳諧で云へば平句）となるのである。だから、俳句を規定するものは此《こ》の「句切り」なのである。私は、俳句を次のやうに定義する――
>
> 　俳句トハ一ツノ句切リヲモチタル一行ノ詩ナリ

私も本書の中で、発句と平句の違いを述べましたが、井泉水も同様の考えをしていたのです。この一節によって、私が俳句の生命線であるとするところの「切れ」が、自由律俳句においても重視されていたことを確認し得たのでした。これは、私にとっては、大変嬉しいことでした。五・七・五の定型であろうと、先に見た山頭火や放哉の七・七の短律であろうと(無論、長律であっても)、俳句たり得ているのは、ひとえに「切れ」(句切り)にあったということだったのであります。先の二句について、その「切れ」を表示してみますならば、

うしろすがたの◇しぐれてゆくか　山頭火
入れものが無い◇両手で受ける　放哉

となるでしょう。十七音より短いものが短律、長いものが長律ですが、短くても、長くても、必ず「切れ」があるのです。まず短律。

鉄鉢の中へも◇霰　山頭火
咳をしても◇一人　放哉

のごとくです。放哉の句に対する井泉水の解説を聞いてみることにしましょう。昭和十二年(一九三七)四月刊『自由律俳句入門』(大東出版社)の中に次のように見えます。井泉水は、この時、五十四歳です。

句切りは「咳をしても——ひとり」、ここにある。「三、三——」と掛けて来たので、「——三、三」と結ぶべく予想されるところを、ただ「——ひとり(三)」と、三音でプツリと結んだ、ここに底知れぬ淋しさの心と、その「ひとり」の強さとが出てゐる。

長律についても同じです。自由律の俳人の一人に橋本夢《む》道《どう》という人がいます。この人も井泉水に師事しました。この夢道の俳句の中の長律を見てみましょう。やはり、きちんと「切れ」があるのです。

煙突の林立しづかに煙をあげて◇戦争のおこりさうな朝です　夢道

いかがでしょうか。本文で見てきた有季定型俳句と同様、二つのイメージが、一句の中でぶつかり合っている様子を見ることができるのです。ぶつかり合いつつ、読者の中で一つに融合するのです。この句についても、先の『自由律俳句入門』の中に井泉水の見解を聞くことができます。

試みに数へて見ると三十五音ある。短歌の三十一音より四音も多い。ところで、此《この》句を一読した時の感じは、短歌的といふよりも、やはり俳句的なものが感じられるのである。それならば、どんな所が俳句的かといふと、此句の表現は、やはり一つの句切り、を以て対映的になつてゐる、その骨格である。

煙突の(五)…林立(四)静に(四)…煙を(四)あげて(三)

戦争の(五)…おこり(三)さうな(三)…朝(二)です(二)

「煙突の林立」に「戦争」を感じたる事が此句の動機である。

以上、本文では触れ得なかった自由律俳句について、井泉水を中心に述べながら、俳句文芸の生命線が「切れ」にあることを再確認したのでした。

平成二十四年(二〇一二)一月

横浜無聊庵にて

復本一郎

俳句・短歌索引

・俳句(発句)、短歌(和歌)、川柳、付句の初句と頁数を示し、配列は、現代仮名遣いの五十音順とした。
・初句が同一の場合は、中七まで示した。
・作者名等を(　)で示した。

ア　行

カ行

サ行

タ行

ナ行

ハ行

マ行

書名索引

•書名、雑誌名、新聞名と頁数を示した。雑誌名、新聞名には、「 」を付した。

ア行

カ行

サ　行

ハ行

本書は二〇〇三年四月、岩波書店より刊行された。

俳句実践講義

2012年5月16日　第1刷発行

著　者　復本一郎《ふくもといちろう》

発行者　山口昭男

発行所　株式会社　岩波書店
〒101-8002 東京都千代田区一ツ橋2-5-5

案内 03-5210-4000　販売部 03-5210-4111
現代文庫編集部 03-5210-4136
http://www.iwanami.co.jp/

印刷・精興社　製本・中永製本

ISBN 978-4-00-600265-7　Printed in Japan

岩波現代文庫の発足に際して

新しい世紀が目前に迫っている。しかし二〇世紀は、戦争、貧困、差別と抑圧、民族間の憎悪等に対して本質的な解決策を見いだすことができなかったばかりか、文明の名による自然破壊は人類の存続を脅かすまでに拡大した。一方、第二次大戦後より半世紀余の間、ひたすら追い求めてきた物質的豊かさが必ずしも真の幸福に直結せず、むしろ社会のありかたを歪め、人間精神の荒廃をもたらすという逆説を、われわれは人類史上はじめて痛切に体験した。

それゆえ先人たちが第二次世界大戦後の諸問題といかに取り組み、思考し、解決を模索したかの軌跡を読みとくことは、今日の緊急の課題であるにとどまらず、将来にわたって必須の知的営為となるはずである。幸いわれわれの前には、この時代の様ざまな葛藤から生まれた、人文、社会、自然諸科学をはじめ、文学作品、ヒューマン・ドキュメントにいたる広範な分野のすぐれた成果の蓄積が存在する。

岩波現代文庫は、これらの学問的、文芸的な達成を、日本人の思索に切実な影響を与えた諸外国の著作とともに、厳選して収録し、次代に手渡していこうという目的をもって発刊される。いまや、次々に生起する大小の悲喜劇に対してわれわれは傍観者であることは許されない。一人ひとりが生活と思想を再構築すべき時である。

岩波現代文庫は、戦後日本人の知的自叙伝ともいうべき書物群であり、現状に甘んずることなく困難な事態に正対して、持続的に思考し、未来を拓こうとする同時代人の糧となるであろう。

（二〇〇〇年一月）

G208
私はどうして私なのか
―分析哲学による自我論入門―
大庭　健

自分がいる、とはどういうことなのか?「私」とは何?「あなた」がいて「私」がいる意味を、分析哲学の手法で鮮やかに検証する。

G209
マッド・マネー
―カジノ資本主義の現段階―
スーザン・ストレンジ
櫻井公人
櫻井純理
髙嶋正晴　訳

世界金融危機をどう認識するか。前著『カジノ資本主義』でカジノ化した市場に警鐘を鳴らした著者が、「マッド」になった市場を告発する。

G210
新版 ディコンストラクションI
J・カラー
富山太佳夫
折島正司　訳

気鋭の文芸理論家が、テクストの理論、読書行為論、フェミニズム論等を中心に、思想・哲学の最新配置図を描いた現代思想の名著。

G211
新版 ディコンストラクションII
J・カラー
富山太佳夫
折島正司　訳

脱構築の思想でテクストの独自な論理を解読し、メルヴィル等の文学作品やフロイトを具体的に批評する。ポスト構造主義の必読書。

G212
江戸の食生活
原田信男

大繁盛した大都市江戸の食べ物商売、武士の日記にみる日々の献立、肉食の忌避とその実態など、食から近世に生きる人びとの暮らしと心を探る。〈解説〉神崎宣武

岩波現代文庫[学術]

G213
イエス・キリストの言葉
―福音書のメッセージを読み解く―
荒井 献

イエス・キリストの言葉は、現代においてどのような意味を持っているか。それぞれの福音書記者の立場や時代背景にそって読み解く。

G214
国民の天皇
―戦後日本の民主主義と天皇制―
ケネス・ルオフ
木村剛久
福島睦男 訳
高橋紘監修

皇室の行動様式は戦後いかに変容したか。現天皇即位後の二〇年、象徴としての天皇制がいかに推移してきたかを歴史的に考察する労作。〈解説〉原武史

G215
日本国憲法の誕生
古関彰一

現憲法制定過程で何が問われたか。GHQ側、日本側の動向を解明する。現憲法に対する立場の違いを超えて、憲法を学ぶ人々にとっての必読書。大幅に加筆。

G216
家父長制と資本制
―マルクス主義フェミニズムの地平―
上野千鶴子

階級闘争でも性解放運動でも突破しえなかった、近代資本制社会に特有の抑圧構造を明快に分析する代表作。

G217
セクシィ・ギャルの大研究
―女の読み方・読まれ方・読ませ方―
上野千鶴子

もの欲しげな目に半開きの唇、しなりくねらせた肢体。世に流布するお色気広告を、ズバリ分析！ キケンで快感いっぱいの処女作。

岩波現代文庫[学術]

G218
近衛文麿
―教養主義的ポピュリストの悲劇―
筒井清忠

戦前の人気政治家は、戦争の時代にどう向き合ったのか。近衛の栄光と挫折を教養主義とポピュリズムの連関から究明する。待望の現代文庫オリジナル版。

G219
デモクラシーと国民国家
福田歓一
加藤節編

丸山眞男とともに戦後日本の政治学を理論的にリードした著者(一九二三―二〇〇七年)の不朽の政治哲学論集。

G220
〈心理療法〉コレクションI ユング心理学入門
河合隼雄
河合俊雄編

日本で最初のユング心理学に関する本格的入門書。著者の処女作でもあり、河合心理学の出発点がわかる本。〈解説〉茂木健一郎

G221
〈心理療法〉コレクションII カウンセリングの実際
河合隼雄
河合俊雄編

実際のカウンセリング場面で必要なカウンセラーの心構えとは？　著者自らのカウンセリング体験を踏まえて語る心理療法入門の実践編。〈解説〉鷲田清一

G222
〈心理療法〉コレクションIII 生と死の接点
河合隼雄
河合俊雄編

人生の様々な転機における危機を、古今東西の神話や伝説などを織りまぜて読み解く、河合心理学の傑作。〈解説〉柳田邦男

2012.5

岩波現代文庫[学術]

G223
〈心理療法コレクションⅣ〉心理療法序説
河合隼雄
河合俊雄編
心理療法の第一人者が、その科学性、技法、諸問題、療法家の訓練から教育や宗教との関連までを考察。〈解説〉山田慶兒

G224
〈心理療法コレクションⅤ〉ユング心理学と仏教
河合隼雄
河合俊雄編
ユング派を学んで帰国した著者が、臨床経験や牧牛図、禅や華厳の世界など、心理学と仏教との関わりを本格的に論じた初めての書。〈解説〉末木文美士

G225
〈心理療法コレクションⅥ〉心理療法入門
河合隼雄
河合俊雄編
心理療法にとって不可欠の様々な事柄について、第一人者がわかりやすく解説した入門書。心の問題に携わるすべての人に役立つ本。〈解説〉河合俊雄

G226-227
ヒロシマを生き抜く(上・下)―精神史的考察―
R・J・リフトン
桝井・湯浅
越智・松田訳
被爆一七年後に行なった被爆者へのインタビューに基づき、人類への最大の破壊行為の影響、特に、生き残った者の心理的側面に初めて光をあてた記念碑的著作。〈解説〉田中利幸

G228
近代日本の国家構想―一八七一―一九三六―
坂野潤治
廃藩置県から二・二六事件までを多様な政治体制構想の相剋の過程として描き出す出色の近代政治史論。

2012.5

岩波現代文庫[学術]

G229
国際政治史
岡 義武

東京大学法学部で政治史・外交史を講じた著者が、一九五五年に岩波全書の一冊として著した先駆的で独創的な名著。〈解説〉坂本義和

G230
宇宙誌
松井孝典

古代ギリシャから現代のホーキングまで、二〇〇億光年の時空を天才たちと共にたどる魅惑の知的大紀行。我々はどこから来たのか。

G231
日本型「教養」の運命
―歴史社会学的考察―
筒井清忠

教養主義が衰退した今こそ、教養が輝いていた時代と社会を省察して未来への指針を見出したい。斬新な視角で教養と社会との接点を問う。「再考・現代日本の教養」を付す。

G232
戦後日本の思想
久野 収
鶴見俊輔
藤田省三

〝戦後〟がまだ戦後であった一九五〇年代末、戦争によって混迷に陥った日本人の思想の建直しをめざす白熱の討論。〈解説〉苅部直

G233
トランスクリティーク
―カントとマルクス―
柄谷行人

カントからマルクスを読み、マルクスからカントを読む。社会主義の倫理的=経済的基礎を解明し来るべき社会に向けての実践を構想する。英語版に基づき改訂した決定版。

2012.5

岩波現代文庫[学術]

G234
心を生みだす遺伝子
ゲアリー・マーカス
大隅典子訳

ゲノムは青写真ではなくレシピのようなもの。遺伝子が実際に何をしているかを見ることで、「生まれと育ち」の真の関係が明らかになる。

G235
江戸思想史講義
子安宣邦

無自覚に近代の眼差しのもとで再構成されてきた江戸期の思想を読み直し、新たな江戸像によって近代を反照する。「方法としての江戸」の実践。

G236
新編 平和のリアリズム
藤原帰一

冷戦終焉から9・11事件、イラク戦争を経て、日米の民主党政権の誕生までの論考を収める。二〇〇四年の旧版を全面的に再編集。

G237
脳の可塑性と記憶
塚原仲晃

記憶はいかに蓄えられるか。本書は記憶を蓄える場シナプスに注目し、脳の記憶と学習のメカニズムを探求し続けた著者の遺著である。〈解説〉村上富士夫

G238
転校生とブラック・ジャック
—独在性をめぐるセミナー—
永井均

「私が私である」とはどういうことか？ SF的思考実験をもとに、セミナー形式で綴られる第一級の哲学的議論。〈解説〉入不二基義

2012.5

G239
久野収セレクション
佐高 信編

平和問題談話会、べ平連、「週刊金曜日」などを通じて市民の先頭に立って活動を続けてきた久野の論考十六篇をオリジナル編集。

G240
ヒルベルト
—現代数学の巨峰—
C・リード
彌永健一訳

天才的数学者の独創性はいかに培われたか。本書は、現代数学の父としてあまりに著名なヒルベルトの生涯と学問を描き出す。待望の文庫化。〈解説〉H・ワイル

G241
竹内好 ある方法の伝記
鶴見俊輔

魯迅を読むことを通して自分の問題をみつけ、自分で解こうと努力しつづけた竹内への深い尊敬と共感をもって書きあげた知的評伝。〈解説〉孫歌

G242
偉大な記憶力の物語
—ある記憶術者の精神生活—
A・R・ルリヤ
天野 清訳

直観像と共感覚をもつその男は、忘却を知らなかった。特異に発達した記憶力は、男の内面世界や他者との関わりに何をもたらしたのか。〈解説〉鹿島晴雄

G243
王 羲 之
—六朝貴族の世界—
吉川忠夫

偉大な書家としてあまりに著名な王羲之(おうぎし)は、四世紀の傑出した知識人である。その生涯と生活、思想と信仰の全体像を時代と共に描く。新稿も収録。

G244
光の領国　和辻哲郎
苅部　直

和辻のテクストを同時代の言説状況の文脈のなかで丁寧に読みなおし、〈人間と政治〉の問題をどのように考えてきたかを検証する。和辻の全集未収録論考も併載。

G245-246
内田魯庵山脈（上・下）
―〈失われた日本人〉発掘―
山口昌男

明治から昭和初期にかけて市井を遊歩した「学問する自由人たち」。内田魯庵を手がかりに近代日本の埋もれた知の水脈を発掘する。〈解説〉石塚純一

G247
言語のレシピ
―多様性にひそむ普遍性をもとめて―
マーク・C・ベイカー
郡司隆男訳

似たところなど何ひとつなさそうな言語どうしも、実はレシピがほんの一ヵ所違うだけかもしれない。発見の興奮が伝わってくる一冊。

G248
中国の新しい対外政策
―誰がどのように決定しているのか―
リンダ・ヤーコブソン
ディーン・ノックス
岡部達味監修
辻　康吾訳

中国の対外政策は誰がどのように決定しているのか。中国の対外政策の決定過程をストックホルム国際平和研究所の研究員が未公開の事実を含めて明らかにする。

G249
現代の貧困
―リベラリズムの日本社会論―
井上達夫

天皇制、会社主義、民主政治の機能不全。現代の日本社会を蝕む三つの「生の貧困」を解明し、リベラリズムの原理に基づく変革の青写真を描く。

2012. 5

G250
西田幾多郎の憂鬱
小林敏明

多彩な資料を駆使して克明に描き出される哲学者の苦悩と格闘の人生に、近代日本成立における問題系を照射する斬新な評伝的批評。〈解説〉熊野純彦

G251
不惑のフェミニズム
上野千鶴子

売られたケンカは買い、連帯は国境や世代を超えて呼びかける——。フェミニズムの最前線を走り続けてきた著者の、40年間のリアルタイム発言集。岩波現代文庫オリジナル版。

G252
満州事変
—政策の形成過程—
緒方貞子

満州事変の前後、関東軍や陸軍中央、政府指導者などの間でいかなる力学が働き、外交政策を変容させていったのか。その過程を分析した記念碑的著作。〈解説〉酒井哲哉

G253
生成文法の企て
ノーム・チョムスキー
福井直樹
辻子美保子 訳

20年の歳月を隔てて、知の巨人が自らの科学観と言語観を語りつくした二つのインタヴュー。訳者による序説も必読である。

G254
笑いのセンス
—日本語レトリックの発想と表現—
中村明

言語表現が生み出す笑いのメカニズムを、レトリック論の立場から、分りやすく分析する。「笑いのセンス」の勘所を縦横無尽に語る。

岩波現代文庫[学術]

G255
日高六郎セレクション
杉山光信編

日高六郎の厖大な著作のなかから、社会学者、思想家として戦争、近代主義、市民、ジャーナリズムを論じた重要作品を厳選収録。岩波現代文庫オリジナル版。

G256
西田哲学の基層 ―宗教的自覚の論理―
小坂国継

本書は、西田哲学の核心が、終始一貫して「宗教的自覚」の論理化にあるとする著者の独自の観点からまとめられた新たな西田論である。岩波現代文庫オリジナル版。

G257
橋川文三セレクション
中島岳志編

正統派の学問では忌避されがちな人物・テーマに取り組んできた思想家橋川文三の独創的な論考が1冊で読める珠玉のアンソロジー。岩波現代文庫オリジナル版。

G258
増補 求道と悦楽 ―中国の禅と詩―
入矢義高

文学としての禅語録の研究を画期的に深めた入矢義高の「禅と文学」に関する論文、随想を精選してまとめる。今回、新たに6篇の論文・随想を増補した。〈解説〉衣川賢次

G259
明治精神の構造
松本三之介

明治のバックボーンとは何か。福沢諭吉から幸徳秋水まで、知識人の考えを時代状況とのかかわりで解明。思想史になじみの薄い読者にも分かりやすい恰好の入門書。

2012.5

岩波現代文庫［学術］

G260
増補 自己と超越
―禅・人・ことば―
入矢義高

禅語録の語学的読解と文学的探究を確立した著者の『求道と悦楽』に続く論文集。今回、新たに晩年の論文8篇を精選して増補した。〈解説〉小川 隆

G261
「知」の欺瞞
―ポストモダン思想における科学の濫用―
アラン・ソーカル
ジャン・ブリクモン
田崎晴明
大野克嗣訳
堀 茂樹

科学をめぐるポストモダンの「言説」の一部が「当世流行馬鹿噺」に過ぎないことを示し、欧米で激論をよんだ告発の書。人文系と社会科学にとって本当の敵は誰なのか？

G262
帝国とナショナリズム
山内昌之

オスマン帝国の領土だった中東諸国を中心にナショナリズムの歴史的考察を試み、「国民」の創出と分裂の過程を分析し、中東変動の本質と多様性を論ずる。

G263
「国語」という思想
―近代日本の言語認識―
イ・ヨンスク

明治期の日本が国家統合の要として創出した「国語」とそこにせめぎ合う言説の展開を克明に跡づける言語思想史の労作。思想としての国語の意味を問う。

G264
「学び」の復権
―模倣と習熟―
辻本雅史

江戸期の手習塾（寺子屋）、藩校や内弟子制度での学びの実態を具体的に描き出す。「模倣と習熟」によって現代教育を見直すヒントが見えてくる。

2012.5

岩波現代文庫[学術]

G265

俳句実践講義

復本一郎

俳句の実作指導を通して、俳句文学の歴史とその理論を講義する入門書。「切字」「季語」「取合せ」「写生」などを通して、俳句の勘所、奥深い魅力を解説する。

2012.5